LA PROMESSE DES LILAS

DU MÊME AUTEUR

Le Soleil de Monédière, De Borée, 1994
La Dernière Estive, Antonin Malroux, 1997
La Noisetière, Albin Michel, 1998
Le Moulin des rêves, Albin Michel, 2000
L'Enfance inachevée, Albin Michel, 2001
La Vallée d'émeraude, Albin Michel, 2003
Un fils pour mes terres, Albin Michel, 2004
Les Trois Marches, Albin Michel, 2005
La Fille des eaux vives, Archipel, 2007
Les Chemins de la communale, Albin Michel, 2007
Le Jardin de Louise, Albin Michel, 2008
Une poignée de blé, Albin Michel, 2009
La Grange au foin, Albin Michel, 2010

Antonin Malroux

LA PROMESSE DES LILAS

Roman

Collection
« France de toujours et d'aujourd'hui »
dirigée par
Jeannine Balland

calmann-lévy

Couverture
Maquette : Atelier Didier Thimonier
Illustration : Antonin Malroux

ISBN 978-2-7021-4252-3
ISSN 2107-2639

Introduction

À Saint-Martin-le-Bel, village au cœur de la châtaigneraie, la vie s'écoulait délicieusement, à moins que l'on y regardât de plus près…

Jusqu'aux monts du Cantal, ces terres bénéficiaient du même soleil qu'ailleurs, des mêmes pluies, des neiges semblables mais aussi d'un froid parfois peu ordinaire, et pourtant, les blés ne s'en portaient que mieux au printemps.

L'église et la mairie de Saint-Martin-le-Bel, plantées au milieu du village, vous ne pouvez pas les manquer ; désaltérez-vous à la fontaine, l'œil fixé sur le ciel et observez, écoutez. Ici les silences bruissent divinement…

La vie se perpétue à sa manière, comme une route sans fin, imprévisible souvent, maîtrisée quelques fois. Elle va son chemin comme va l'eau de la rigole qui rejoint le ruisseau, rencontre une rivière épousant un fleuve, se jette une nouvelle fois dans une autre existence, l'océan, et devient totalement orpheline.

Elle doit sourire en voyant l'écrivain se mêler de ses affaires, et pourtant…

1

Il fallait s'égarer dans le Cantal pour dénicher ces nombreux petits villages plantés là, tantôt au fond d'une vallée près d'un ruisseau, tantôt sur le flanc d'une douce et verte colline ou sur le bord d'une minuscule départementale, à mi-chemin d'une crête et d'une forêt, tous coiffés d'un béret de lauzes.

Ils ne se cachaient pas certes mais, par habitude, ne se montraient guère. Voilà sans doute pourquoi les églises avaient des clochers si hauts comme des signaux émergeant des brumes et brouillards dès les premiers froids venus. En quelque sorte, on n'était jamais perdu ! Et les saisons se suivaient, comme tournaient toujours les aiguilles de l'horloge du clocher, sans jamais revenir en arrière. Son cœur battait et ses informations portaient loin.

Dans ce village, baptisé du nom de Saint-Martin-le-Bel, la vie s'écoulait depuis des lustres. Chaque génération tentait d'y laisser son empreinte avec le temps, les événements, les mariages, les naissances…

Au sein des trésors de cette magnifique campagne belle à respirer à pleins poumons, époustouflante à pleins yeux, hommes, femmes et enfants s'activaient dans les moindres hameaux.

Une école, une mairie, une église, un cimetière. La ruralité à l'état pur. Les fermes avec leurs terres entouraient ce centre de vie qui rassemblait, à l'occasion, tous les habitants du village et des quelques hameaux des alentours. Au milieu de la place, se dressait une fontaine cernée d'une margelle de pierre granitique, solide comme le temps, autour de laquelle s'agglutinaient et jouaient les enfants, les jeunes et aussi parfois les autres. L'eau coulait indéfiniment, froide et pure, et chacun pouvait s'en délecter, même si les bistrotiers de Saint-Martin-le-Bel affirmaient qu'elle n'était pas recommandée. Par les grandes températures, il n'était pas rare d'assister à des batailles d'eau mais le soleil avait tôt fait d'en effacer les traces.

Et puis il y avait là, entre l'église et la mairie, cet énorme et vieux tilleul entouré d'un soutien de pierres où les vieux cherchaient la compagnie d'autres vieux pour se dire qu'ils appartenaient encore et toujours à la vie du pays. « De notre temps », lançaient-ils… Et comme ce temps passé leur paraissait magnifique !

Tandis qu'un peu plus loin, certains pariaient une tournée sur un jeu de quilles. Jusqu'au curé Séverin Mathieu qui venait observer et complimenter les vainqueurs. Tous les joueurs n'allaient pas à la messe mais qu'importait, l'angélus était entendu de tous !

Les enfants couraient et se chamaillaient sur cette place en terre battue et, par endroits, recouverte de gravillons de mauvaise qualité ayant tout de même l'avantage de ne pas provoquer de flaques lors des orages. « De l'inutile », disaient certains, « un coin propre », disaient d'autres…

La rue principale coupait le village en deux, d'est en ouest, et desservait les boutiques des quelques commerçants et les cafés. Le magasin du quincaillier Jean Levergne était le plus grand, proposant à la clientèle toutes sortes de choses, d'ustensiles et d'outils, jusqu'à des cuisinières en fonte émaillée dont s'équipaient maintenant les ménages.

Levergne, maire du village, ressemblait à son commerce, très imposant, bougeant sans cesse et veillant à ce que ses clients ne ressortent pas les mains vides ; sa femme ne quittait pas la caisse et ses papiers : livres de stock, entrées et sorties des marchandises. Leurs deux filles ne venaient presque jamais dans leur affaire, trop pimbêches, mais fières d'avoir toujours de l'argent de poche. Le maire rejoignait sa mairie – à moins de cent mètres – selon son bon vouloir. Une secrétaire assurait une permanence quotidienne de quelques heures.

Quant à l'école communale, elle se présentait un peu plus loin, belle bâtisse de pierre avec ouvertures soulignées de brique rouge, équipée d'un grand préau et d'une cour dans laquelle deux marronniers se tenaient compagnie. Mme et M. Perguesol, les instituteurs, habitaient au-dessus des salles de classe. L'instruction et l'éducation étaient dispensées par ces enseignants avec, pour maître incontesté et directeur d'école, M. Perguesol.

Le curé se chargeait de l'instruction religieuse lors de ses heures de catéchisme, confortée par ses messes dominicales et son groupe d'enfants de chœur, les premiers de la région en aubes blanches ceinturées. On aurait dit des moinillons si ce n'était la coiffure habituelle des enfants du village… et, dans ce domaine, il ne manquait pas de fantaisie.

Ce curé n'hésitait pas à rejoindre les garçons pour s'adonner au football près de la cure avant l'heure du caté, la retardant souvent de dix minutes. Jusque dans les maisons proches, on pouvait l'entendre diriger les équipes ou même participer, une fois sa soutane relevée. Il trichait autant que les jeunes.

Saint-Martin-le-Bel avait son salon de coiffure tenu par Mme Duparlan et son mari, Jules, que tout le monde appelait par son prénom. Il faut ajouter que Jules fréquentait les cafés et plus particulièrement *Chez l'Angélinou*, le plus proche d'entre eux.

Bien des rumeurs avaient couru à leur sujet mais Mme Duparlan avait d'autres chats à fouetter et ne se gênait pas pour s'absenter une partie de certains après-midi, laissant le salon à Jules et à l'apprentie.

Chez les Chaspéral, Philippe et Marguerite, on exploitait une modeste ferme transmise par Justine Virade, la mère de Marguerite Chaspéral, qui vivait toujours dans une pièce tout à côté et passait sa vie avec sa fille, son gendre et ses petits-enfants, Jean-Claude et Anne-Marie. Le garçon serait un jour le patron, selon une vieille tradition immuable.

Mme Virade, veuve de guerre depuis 1916, avait tenté de travailler la petite propriété puis l'avait laissée à sa fille Marguerite lors de son mariage avec Philippe Chaspéral. Une situation qui lui permettait aussi de ne pas rester seule et d'avoir sa famille avec elle.

Avec à peine six hectares, il y avait tout de même à faire pour de jeunes bras. Six vaches, quatre cochons, sept ou huit moutons et une importante basse-cour, de quoi vivre modestement. Les terres n'apparaissaient pas trop mauvaises, Philippe s'en occupait fort bien, ayant de plus récupéré à bon compte des taillis lors du remembrement malgré quelques moqueries des voisins. Il les avait transformés en prairie. On l'avait surnommé « le Semeur de prairies ». Sa méthode consistait à arracher les taillis, débarrasser les terres des broussailles, les labourer. Une fois la herse passée, il ensemençait en septembre avec les graines des granges voisines qu'il récupérait lorsque celles-ci se vidaient au printemps. Il balayait toutes ces graines échappées du foin et les utilisait pour ses semis. Un dernier coup de herse légère, un roulage pour finir, en attendant les pluies d'automne. Ainsi pratiquait le Semeur de prairies fin d'obtenir de futures terres à foin lui permettant plus tard d'augmenter son cheptel.

Philippe faisait produire ses terres jusque dans les moindres recoins, rétrécissait les haies dont la hauteur devenait gênante, prenait soin des cultures jusqu'aux abords des bordures, ouvrait au maximum l'espace au soleil. Son exploitation forçait l'admiration de tous mais à quel prix ? Du lever du soleil jusqu'à son coucher, il œuvrait sur ces terres qu'il aimait tant en transmettant à ses enfants cet amour du bien. Mme Virade, sa belle-mère, débordait d'éloges pour ce gendre si travailleur qui avait donné à la ferme tant de valeur.

Marguerite disait souvent à son homme :

– Quand te reposeras-tu enfin ? Tu travailles trop, tu vas y laisser la santé !

– Un agriculteur se doit à sa terre, je suis trop heureux ici, avec toi et les enfants et ta chère mère. Préférerais-tu que je traîne dans les cafés, chez l'Angélinou, à boire et à écouter les ragots du pays ? Je suis heureux ici, même si l'on me traite de sauvage parfois. Jamais je n'oublierai la décision de ta mère, m'avoir accepté pour gendre, moi, un enfant de l'Assistance. Un jour, Jean-Claude prendra ma place, je lui montre le chemin, il n'est jamais trop tôt !

– Viens boire un café, au moins tu resteras assis pendant un moment de plus, près de moi…

Il lui souriait.

– Je suis si content que tu me comprennes, mais le temps, vois-tu…

On aurait dit qu'il achetait le temps et, comme un Auvergnat, il semblait toujours en négocier le prix.

– J'ai vu un essaim d'abeilles accroché à un châtaignier, il faut que j'aille le récupérer, c'est toujours ça de gagné.

Philippe possédait une quinzaine de ruches dont il vendait le produit, et son miel de châtaignier remportait un vif succès sur les marchés.

Ainsi vivaient les Chaspéral au cœur de Saint-Martin-le-Bel.

À quelque deux cents mètres de là, se trouvait une belle demeure, la Châteaurie, une maison de maître, celle de la famille Picardier. Ils possédaient deux fermes dont l'une jouxtait leur jardin d'agrément, mais n'en travaillaient aucune. L'une était en fermage ; l'exploitant versait un loyer déterminé par un contrat et indépendant des résultats. La seconde était sous bail de métayage ; propriétaire et métayer se répartissaient équitablement – en principe – les produits ou le montant des ventes de ceux-ci. Cela pouvait varier entre la moitié et un tiers pour le propriétaire selon l'accord. Le bailleur partageait avec son métayer les aléas des récoltes, contrairement au fermier.

La famille Picardier, Angèle et Firmin, retirait ainsi de ses biens le montant d'un loyer et les produits d'une ferme à bon compte. Firmin Picardier, négociant en bestiaux, visitait les fermes et fréquentait toutes les foires de la région. Ils avaient un fils, François, et une fille, Hortensiane, plus âgée de deux années mais dont la raison, hélas, s'en était allée bien loin. Elle vivait sous la protection de la vieille grand-mère maternelle, Jeanne.

François hériterait un jour, comme tous les garçons, de la fortune de ses parents qui souhaitaient déjà pour lui – et pour eux – un mariage avec Eugénie Defontaine, seule fille aux cheveux roux de la propriété des

Grandes-Terres, connue et reconnue par tous. Les champs des Defontaine voisinaient avec ceux de leur propriété en fermage. La terre, toujours la terre, par-delà les affaires de cœur dont ils s'accommodaient tant bien que mal par la suite.

Les Chaspéral et les Picardier ne se fréquentaient pas mais se rendaient tout de même des services coutumiers de voisinage.

Ces deux chefs de famille se tutoyaient depuis la communale mais ne s'adressaient entre eux qu'en utilisant leur nom. « Salut Chaspéral, tout va comme tu veux ? – Voilà que toi, Picardier, tu t'inquiéterais pour moi par hasard ? » Parfois, ils finissaient par trinquer sur le zinc du café le plus proche. Picardier gardait cependant un ton bienveillant : « Si tu as besoin d'un coup de main, tu peux toujours compter sur moi, Chaspéral… » Il n'avait jamais oublié qu'il lui devait l'obtention de son certificat d'études… même après de nombreuses années.

Chacun d'eux s'était marié au village et deux enfants leur étaient nés, que l'école réunirait jusqu'au certif, toujours la même certes, avec cependant quelques aménagements. Les communales s'étaient modernisées si lentement… Mais, avec de la patience, tout finit par arriver un jour.

Les années s'étaient écoulées ainsi avec cette manière particulière de se faire oublier et regretter ; on ne compte que celles du passé.

Les instituteurs avaient changé tout en conservant ce point d'orgueil de fin d'année : le certificat d'études ! Fierté des maîtres, diplôme important permettant aux récipiendaires l'entrée en apprentissage pour certains, vers quelque administration pour les meilleurs – Postes, Ponts et Chaussées entre autres – vers l'âge de treize ou quatorze ans.

Les enfants Chaspéral et Picardier avaient fréquenté cette école des années 1941 à 1949. La proximité de l'établissement leur avait évité les mauvais hivers sur les chemins venteux et enneigés que parcouraient leurs camarades des hameaux.

En 1948, ils avaient formé le clan des quatre : Hortensiane quinze ans, François et Anne-Marie treize ans et Jean-Claude douze. Tous avaient protégé Hortensiane, la plus âgée, même si, de temps en temps, elle était exclue de certains secrets. Elle ne savait pas garder le silence… Son handicap ne lui permettait pas de tout apprendre ni comprendre mais elle était la plus jolie fille de l'école et d'une sensibilité excessive.

Brune aux cheveux longs retenus en tresses, de magnifiques yeux bleus et la peau de son visage si claire la faisaient ressembler à une poupée de porcelaine comme celle que conservait sa mère dans une vitrine de sa salle à manger. Cet objet attirait Hortensiane si fort que Mme Picardier devait parfois se fâcher pour l'en détourner, à croire qu'un mystère l'entourait car ce n'était qu'un jouet. Sa grand-mère lui en avait offert une copie, ce qui n'empêchait pas l'enfant de désirer l'original.

Jusqu'à l'âge du certificat – mis à part pour Hortensiane –, le clan avait bien fonctionné, renforcé par la venue d'Eugénie Defontaine en 1949, elle avait alors quatorze ans. Eugénie fut acceptée, sauf par François qui la trouvait laide mais il dut se plier aux décisions de la majorité. Fils de riches ou de plus humbles s'entendaient parfaitement, allant jusqu'à provoquer une certaine jalousie des autres élèves. D'autres bandes s'étaient formées, ne tenant guère que quelques semaines, tout au plus.

La campagne environnante n'avait aucun secret pour eux, tant les sentiers, les fontaines, les cerisiers où ils disputaient les fruits mûrs aux merles et autres volatiles, que les coins à champignons, cèpes d'été et ceux d'automne, bien supérieurs en saveur, les ruisseaux à truites, à écrevisses et les quelques jardins mal surveillés au temps des fraises… Certes, point de pillage en règle, juste un prélèvement, par jeu ou gourmandise passagère, à moins que ce ne fût par défi.

Hortensiane n'assurait pas la surveillance, elle aurait oublié de donner l'alarme. Chacun connaissait son histoire, celle qui racontait comment « on lui avait cassé le cerveau » – ainsi parlait sa grand-mère. Vers l'âge de sept ans, alors qu'elle s'amusait à ramasser quelques fraises dans le potager, un violent orage éclata soudainement. Le tonnerre gronda si fort qu'il la paralysa de peur. Des trombes d'eau s'abattirent sur elle. Lorsqu'on la retrouva, transie et tremblante, elle ne prononçait plus un mot. Le médecin diagnostiqua un traumatisme cérébral ; seul le temps pourrait lui redonner toutes ses facultés. Des améliorations apparurent mais Hortensiane ne retrouva jamais ses capacités d'avant. Le plus surprenant c'est qu'elle n'avait aucune crainte des orages, ni du tonnerre, ni de la pluie abondante des étés auvergnats. Elle avait grandi cependant comme les autres mais n'eut jamais le certificat d'études.

En 1953, Anne-Marie eut dix-huit ans, Jean-Claude dix-sept, Hortensiane vingt, François et Eugénie dix-huit ans.

Anne-Marie était employée chez les Duparlan où elle avait obtenu son CAP de coiffeuse. Elle espérait que ses patrons lui cèdent un jour l'affaire et son avenir semblait tout tracé au pays. Jolie brune aux yeux noisette, au tempérament de feu, elle n'avait qu'une idée en tête, trouver une chambre indépendante à Saint-Martin-le-Bel, mais les parents n'étaient pas du même avis et, fermement, le lui rappelaient lorsque les discussions s'envenimaient sur le sujet.

Les Duparlan, satisfaits de cette employée sérieuse, avenante envers les clients, lui avaient même proposé une chambrette au-dessus de leur salon afin de la garder auprès d'eux.

Jean-Claude, contrairement à sa sœur, ne se posait pas les mêmes questions. C'était un robuste gaillard tout en muscles, le regard puissant, une chevelure châtain clair indisciplinée au possible, un visage bien dessiné d'où jaillissait un sourire ravageur. Un beau garçon que regardaient les filles.

Plus d'école depuis quatre ans.

Ces adolescents devenus soudainement des jeunes gens ne se voyaient plus autant. Leurs corps et leurs esprits changeaient. Leurs vies prenaient le chemin de celle des adultes, chacun vers son avenir.

Étrange alchimie que cette rupture soudaine, quelques mois après les dernières vacances d'été.

2

Les fenaisons avaient rempli les granges et les prés tondus se préparaient pour certains à donner les regains habituels, surtout ceux dont les prairies assez humides pouvaient supporter les fortes chaleurs de la fin juillet et du mois d'août.

On vivait un bel été et les champs de blé, orgueilleux et bien hauts, se laissaient caresser par les vents de saison.

Chez les Picardier, François accompagnait souvent son père sur les foires où il négociait les animaux pour son compte et celui de ses clients lointains vers lesquels il expédiait par train les broutards achetés. Il menait une vie agréable et s'émancipait davantage au contact des foires. Son père ne se souciait guère de ses sorties et lui donnait assez d'argent pour se distraire mais, discrètement, il favorisait les rencontres avec Eugénie Defontaine. Le fils avait bien compris les intentions paternelles. Il gagnait du temps. D'après lui, Eugénie n'avait pas embelli. « Rien ne presse, j'ai toute la vie devant moi, il sera bien temps un jour… » Ainsi coupait-il court à ces conversations ennuyeuses.

Quant à Hortensiane, elle sortait peu, et toujours chaperonnée par sa grand-mère, sa mère ou son frère, jamais seule. « Une proie trop facile pour des inconnus de passage », disait sa grand-mère qui veillait religieusement sur elle et l'accompagnait à la messe tous les dimanches.

Fin juin, pour la fête de la Saint-Jean, François avait emmené Hortensiane voir le feu non loin de la place. Toute la jeunesse du village avait fait la ronde autour du bûcher et, plus tard, les plus courageux avaient sauté par-dessus, bravant la peur des flammes. Anne-Marie, téméraire comme à son habitude, s'était fait remarquer. « Un vrai garçon manqué », disait-on en la voyant s'élancer au-dessus du brasier. Certains garçons sautaient à deux en attirant une fille par la main. François et Eugénie firent de même et Anne-Marie, piquée au vif, entraîna François. Il se fit un peu prier mais, devant les autres, il dut accepter. Jean-Claude et François prirent chacun d'un côté Hortensiane, coururent vers le feu et une salve d'applaudissements salua l'exploit. Il y eut des chansons et de la joie autour de ce feu de la Saint-Jean.

Tous les jeunes et quelques parents profitaient du spectacle : les enfants du boulanger, du boucher, les filles de l'épicière et d'autres des hameaux, une bonne trentaine !

– T'as vu comme elle est belle Hortensiane, dommage qu'elle ne soit toujours qu'une enfant. J'en pince pour elle, hélas ! osa un garçon.

– Il n'y a pas que toi, mais je préfère Anne-Marie, la petite coiffeuse, t'as vu comme elle est roulée ? Mais elle a un sacré caractère, pas à prendre avec des pincettes…

– Je l'aurais bien un jour, rien ne me résiste…, reprit le premier.

– En tout cas, tu ne résistes pas à la bière, c'est elle qui a le dessus…

Tous riaient. Ils jetèrent quelques brassées de bois de plus sur le feu d'où jaillit alors une gerbe d'étincelles.

La nuit, timide jusque-là, s'installait.

– On devrait rentrer, ajouta une autre. Mais moi, je ne rentre pas seule. Qui veut m'accompagner dans le petit chemin ?

– Je suis ton homme, répondit celui qui ne tenait pas debout.

– Pour commencer, tu n'as qu'à dessaouler… Si ta mère te voyait…

– Je suis majeur et je fais ce que je veux. Je ne suis pas comme ces petits merdeux qui sont obligés de rentrer parce que maman l'a dit…

Un soupirant d'Anne-Marie commença alors de grands galimatias. Il terminait ses bouts de phrases par un hochement de tête, qui lui donnait un sentiment de maîtrise sur tous les sujets et ne souffrait aucune remarque. C'était Barthélémy, le fils du marchand de vin. Il avait un an de plus qu'Anne-Marie. Un timide, peu instruit, qui tentait, par un comportement maladroit, de paraître intéressant aux yeux des autres.

Lorsqu'il livrait les barriques de vin dans les fermes, il faisait en sorte qu'on le prît pour son père, c'est-à-dire pour le patron. Nul n'était dupe, mais cela seyait à sa suffisance.

Pour le mettre mal à l'aise et se jouer de lui, une jeune fille lui demanda :

– Alors, Barthélémy, pourquoi n'as-tu pas invité Anne-Marie à sauter par-dessus le feu ? Tu m'avais pourtant dit hier que tu le ferais ?

– Je ne me souviens pas avoir dit ça, répondit le couard. De toute manière, elle n'aurait pas voulu.

Puis, se tournant vers Anne-Marie :

– Pas vrai que tu n'aurais pas accepté ? Tu as plein d'amoureux qui viennent te voir au salon de coiffure, je les ai vus. Mais, moi aussi, j'ai une amoureuse et c'est mon secret. Elle n'est pas d'ici…

Tous se mirent à rire aux éclats, connaissant fort bien le bonhomme qui n'osait qu'une chose, parler, parler ; dans ce domaine, il était inégalable.

Il se leva et regarda les jeunes gens qui l'encerclaient, assis dans l'herbe, se moquant de lui. Puis on vit une jeune fille se lever, la plus rondouillarde pour ne pas dire plus, et lui demander :

– Si tu es un homme, viens m'embrasser devant tout le monde, comme s'embrassent les amoureux !

Il bégaya un instant et prit la poudre d'escampette tandis que les rires redoublaient.

Seule Hortensiane demeurait silencieuse, n'ayant sans doute pas compris cette plaisanterie. Anne-Marie lui prit la main et lui dit :

– Ce n'était qu'un jeu, c'était pour rire.
– Je n'aime pas qu'on se moque des autres.

Lorsque l'horloge sonna dix heures trente, l'ancien clan se retira comme il l'avait promis aux parents. Les plus anciens les raillèrent mais il fallait respecter les consignes. On s'embrassa et l'on jura de se revoir dès que possible, mais ce n'était là que vaines promesses…

Dès qu'ils furent partis, ceux qui chantaient et buvaient encore ne se gênèrent pas pour se moquer des plus jeunes, en dansant de manière désordonnée, la chopine à la main avec, en tête, les filles Levergne…

Un jeune guitariste reprit des musiques douces et tous l'entourèrent en l'accompagnant de leurs voix. Tout devenait raisonnable, enfin. Le feu aussi avait tendance à s'endormir.

– Il paraît que ceux qui ont sauté par-dessus le feu se marieront dans l'année ! s'exclama l'un deux.

– Tu parles de François et d'Anne-Marie ?

– De ceux-là… mais aussi des autres, dit-il en prenant la main de sa voisine dont il était amoureux et qui avait franchi le feu avec lui…

Chez les Chaspéral, les jeunes avaient rejoint les leurs qui les attendaient.

– Alors, Anne-Marie, as-tu bien dansé ? lui demanda sa mère qui ne se serait jamais couchée avant son retour. Tu as été sage au moins ?

– J'ai dix-huit ans maman, je peux sortir jusqu'à onze heures au mois de juin, tout de même. D'autres de mon âge y sont encore ! répondit-elle, agacée.

– Les autres sont les autres. Dans notre famille, il y a des règles, ton père…

Elle s'interrompit, jugeant plus sage de s'arrêter avant que la conversation ne s'envenimât.

– Hortensiane et Eugénie se sont bien amusées. Elles avaient des amis, elles ont même sauté par-dessus le feu…

– Hortensiane aussi ? s'étonna la mère. Mais avec qui ?

– Avec son frère, pardi, et moi aussi j'ai sauté avec lui…

– Voilà que tu le revois maintenant ? Il me semblait que ce n'était plus ton copain depuis l'école. C'est pourtant ce que tu m'avais dit, je n'ai rien inventé. Même pour les moissons et le battage lorsqu'il vient nous prêter main-forte, vous ne vous parlez plus comme avant…

– Je vais me coucher, annonça Anne-Marie. Bonne nuit à tous !

Jean-Claude, qui n'avait rien dit jusque-là, intervint en faveur de sa sœur :

– Anne-Marie est sérieuse, tu ne devrais pas l'agacer ainsi, laisse-la vivre comme elle le souhaite. Avec François, ils ne sont plus amis, voilà tout ! Elle travaille, elle gagne sa vie, que lui demander de plus ?

– Elle est mineure et tant qu'elle vivra sous notre toit…

– Moi, je comprends son envie d'indépendance. Qu'elle veuille se trouver une chambre au village, c'est normal. Ça devient si petit chez nous… Nous sommes les uns sur les autres et ça me ferait un peu plus de place, ajouta-t-il en riant.

– Je ne m'attendais pas à ça de ta part, je vais en parler tranquillement à ton père. Mais je pense à la grand-mère, que va-t-elle penser si elle quitte la maison ? C'est vrai que c'est une bonne fille, ta sœur. Et toi tu n'es pas mal non plus, dit-elle en lui passant délicatement la main dans les cheveux.

Elle savait qu'il n'aimait pas ce geste pourtant affectueux.

– Je n'ai plus dix ans, maman…

– Toi aussi, tu as grandi, mais tu es…

Elle suspendit sa phrase, réalisant que le temps avait passé bien vite. Dieu seul savait ce que l'avenir réservait. Sans doute fallait-il s'adapter à cette jeunesse. Anne-Marie avait du caractère, ce n'était pas nouveau, mais de là à habiter seule ? Que penserait-on d'eux au village ? Que dirait-on de sa fille ?

La lumière s'éteignit chez les Chaspéral mais, ce soir-là, Marguerite eut du mal à trouver le sommeil. Elle songeait à sa fille, cette fille pleine de rêves et d'envies qui lui arrivaient bien trop tôt. Puis elle imagina Hortensiane Picardier sautant par-dessus le feu de la Saint-Jean, mon Dieu ! Comment avait-on pu la laisser faire, cette pauvre enfant ? Pourtant, elle l'avait fait et n'en était pas morte. Elle avait de l'affection pour cette petite. Sa fille s'en occupait souvent. Bien avant qu'Anne-Marie n'entre en apprentissage, elle la coiffait déjà. Hortensiane aimait ces moments innocents mais pleins de délicatesse et de bonheur. Trop sensible parfois, elle souffrait des violences faites à certains animaux, violences qui n'en étaient pas aux yeux de son entourage : des cris ou des coups d'aiguillon sur le dos des vaches, les chats que l'on chassait, les chiens que l'on mettait dehors...

Parfois, elle sanglotait. Son frère la protégeait et lui racontait des histoires de son invention. Le clan des quatre, qui devint celui des cinq, se rassemblait à la cabane du bois des Souques. Un lieu magique où son frère donnait rendez-vous aux oiseaux des champs et de la forêt. François racontait si bien que l'histoire semblait vraie. Lorsqu'il le voulait, il s'y réfugiait seul ; c'était la condition pour que les oiseaux vinssent le rencontrer.

Il s'asseyait par terre, les volatiles approchaient un à un et entouraient François. Il leur avait souvent parlé d'Hortensiane et elle le savait car elle avait bien vu que certains la reconnaissaient. Lorsqu'elle passait par les chemins des jardins, les oiseaux ne s'enfuyaient plus. Elle leur souriait et leur disait à son tour : « Vous êtes des amis de mon frère François, moi aussi je vous aime, comme lui... » Tout le monde au village connaissait cette histoire mais personne n'entendit celle-ci plus étonnante encore ; c'était au cours d'un de ces hivers très froids durant lesquels la neige et la glace envahissent le pays. François s'était rendu à la cabane, seul. Il avait attendu longtemps et, comme aucun oiseau n'était venu, il s'apprêtait à s'en retourner chez lui. C'est alors qu'une silhouette étrange apparut devant la porte de la cabane qui restait toujours ouverte, celle d'un gros chien… La bête s'approcha de François, le renifla et se coucha près de lui. François avait alors identifié l'animal ; ce n'était pas un chien mais un loup. Il lui parla comme il savait si bien le faire avec les oiseaux, sans le toucher mais avec un regard doux. « Un de ces jours, si tu reviens, je te parlerai d'Hortensiane, ma sœur, j'aimerais que tu la connaisses… »

Quelques jours plus tard, on trouva un loup mort dans un chemin creux, un vieux loup. François le reconnut. « Ce loup voulait te rencontrer », dit François à sa sœur dans le creux de l'oreille et, sans se poser d'autres questions, Hortensiane pleura cet animal venu pour la rencontrer. François lui demanda de ne parler à personne de cette histoire secrète au dénouement pourtant connu de tous.

À l'école communale, le certificat d'études approchait et M. Perguesol incitait les candidats à de sérieuses révisions. Une douzaine d'adolescents se présenterait cette année et le directeur d'école espérait que tous l'obtiennent. Quatre élèves devaient réviser en classe après l'heure de la sortie. Perguesol ne lésinait pas sur le travail. Il ne devait pas y avoir un seul recalé. Dans certains cas difficiles, il préférait ne pas présenter l'élève plutôt que d'admettre un échec, autant pour l'enfant que pour lui-même. Pour Hortensiane Picardier, il en avait été ainsi en son temps et toute la classe en avait souffert, mais il s'agissait là d'un cas exceptionnel. Il y avait bien eu un cancre imperméable à toute instruction mais il travaillait avec ses parents dans une ferme voisine et se considérait le plus heureux du monde…

Le village vivait au rythme de ces petits événements. La joie fut grande au retour du canton lorsque les douze reçus brandirent leurs diplômes signés de l'inspecteur d'académie de l'Éducation nationale. Il y aurait du bonheur dans les familles et des choix délicats à faire pour leur avenir. Le maire les accueillit à leur arrivée sur la place et se fendit d'un petit discours. « Vous honorez notre commune et, au nom de tous les Saint-Martinois, je vous félicite et vous en remercie ! Encore bravo à tous ! » Certains manifestaient leur joie, d'autres demeuraient émus et surpris de tant d'honneur. « Le maire nous a félicités ! Quand je vais raconter ça à mon père, il ne me croira pas. C'est vrai qu'il ne l'aime pas… Ils ne sont pas du même bord ! »

3

Les moissons s'annonçaient autour du 14 juillet et chaque agriculteur s'y préparait avec ses moyens. Le temps de l'entraide venait, comme tous les ans. Picardier, selon son habitude, proposa l'aide de son fils à son copain d'enfance, Chaspéral.

– Je te l'envoie deux jours pour la moisson et un jour pour le battage. Est-ce que ça te convient, Chaspéral ?

– Ça me va. En échange, je travaillerai une journée chez chacun de tes fermiers.

– La moisson sera belle. Regarde ces champs ! C'est une année exceptionnelle que nous avons là, si l'orage ne passe pas par là…

– C'est toujours la même question… Et pour tes bêtes, ça va comme tu veux, Picardier ?

– Ils se plaignent tous que je leur achète à trop bas prix, c'est comme toi d'ailleurs, tu n'es jamais content, dit-il en éclatant de rire. Tu n'auras qu'à nous faire signe pour la moisson, le plus tôt possible pour qu'on s'arrange pour les jours…

Chaspéral avait une folle envie de se moquer un peu de lui ; Picardier ne transpirait guère sur ses terres, ses fermiers s'en chargeaient.

– Tu as tout de même une belle vie à côté de nous autres. Tu as toujours le portefeuille à la main et tu ne souffres pas des reins.

– J'ai bien d'autres soucis avec Hortensiane. C'est surtout ma femme qui s'inquiète…

– C'est bien vrai, excuse-moi Picardier, mais ne dit-on pas que l'herbe est toujours plus verte dans le champ du voisin ?

– Tu pourrais quand même me payer un verre, ça me donnerait l'occasion de saluer ta femme et ta belle-mère.

Ce qui fut tôt fait. Picardier aimait entrer chez les gens, non qu'il fût prétentieux mais s'asseoir devant un verre, chez des voisins, et se sentir amicalement reçu, cela lui plaisait. Philippe Chaspéral le savait mais ne l'invitait que rarement. Il avait l'impression de perdre du temps.

Après avoir parlé de travaux d'été, des enfants, Picardier s'adressa à Mme Virade qu'il estimait.

– Vous avez tout de même un bon gendre, madame Virade, vous auriez pu tomber plus mal…, dit-il avec un sourire en coin.

– Je ne vous dirai pas le contraire, monsieur Picardier. Dans mon malheur, j'ai eu cette chance… et avec ces deux petits-enfants, quoi demander de plus au bon Dieu ?

– Ça me fait penser qu'il faut que j'aille chez votre fille, enfin chez Duparlan. Ça me rafraîchira les idées, avec ces chaleurs...

Les rendez-vous avaient été pris pour les moissons et le battage, une affaire convenue. Rien d'extraordinaire, mais il fallait bien s'entendre et le plus tôt possible. Les dates du battage avaient été fixées aussi ; les entrepreneurs avaient besoin d'un planning précis pour ce mois d'août.

Saint-Martin-le-Bel connut quelques jours plus tard, début juillet, une animation nouvelle sous le grand tilleul. Les grandes vacances amenaient une partie des enfants vers la grande place, le centre du village, où certains, ceux qui en avaient les moyens, paradaient avec leurs vélos devant les autres, qui conduisaient à vive allure des jantes de roue de bicyclette, parfois en bois, avec une dextérité surprenante.

Puis viendraient les « enfants de Paris », ces Auvergnats envoyés dans les campagnes pour prendre l'air du pays de leurs parents qui, eux, ne pouvaient pas se déplacer. Ces Parigots apprenaient bien des choses à ces petits campagnards qui, en contrepartie, leur montraient comment on prend une truite ou des écrevisses à la main, en deux mots : la braconne !

Des amourettes naissaient, des bagarres éclataient, les filles trouvant ces Parisiens toujours plus beaux, mais les Cantalous ne demeuraient pas en reste...

Le 14 juillet approchait. On installait déjà quelques lampions suspendus à des ficelles sur la place de la mairie, tout près du chapiteau où aurait lieu le fameux bal populaire habituel.

L'orchestre régional Tintin et Compagnie et quatre musiciens, dont un chanteur, invités pour l'occasion, animeraient, le temps d'une fin d'après-midi et d'une soirée, ce bal gratuit offert par la municipalité. Une sono inondait de ses bruits parfois inaudibles la rue principale où quelques marchands de gourmandises, une loterie, à laquelle on perdait plus que l'on gagnait, avaient pris place. Un manège pour les petits avait créé la surprise. Tout était fin prêt !

Pour l'après-midi, les permissions de sortie avaient été accordées jusqu'à dix-neuf heures sous réserve de fermes promesses.

Mme et M. Chaspéral annoncèrent à leurs enfants qu'ils se déplaceraient pour admirer le feu d'artifice, leur seule sortie de l'année.

– Nous vous laisserons libres jusqu'à la fin du feu, puis nous ramènerons grand-mère à la maison. Nous irons ensuite vous rejoindre au bal afin de vérifier si nous savons toujours tourner la valse, votre mère et moi. Nous rentrerons tous les quatre dès que nous pourrons, mais nous ne vous ennuierons pas, ajouta Philippe en souriant.

Ce qui voulait dire poliment qu'Anne-Marie et Jean-Claude n'avaient qu'à bien se tenir.

L'après-midi, malgré la chaleur plombant le village, les gens vinrent d'un peu partout, une occasion pour certains de se voir et de prendre des nouvelles des uns et des autres. Le concours de quilles et de boules grouillait d'amateurs de tous âges, jusqu'au curé Mathieu parlant plus fort que les autres.

Les terrasses des cafés, ombragées par des parasols ou des feuillages placés sur des treillis métalliques, faisaient recette.

Les jeunes du clan avaient retrouvé d'autres camarades rencontrés au feu de la Saint-Jean et François, accompagné d'Eugénie, tentait de faire bonne figure. Ses parents se trouvaient parmi la foule.

Des garçons interpellaient Anne-Marie qui attirait bien des regards. Vêtue d'une robe de coton léger à bretelles, assez décolletée, elle souriait de manière presque provocatrice. Lorsque le bal fit entendre ses premiers flonflons, les jeunes s'engouffrèrent sous le chapiteau où régnait déjà une bonne température.

Anne-Marie et quelques autres furent prises d'assaut. Jean-Claude tenait compagnie à Hortensiane et François dansait avec Eugénie. Tous les jeunes, fous de joie et libres, avaient envahi le parquet.

Marches, valses, polkas et tangos se succédaient. Anne-Marie se faisait serrer de près par un cavalier entreprenant. François vint prendre Anne-Marie par la main et tourna une belle valse en la dévorant du regard. Puis, surpris par Eugénie qui l'observait tout en dansant avec Jean-Claude, il modifia son attitude. À la fin de la danse, il lui dit simplement :

– C'est vraiment dommage que nous ne soyons plus amis comme autrefois…

– Tu es avec ta promise !

– Ça, vois-tu, ce n'est pas trop mon…

Avaient-ils envie de s'en dire davantage ? Eugénie ne leur en laissa pas le temps.

Chacun rejoignit les siens. Seuls leurs regards se croisaient parfois, mais Anne-Marie paraissait n'y attacher aucune importance. Elle dansait et cela lui suffisait. Il lui semblait même qu'un de ses cavaliers devenait bien audacieux, c'était aussi de son âge et tant qu'il n'y avait pas ses parents…

Puis ils rentrèrent chez eux. Le chemin n'avait pas été long à faire.

Les parents ne posèrent pas de questions pendant le repas qui fut pris rapidement. Les jeunes gens n'avaient pas de temps à perdre et demandèrent à partir.

– Nous nous retrouverons sous le chapiteau, vous avez carte blanche jusque-là, annonça le père.

La grand-mère, qui ne se mêlait pas des affaires de son gendre, dit en voyant ses petits-enfants sortir et en cachant sa bouche avec sa main :

– Profitez-en bien, les petits. Tenez, voilà de quoi aller au café. Il fait si chaud, ajouta-t-elle en leur glissant un petit billet accompagné d'un clin d'œil.

Les parents firent semblant de ne rien voir.

Tous les jeunes se rassemblèrent sur la place. On parlait déjà fort. La sono crachait sa musique et annonçait le tir du feu d'artifice dès la nuit tombée. Le cavalier d'Anne-Marie l'avait retrouvée et ne la lâchait plus d'une semelle, ce qui n'avait pas l'air de l'ennuyer d'ailleurs. Parfois leurs mains se frôlaient mais n'osaient encore se prendre. Comme l'orchestre commençait, la foule s'approcha. Il y avait des moins jeunes et même de vieux couples qui voulaient danser une bourrée, ou du moins tenter de la danser.

On leur donna satisfaction. La joie se lisait sur leurs visages ; cette danse les rajeunissait, leur donnait des ailes.

Quelques jeunes les rejoignirent sur la piste, dont Anne-Marie. Elle aimait se mêler à ces couples qui se faisaient un plaisir d'accueillir cette jeunesse parmi eux. Ceux qui ne dansaient pas battaient la mesure avec leurs pieds et participaient ainsi à leur manière. Les bras des hommes se levaient, les chapeaux tournoyaient, et les cris caractéristiques des Auvergnats, fêtant leur pays, s'élevaient au-dessus des danseurs. La cabrette et l'accordéon s'entendaient à merveille et les regrets, morceaux que le cabretaïre interprétait avant chaque danse, bouleversaient l'auditoire.

Le pays vivait au rythme de ces danses folkloriques. La bourrée est une danse d'amour, malgré ce qu'en pensent les gens d'ailleurs qui la jugent parfois disgracieuse. On frappe le parquet pour marquer la mesure mais on n'arrête jamais une danse sans embrasser sa partenaire !

Puis la salle se vida subitement. Dehors, on se pressait pour être le mieux placé. Déjà, les premières fusées fendaient le ciel. Le cavalier d'Anne-Marie profita de l'obscurité pour lui prendre la main.

– Mes parents sont à deux mètres devant nous et tu ne connais pas mon père…

– Ils te surveillent ? Tu ne pourras pas t'éloigner un peu ?

– Certainement pas !

Il comprit et s'éclipsa discrètement en lui disant :

– Je t'attendrai au bal… Ils ne viendront pas, j'espère ?

– Ils viendront et garderont l'œil sur moi. Je n'ai que dix-huit ans. Il te faudra beaucoup de patience !

Il poussa un juron et disparut pour de bon. Le bel amoureux n'avait pas insisté et était parti chercher aventure ailleurs. Jean-Claude, qui avait vu le manège :

– Tu l'as rembarré ? Un de plus ?

– Il m'a tenu compagnie, ça fait mieux devant les autres…

Et de rire tous deux. Jean-Claude adorait sa sœur et la prenait souvent par la main. « Tu es un amour de petit frère », lui disait-elle alors en lui déposant sur la joue un baiser sonore.

Les fontaines d'or et d'argent illuminaient la nuit. Les étoiles jaillissaient au bout de chaque éclatement de fusées multicolores. On entendait les exclamations admiratives des enfants, les sifflets des jeunes et parfois des applaudissements. La nuit, maintenant tout à fait venue, donnait au ciel une noirceur docile qui épousait toutes les couleurs et soulignait les traces des fumées s'évanouissant lentement et de manière désordonnée dans le ciel.

Puis vint le bouquet final, celui que l'on attendait et qui pourtant annonçait la fin du spectacle. Des centaines de jets de feu, autant d'explosions… Les yeux ne savaient plus où regarder. Enfin, deux ou trois bombes firent vibrer la terre.

Subitement, tout s'assombrit. Le murmure de la foule longtemps retenu reprit ses droits, les flonflons du bal redevinrent une invitation. Les Chaspéral retrouvèrent comme convenu les leurs sur le parquet. Ils s'étaient tous deux bien habillés ; le père avait endossé son costume noir sur une chemise blanche, toujours la même, celle qui assurait toutes les grandes circonstances, avec la fameuse cravate noire. Mme Chaspéral avait une robe légère, avec quelques fleurs sur la partie jupe, fermée par une lavandière bleu marine. On n'avait guère l'habitude de les voir ainsi et certains amis qu'ils rencontraient ne manquaient pas de le souligner.

– Oh ! tu maries ta fille, Chaspéral, que tu t'es mis sur ton trente et un ! J'ai un neveu qui la prendrait bien, Anne-Marie. Il m'en parle souvent. Je te disais ça pour rire, bien entendu !

– Ton neveu ne mérite pas ma fille… Inutile qu'il y pense !

Le ton était donné. Et voilà que le couple Chaspéral entra dans la danse à la surprise générale.

– Il ne danse que pour le 14 Juillet, dit l'un, mais il se débrouille comme un chef !

Un beau couple dans la quarantaine, un couple de travailleurs qui ne se montrait qu'une fois l'an.

Puis le père invita sa fille et ce fut une démonstration. Le paysan penché sur ses terres n'était plus le même aujourd'hui, épatant ses connaissances. C'est à ce moment-là que Picardier apparut et, voyant son collègue danser, se permit d'inviter Marguerite, non sans avoir glissé à son mari :

– Tu permets, Chaspéral ?

Détente, insouciance d'un jour, le 14 Juillet permettait ces moments-là dans ce petit village bien caché dans sa belle campagne. Monsieur le maire vint aussi marquer sa présence en invitant Mme Duparlan pour un tango.

– Il ne faut pas aller trop vite, un tango me suffit à mon âge…, mentait-il.

Petit à petit, les anciens se retiraient et les jeunes, infatigables, assuraient l'ambiance. Hortensiane était restée auprès de sa grand-mère et François, bien accompagné, avait l'air de s'ennuyer tandis qu'Anne-Marie avait toujours du succès. On ne se gênait pas pour le lui dire, y compris les filles Levergne.

Puis le moment de partir approcha. Le regard de Chaspéral le signalait, ce qui n'avait pas échappé à François qui suivait toujours Anne-Marie des yeux. Celui-ci s'arrangea pour lui dire, en une fraction de seconde, qu'il viendrait aider ses parents pour les moissons…

La famille Chaspéral rejoignait la maison quand ils entendirent les douze coups de minuit.

– Es-tu contente de ta soirée, Anne-Marie ? Et toi Jean-Claude ? demanda le père.

– Si c'était comme ça tous les dimanches, ce serait merveilleux ! affirma la fille.

– Il ne manquerait plus que ça, ajouta la mère. Vous êtes bien trop jeunes, soyez heureux d'avoir pu sortir aujourd'hui...

Il n'y avait pas grand-chose à ajouter, même si l'on pensait différemment.

4

En ce jeudi 16 juillet, le temps des moissons commençait. Tout était prêt, y compris le chemin dégagé pour le premier passage de la machine et de son attelage. La faucheuse à herbe avait été transformée pour les blés. Le conducteur, assis sur son siège de ferraille, pouvait désormais manœuvrer à sa guise le levier libérant la javelle et permettant au tablier de bois léger de recevoir la suivante. Philippe assurerait ce rôle, Jean-Claude conduirait les bêtes et Anne-Marie, François et André, un autre voisin, lèveraient la javelle pour préparer le prochain passage. Anne-Marie prenait tous les ans quelques jours de congé pour aider sa famille.

Par bonheur, pas un orage n'avait éclaté à Saint-Martin-le-Bel depuis plus d'un mois et le ciel se maintenait au beau fixe.

Il fallait cependant attendre que le soleil séchât l'humidité de la nuit avant de travailler, ce qui leur donna l'occasion de converser encore quelques instants. François arriva un peu plus tard, juste au moment de commencer. Il salua tout le monde et embrassa

Anne-Marie comme il le faisait du temps de leur enfance. Grand-mère Justine fut heureuse de le voir :

– Quel plaisir, François, il y a bien longtemps que tu n'étais venu nous voir. Aujourd'hui tu es un homme !

– Bonjour Mme Virade, le temps passe vite ! répondit-il maladroitement.

– Que devrais-je dire ? J'espère que tes parents vont bien, j'ai aperçu ton père le 14 juillet.

– Il aime se montrer, ce n'est pas comme moi. Ma sœur Hortensiane et ma mère vous envoient le bonjour. Ma sœur passera peut-être nous voir avec grand-mère Jeanne.

– Ta grand-mère est une brave femme…

– C'est l'heure d'y aller, les discussions ce sera pour une autre fois, dit Chaspéral en souriant.

Tous suivirent la machine attelée de deux belles bêtes. Ils ne partaient pas pour une croisade mais peu s'en fallait… avec du bonheur dans leurs regards. Les moissons représentaient certainement l'un des plus importants jours de l'année pour les paysans. Une fois le blé mis en meule, il pouvait attendre.

Anne-Marie et François se parlaient doucement de choses et d'autres. Elle portait un immense chapeau de paille orné d'un grand ruban rouge, ce qui la rendait encore plus attirante, mais François n'était pas venu pour lui conter fleurette. Il ne put cependant s'empêcher de lui dire :

– Tu es magnifique sous ce chapeau !

Elle sourit pour toute réponse, elle non plus n'était pas là pour séduire son ami d'enfance.

Le patron donna quelques ordres et la machine commença à coucher les tiges dures et blondes de la récolte. Chacun avait pris sa place au labeur. Le chien avait déjà trouvé la sienne, dans un coin d'ombre de la haie voisine.

Les javelles, délivrées par le geste de Chaspéral, tombaient sur le sol. Puis André s'occupait de lier les gerbes avec un lien préparé et dispersé par-ci, par-là. Il avait une façon extraordinaire de procéder et, avec son liadou (un plantoir faisait l'affaire), il ne lui fallait que quelques secondes pour s'exécuter. Le nœud devait se défaire d'un seul coup lors du battage, là-haut sur la batteuse.

On suivait le pourtour du champ. Petit à petit, il se rétrécissait. La chaleur s'abattait sur les paysans, violente et sèche, pas un brin d'air et rien que le bruit de la machine, parfois la voix de Jean-Claude qui encourageait les animaux à avancer. Quelques rats ou oiseaux déguerpissaient devant la lame meurtrière.

Des coquelicots tombaient au champ d'honneur près de bleuets engagés dans la même galère…

Hommes et femmes avaient chaussé des bottillons ou brodequins ; les chaumes blessent les chevilles au sang et les mouches en sont friandes. La sueur perlait au front et le travail se poursuivait dans un cérémonial impressionnant. Maintenant, les gerbes étaient aussi nombreuses que les javelles. Philippe, soudain, s'arrêta.

– Donne-nous à boire, dit-il à Anne-Marie. Tu nous ferais mourir de soif !

Jean-Claude s'en alla chercher au ruisseau les boissons glissées dans la fraîcheur de l'eau et ramena aussi un grand seau pour les bêtes.

– Elles le méritent autant que nous, fit-il en souriant.

– Les épis sont beaux, et bien mûrs, observa André. Belle récolte, monsieur Chaspéral.

– Pour le moment, il n'y a rien à dire, on verra demain pour l'autre champ, la terre est plus difficile…

– Il n'y a jamais deux terres identiques, ce serait trop beau…

– Sers-nous donc, Anne-Marie, au lieu de nous faire attendre, le soleil tape…

Chacun se désaltéra en silence.

Puis le travail reprit pour un long moment encore. Le champ, alors bien entamé, ne se moissonnait que dans le sens de la longueur. On gagnait du temps dans la manœuvre.

L'horloge du village se manifesta.

– Encore une bonne demi-heure et ce sera bon, annonça le père Chaspéral.

Les terres étant proches des habitations, ils déjeuneraient à la maison où Marguerite leur avait concocté le repas. Ce n'était pas le festin du battage mais un menu copieux.

Ils dételèrent les bêtes, les firent boire et les libérèrent comme ils se libéraient eux-mêmes, ruisselant de transpiration.

– Un bon morceau de fait ! s'exclama Chaspéral. À cinq heures, tout sera fini pour ce champ, nous préparerons l'autre pour demain.

Anne-Marie et François n'avaient pas eu l'occasion de se parler mais ils marchaient côte à côte. Leurs épaules se frôlaient parfois.

– Vous êtes bien silencieux les jeunes, leur lança André.

– Ne leur donnez pas de mauvaises idées, reprit Philippe. François est déjà promis…

Anne-Marie regarda François d'un air de dire : « Tout le monde le sait. »

– Nous avons fait les quatre cents coups par ici, te souviens-tu ? demanda François. Le clan des quatre et même des cinq… Nous avons arpenté tous les environs, d'un ruisseau à l'autre. La colline du milieu nous appartenait !

Anne-Marie sourit à ces évocations.

– C'est un peu vrai mais pourquoi, après le certif, avons-nous tout abandonné ? Nous avons perdu peut-être le meilleur de notre jeunesse. On ne s'est plus vus, à croire que nous ne voulions plus nous rencontrer. Et toi, tu as suivi ton père par monts et par vaux. J'ai pensé que tu ne souhaitais plus me voir, que je n'étais plus rien pour toi !

Un brin de nostalgie les anima soudain, juste le temps de rejoindre la maison. Marguerite les attendait en compagnie de grand-mère Justine. Un magnifique poulet, rôti à point, régalerait tout le monde, suivi de pommes de terre dorées et persillées, d'une salade du jardin, la reine des glaces bien croquante et assaisonnée par Justine qui savait ajouter ce quelque chose de particulier la rendant encore meilleure. Le salers à la croûte fleurie serait accompagné d'un vin rouge, livré en barrique par le marchand de vin local, venu tout droit de la cave fraîche.

On ne parlait guère, il n'y avait pas de temps à perdre et le patron accordait toujours une bonne demi-heure de sieste. Seuls Philippe et André en profitèrent. Les femmes, aidées de leur mieux par les garçons, débarrassèrent et se mirent à la vaisselle.

– Vous êtes de bons petits, ne put s'empêcher de lâcher Justine avec ce sourire tendre qui charmait ceux qui la rencontraient.

– Vous pouvez bien souffler un moment, lui dit François qui avait tant apprécié ses gourmandises lorsqu'il venait, enfant, dans cette maison.

Il souriait. Anne-Marie l'observait du coin de l'œil. Peut-être retrouvait-elle l'ami d'enfance quelque peu perdu depuis quatre ans et se demandait-elle comment cela avait-il pu se produire… Elle avait eu quelques amoureux sans grande conséquence. De son côté, François avait-il connu d'autres filles qu'Eugénie, la riche et future héritière des Grandes-Terres, comme on nommait ici leur propriété ?

Mme Chaspéral, n'y voyant aucun mal puisque tout le monde en parlait, lui dit tout calmement :

– Alors, François, il paraît que tu vas te marier ? Tu as donc trouvé chaussure à ton pied ?

– Nous verrons à mon retour du service militaire, il n'y a rien qui presse et Eugénie est d'accord sur ce point.

– Pardi, c'est bien vrai, je me mêle de ce qui ne me regarde pas…

– Ce n'est rien, j'ai entendu pire, madame Chaspéral.

La conversation n'eut pas de suite. François s'adressa à Anne-Marie :

– As-tu revu ton cavalier, il semblait te serrer de près le soir du 14 juillet ? lui dit-il en catimini.

– Ce ne sont pas les garçons qui manquent et qui me courent après. Celui-là ne me plaisait pas.

Tous deux se mirent à rire. Jean-Claude ajouta :

– Heureusement que je suis là, je la surveille dans ses choix, dit-il en détalant ; il savait que la formule employée ne plairait pas à sa sœur.

Effectivement, elle le poursuivit autour de la table.

– Ces deux-là s'adorent et se chamaillent toujours, remarqua Justine, avec un regard doux.

– La fin de la sieste ne va pas tarder, vous allez avoir chaud, dit Marguerite. Et moi aussi ; je vais venir dans un moment, le temps de préparer le casse-croûte et les boissons.

Il fallait maintenant lier les bêtes au joug et se diriger vers le champ.

– Ce soir tout sera quillé, annonça André, un journalier qui connaissait parfaitement les travaux des paysans.

– Demain soir, nous aurons terminé l'autre. Le temps reste beau, ne nous plaignons pas.

Jean-Claude, François et Anne-Marie discutaient

entre eux, loin des « anciens », comme ils aimaient les nommer en souriant.

Lorsque tout fut prêt, le travail reprit. La lame tranchait, la javeleuse cliquetait. Philippe, tel un capitaine sur sa monture, commandait son armée. Ce n'était ni silencieux ni bruyant. Les roues de fer marquaient la terre et les bœufs donnaient toute leur puissance quand la montée se présentait, une montée légère mais, sous le soleil de juillet, les proportions changeaient de valeur.

Derrière, on déplaçait les javelles, on liait les gerbes au rythme de la progression de la moissonneuse. On soufflait aussi ; la chaleur n'aidait guère les travailleurs. Pas le temps de bavarder, juste quelques signes de la main.

Lors d'une pause bienvenue, Chaspéral descendit de sa monture, écrasa quelques épis dans sa main et montra aux autres ces grains chauds, dans leur péricarpe, sur lesquels il soufflait pour enlever les inutiles brindilles.

– Avec du grain comme ça, le pain sera bon, les enfants ! J'espère que demain, il fera aussi beau qu'aujourd'hui.

– Vous avez de la chance, monsieur Chaspéral !

– Ce n'est pas simplement le fait de la chance, c'est la récompense du travail !

Il avait tellement appuyé sur ce mot, « travail », qu'il n'y avait rien à ajouter. Ce mot se parait chez cet homme d'une force respectueuse qui en imposait à tous. Ils saluèrent l'arrivée de Marguerite et des deux paniers qu'elle portait. Tous savaient ce que cela voulait dire : dernier tour avant le casse-croûte !

Pâté, lard froid et fromage, sans oublier une bouteille de vin frais. Du bonheur en quelque sorte pour cette dernière pause à l'ombre des arbres voisins.

– Vous avez bien travaillé, ce soir tout sera terminé, je suis contente.

– Nous aussi, répondit Jean-Claude, encore une journée comme celle-là et les deux champs seront rasés.

– Il ne nous restera qu'à transporter le tout sur l'ère du couderc en attendant le battage, reprit Anne-Marie. Nous nous reverrons encore une fois, demain, puisque ton père a promis, glissa-t-elle à l'oreille de François.

Il acquiesça avec le sourire.

Ce casse-croûte fit le plus grand bien à tous, et chacun reprit son poste. Le soleil n'avait guère baissé d'intensité. Javelles et gerbes devenaient plus lourdes à manipuler et les reins douloureux.

Puis, ce fut le dernier passage. On aurait dit que même les animaux allaient plus vite. « Ils sentent l'étable… », disait André, et c'était vrai.

Le patron conduisit la machine vers la maison et les bêtes à l'abreuvoir. Il ne reviendrait pas. Les cinq autres liaient les dernières javelles et déjà l'on quillait au bout du champ. On dressait une gerbe, on en accolait une autre de chaque côté, puis deux autres, face à celle du milieu. Ces quillous, parfois appelés « gendarmes », composés au minimum de cinq gerbes avec le grain en haut, protégeaient le blé de l'humidité de la terre pendant la ou les nuits qu'ils passeraient ici avant leur transport vers l'ère de battage choisie.

– Faudrait terminer avant la tombée du jour, déclara Marguerite toujours présente et travaillant autant, sinon plus, que les autres.

– Nous resterons le temps nécessaire, nous savons que M. Chaspéral doit assurer la traite du soir.

Marguerite ne montrait pas sa fatigue et gérait de son mieux l'absence de son mari en aidant son jeune fils qui n'avait pas encore la manière pour donner des ordres.

Demain serait aussi pénible qu'aujourd'hui et certains sans doute y pensaient.

Maintenant envahi de gendarmes, le champ se trouvait bien timide ainsi dépecé de sa toison d'or. Les travailleurs quittaient la parcelle sans se hâter et, de temps à autre, ils se retournaient, exprimant leur satisfaction d'avoir achevé leur besogne en une seule journée.

– Toutes ces gerbes levées, quel magnifique tableau, dit Jean-Claude.

Tous avaient manifesté leur approbation par un acquiescement de la tête, ne trouvant pas de meilleures formules et n'ayant pas la force d'y réfléchir. Le soleil commençait à descendre vers l'horizon et, tout doucement, les ombres des quillous s'allongeaient vers l'est. Plus tard, seuls les sommets des gerbes brilleraient encore, telles les pointes des lances des tribus, dernières lueurs du champ de bataille.

À la ferme, Philippe s'occupait des bêtes. Jean-Claude le rejoignit avec les autres. François demanda à partir ; il devait rentrer chez lui pour le souper.

– Tu es si pressé ? fit Anne-Marie.

Il répondit par un sourire et s'en alla en lui adressant un petit geste de la main. Elle le regarda s'éloigner, sans rien dire, ignorant que, plus loin, Eugénie l'attendait...

– Il n'a pas l'habitude de tant travailler, dit grand-mère Justine, comme pour lui trouver une excuse.

– Demain il reviendra et ce sera fini...

– Aide-moi à mettre la table, il faut terminer les restes de ce midi, conclut Justine qui avait bien observé sa petite-fille.

– N'as-tu pas oublié de rentrer les moutons, grand-mère ?

– Non, je n'ai pas oublié, c'est mon seul travail. Ils ne sont que sept et ne demandent pas grande peine.

Les hommes arrivèrent, se rafraîchirent et s'installèrent autour de la table.

– Une bonne journée de faite ! annonça le père Chaspéral.

– Une de plus, dit Marguerite.

Ce ne fut qu'à la fin du repas qu'ils parlèrent un moment puis André prit congé.

Avant d'aller dormir, Anne-Marie se promena à l'extérieur de la ferme. L'air tiède lui caressait le visage et l'odeur des derniers châtaigniers en fleur, un peu plus loin, lui procura une douce sensation. Elle aimait cet arbre et ses fruits mais, à l'instant même, ce n'était que leur parfum qu'elle respirait.

Doucement, la nuit venait et toutes les couleurs s'évanouissaient à son approche.

Le lendemain, à la première heure, les Chaspéral père et fils révisèrent la moissonneuse : vérification, graissage et surtout aiguisage de la lame, principale pièce de l'engin. Cette opération prenait du temps aux deux hommes. L'un tournait la meule à l'aide de la manivelle et le second appuyait la lame sur une pierre humidifiée par un filet d'eau tombant d'une boîte de conserve percée et suspendue par une ficelle. Un système efficace et à bon compte.

La même équipe que la veille se mit à la tâche dès la fin de la rosée. Les tiges de blé se laissaient mourir et tomber sur la javeleuse, dans un simple crissement de paille.

Protégée par son grand chapeau au ruban rouge, Anne-Marie, la peau plus hâlée que la veille, se démenait.

– Calme-toi, lui dit son frère. Laisse un peu de travail aux autres, que veux-tu prouver ?

– Fiche-moi la paix, je ne me mêle pas de tes affaires, moi…

Pas commode, la grande sœur, par cette belle matinée.

Comme la veille, peut-être mieux encore, le labeur s'accomplissait sous les rayons ardents du soleil. Philippe surveillait toujours l'horizon, à la recherche du moindre nuage, avec l'œil perçant d'un rapace.

– Ça tiendra la journée, dit-il à la pause. La parcelle est un peu plus petite que la première mais elle a bien donné, peut-être davantage.

Connaisseur en matière de moisson, André ajouta :

– On dirait que le blé est plus court sur pattes mais les épis sont aussi beaux. L'exposition y est pour quelque chose.

Anne-Marie s'adressa à François, alors silencieux :

– Le chat t'aurait donc mangé la langue ?

– Tu sais, je n'ai pas grand-chose à dire. Toi aussi, tu n'es guère bavarde.

– Hier soir, juste avant d'aller me coucher, j'ai fait un tour et le parfum des châtaigniers m'a rappelé le bon temps.

– Nous avons bien couru dans les bois, et la châtaigneraie, nous la connaissions parfaitement. Plus loin, quelques hêtres et sapins dissimulaient notre cabane, tu te rappelles ? La cabane où je parlais aux oiseaux, la cabane où nous avons fumé nos premières cigarettes… Tu étais comme ma sœur et nous nous entendions si bien alors.

Des regards leur firent comprendre qu'il valait mieux se taire, seul le travail comptait. L'évocation de ces souvenirs laissa des traces entre les deux jeunes. Il n'était pas difficile de l'apercevoir dans leurs sourires devenus complices, comme autrefois.

– Ce soir tout sera moissonné, quillé, prêt au transport de demain. Nous installerons les meules – les paillers – dans le couderc où viendront les engins du battage.

– Encore une journée à passer avec vous, dit François. J'aurais dû venir les années précédentes mais mon père préférait s'entendre avec ses fermiers qui vous envoyaient leur domestique.

Jean-Claude prit tout son temps pour répondre.

– Ton père et toi ne vous intéressez pas aux travaux des terres. Vous vivez ici mais vous n'êtes plus tout à fait des nôtres. Ton père va de foire en foire, et toi, tu le suis ; montre-moi tes mains.

– Arrête ces bêtises, Jean-Claude. À ma place, tu serais comme moi !

– Mais je n'y suis pas ! Rassure-toi, je ne t'en veux pas, c'était juste pour dire. Tu as bien fait de venir nous aider, ça nous a permis de nous retrouver. Nous nous reverrons pour le battage, ton père a promis.

– Ça me va parfaitement, ta sœur est devenue si jolie…

Dans un geste agressif, Jean-Claude leva la main au-dessus de lui et l'immobilisa un instant, puis tous deux éclatèrent de rire.

Chaspéral sonna le rassemblement.

– En route, mauvaise troupe ! Nous terminerons plus tôt que prévu ce soir, sauf incident. On dirait que tout va plus vite aujourd'hui.

Ces propos ne furent pas suivis de commentaires, si ce n'est de la part d'André :

– Quant à moi, je continue chez les Rouchal pour deux journées, j'aime la moisson et ne crains pas le travail. Par contre, je serai chez vous pour battre, comme convenu.

On s'entraidait en se donnant des journées, sans sortir d'argent, ainsi voulait la tradition. Cette pratique permettait aussi de maintenir de bonnes relations, même si, de temps à autre, des frictions survenaient. Oh ! ce n'était pas l'enfer dans ces rapports de voisinage, ni le paradis non plus. Dans les familles, certaines fâcheries remontaient à si loin que les causes de la brouille avaient été oubliées depuis longtemps mais, au nom de l'honneur, on continuait de protéger un point de vue, celui des ancêtres.

Le mur de pierre sèche qui bordait le champ, recouvert d'un tapis d'immenses ronces, retint l'attention des jeunes.

– Te souviens-tu, Anne-Marie, de tous les seaux de mûres que nous avons ramassées, tant pour ta grand-mère que pour la mienne ?

– Si je m'en souviens ! Toutes les deux avaient la même recette. Si tu avais le temps en fin d'après-midi, nous en cueillerions avec Jean-Claude pour nos grands-mères.

– Je ne serai pas des vôtres, dit Jean-Claude. Il faut s'occuper des bêtes… mais je goûterai aux confitures…

Affaire conclue.

Les gendarmes peuplaient le dernier champ. Mission accomplie, sans pluie. Tous discutaient maintenant en piétinant l'éteule.

– Bientôt les labours, conclut Chaspéral, les semailles et tout repart pour un tour ! La vie n'est faite que de recommencements.

– Demain, je dois sulfater les pommes de terre, il est temps, dit Jean-Claude.

– Et Anne-Marie, Marguerite et moi nous transporterons toute la moisson et nous bâtirons les paillers. Deux femmes et un homme, nous y arriverons ! dit Philippe.

– Avec Anne-Marie, nous allons cueillir de quoi occuper les grands-mères, annonça François en souriant. Comme autrefois.

Chaspéral, André et Marguerite quittèrent les lieux, en suivant la machine que l'on mettrait à l'abri sous le hangar. Pour elle, la saison était terminée.

Pendant les deux jours suivants, les Chaspéral débarrassèrent les deux champs des gendarmes. Père et fils, mère et fille oublièrent qu'ils achevaient la moisson un dimanche et, ce dimanche-là, à l'aube, dans le ciel clair, la lumière du matin était moins vive que la veille.

On pouvait voir passer les chargements presque incessants, ces belles gerbes « lourdes de pain », ainsi aimait à dire Philippe, l'infatigable homme de la terre transmettant à ses enfants le courage qu'il déployait à ne perdre aucun instant.

À l'endroit prévu, s'élevèrent deux gerbiers, deux immenses meules rectangulaires coiffées d'une toiture à deux pans.

– C'est votre mère qui construit le mieux, dit Chaspéral, vous pouvez en être fiers les enfants. Dans les environs, aucune femme ne travaille autant qu'elle, je vous le dis !

– Tu vas me couper les bras en disant des choses pareilles, répliqua-t-elle en essuyant son visage couvert de sueur et de brins de paille. Les jeunes travaillent autant que moi, pas vrai, maman ? ajouta-t-elle à l'intention de Justine qui leur servait une boisson fraîche, une eau coupée d'un excellent sirop de fruits de sa fabrication.

Elle ne répondit pas mais on voyait bien la fierté qui naissait au coin de ses lèvres.

– Il n'y a rien de tel pour nous rafraîchir le gosier et il en a fort besoin, dit Jean-Claude. Voyez-vous ce que je vois au fond, là-bas ?

Préoccupés par leur travail et éreintés par ces quatre journées consécutives consacrées aux champs, ils n'avaient pas regardé le ciel, ni vu les nuages venant lentement de l'ouest.

– Il était grand temps pour nous de terminer. Demain, ça pourrait bien nous tomber dessus. J'espère qu'il n'y a pas trop de retardataires dans la commune. Avec un jour de retard, nous prendrons notre dimanche…

– Je vous préparerai un bon gâteau, vous le méritez tous, et vous aurez de la confiture de mûres toute neuve pour les tartines. Mais je la réserve surtout pour les petits, enfin je veux dire mes petits-enfants.

– Vous les gâtez trop ! affirma Philippe.

– Mon Dieu, pas trop !

– Prépare-moi les bâches pour recouvrir les pointes, ce ne sera pas inutile. Comme disent certains, le travail fait ne me fait pas peur…

Il fallait bien rire en cette fin de moisson. Aux alentours, d'autres maisons de paille avaient poussé. Un apaisement s'installerait dans les fermes et l'on attendrait sereinement les jours de battage.

Justine ne put s'empêcher de profiter d'un petit moment où elle se trouvait seule avec sa petite-fille pour lui demander :

– J'ai cru comprendre que… avec François…

– Nous n'étions pas fâchés, mais ça fait bien longtemps qu'on ne s'était pas retrouvés ainsi.

– Un beau garçon que ce François. C'est dommage pour toi que les fiançailles avec l'Eugénie soient annoncées.

– Mais que vas-tu chercher là, grand-mère ? Nous sommes restés de bons camarades. Quelques bonjours par-ci, par-là. Les Defontaine sont de riches fermiers, ça lui conviendra très bien.

Elle s'approcha de Justine et déposa un baiser sonore sur sa joue en guise de conclusion.

Quelques jours plus tard, le 27 juillet, au zinc de l'Angélinou, deux jeunes discutaient. François parlait du Tour de France cycliste qui s'était terminé la veille :

– Je n'avais pas parié sur ce Louison Bobet. Mon poulain, Koblet, s'il n'avait pas eu cet accident dans les Pyrénées qui l'a envoyé à l'hôpital, l'aurait certainement battu. Ce Bobet est un champion, il faut le reconnaître. Même Robic, de l'équipe de l'Ouest, n'a pu le battre. Après son exploit dans l'Izoard, il n'a plus quitté le maillot jaune !

– Tu en connais un rayon sur le sujet, c'est le cas de le dire !

– J'aime le Tour et les coureurs sont de vrais sportifs. Ça me plaît, bien que je ne fasse pas de vélo, je n'en ai pas encore ! Ce n'est pas comme Anne-Marie qui sillonne toutes les routes et chemins praticables du canton !

– Ça, tout le monde le sait. Avec sa bicyclette rouge et sa casquette de même couleur, qui ne l'a pas aperçue ? dit l'autre.

5

Le vent s'était violemment engouffré dans les chaumes et pourtant les gros nuages avaient épargné de leurs ondées le pays de Saint-Martin-le-Bel, malgré une présence sombre et menaçante. Fort heureusement, car Jean-Claude avait sulfaté son champ de pommes de terre dont les larves de doryphores se manifestaient par leur répugnante couleur rouge.

La faucheuse avait été séparée de la javeleuse et poussée au fond du hangar. Chaque matin, au lever du jour, Philippe observait, satisfait, ses deux gerbiers, à l'emplacement prévu pour le grand jour. Une échelle dormait encore contre l'un d'eux.

L'endroit, facile d'accès pour l'arrivée de la batteuse et le stationnement de la locomobile, le tout amené par un attelage de bœufs, était toujours le même depuis des années. Chaspéral souhaitait que le battage ait lieu environ quatre semaines après la moisson, arguant, certainement avec raison, que le grain avait besoin de mûrir dans ses épis.

Il ne produisait pas de méteil – mélange de seigle et de froment –, se contentant de froment beaucoup plus exigeant pour le sol mais de bien meilleure qualité que le seigle.

L'entrepreneur en battage et lui étaient convenus d'une date et tous les paysans faisaient de même. Parfois des imprévus survenaient ; il fallait alors s'ajuster au mieux et convaincre. À l'impossible, nul n'est tenu ! Ce serait donc pour le jeudi 13 août. Anne-Marie avait pris une semaine de congé comme à son habitude. Les Duparlan lui accordaient presque tout ce qu'elle demandait, trop heureux de cette perle rare que représentait pour eux cette employée.

Hortensiane Picardier, accompagnée de sa grand-mère, était venue au salon de coiffure ; elle aimait Anne-Marie qui prenait soin d'elle. Au sortir de celui-ci, elle tenta de se regarder dans les vitres des fenêtres basses ou dans les vitrines des magasins. Elle revenait toute heureuse, ayant longuement parlé de son François, son grand frère. Hortensiane n'avait pas d'amies et n'en recherchait pas, ne vivant que dans son monde enfantin en dépit de sa taille de jeune fille au visage de porcelaine.

Anne-Marie et François ne s'étaient pas revus depuis les moissons et il n'y avait pas de raison pour qu'ils se rencontrent avant le battage.

Sur la place du village, à la sortie de la messe, un groupe de personnes discutait. Il serait bientôt midi et l'on voyait les gens porter le pain, commandé par leur famille, sous le bras. Anne-Marie était de ceux-là lorsqu'elle tomba nez à nez avec François et Eugénie, main dans la main. Ceux-ci la saluèrent d'un geste de la main quelque peu retenu. Eugénie semblait jalouse de son François qui ne put se retenir de lui dire :

– À jeudi pour le battage.

Elle fit « oui » de la tête, surprise qu'ils ne viennent pas tous les deux à sa rencontre pour parler un moment. Eugénie n'avait jamais franchi le seuil de son salon de coiffure qu'elle ne jugeait certainement pas assez bien pour elle. Il était vrai qu'à Aurillac, certains salons avaient à leur disposition les dernières techniques en vogue et cela comptait, tant dans l'utilisation des bigoudis que dans l'application de nouvelles mixtures. Puis elle remarqua qu'Eugénie entraînait son ami dans la direction opposée. « C'est vrai qu'elle n'est pas très belle…, pensa-t-elle. Elle a bien raison de le retenir ! »

Puis Anne-Marie fut entourée de jeunes hommes qui se disputaient pour l'embrasser. Anne-Marie, plus belle que jamais dans sa robe d'été à fleurs, avait bien du succès.

Juste avant de rejoindre les siens, elle aperçut le regard de François, un regard qui l'observait à la dérobée.

Anne-Marie rattrapa son frère passant par là et tous deux, bras dessus, bras dessous, rentrèrent à la maison.

– Le François a l'air bien accroché, me semble-t-il !

– De quoi te mêles-tu ? Est-ce que tout ça te regarde ? répondit-elle en éclatant de rire.

Jean-Claude avait compris.

Ils passèrent un dimanche ordinaire chez les Chaspéral, dans cette maison où le bonheur bien simple d'une famille s'épanouissait, sans bruit, sans heurt, sous l'œil bienveillant d'une grand-mère aimée de tous, y compris de son gendre Philippe.

Ce fut le branle-bas général chez les Chaspéral en prévision du grand jour. Jean-Claude prêtait ou rendait des journées, remplaçant son père pour une grande partie de la période. Un bel apprentissage pour celui qui dirigerait un jour à la place du père.

Il s'imprégnait à son tour de ces grands rassemblements d'hommes, de femmes et de jeunesse, que certains attendaient avec empressement, en particulier ceux qui manquaient de liberté chez eux. Point de brides ces jours-là. Parfois, de belles rencontres se terminaient par des mariages. On ne parlera pas ici de celles qui provoquaient des bagarres. Les fermiers, connaissant les inimitiés, préparaient au mieux les équipes de travail.

Le 12 au soir, les machines arrivèrent avant la nuit. On avait l'habitude et parfois, ce n'était que le jour même, de très bonne heure.

La bonne surprise fut que l'entrepreneur venait d'acquérir une lieuse légère qu'il mariait à la batteuse. Ainsi, la paille ne sortait pas meurtrie et revenait en gerbes liées par une ficelle de sisal. Chaspéral l'avait tant réclamée, cette machine, regrettant que les tiges brisées ne représentent que du gâchis. Et de plus, le pailler devenait plus facile à construire.

La batteuse fut mise en place et calée avec quelque difficulté si bien que la nuit empêcha de terminer l'installation. L'entrepreneur et son ouvrier ne refusèrent pas un verre et, déjà, il fallut penser au lendemain.

– Nous aurons beau temps quelques jours encore, mais ça ne durera pas, annonça l'un d'eux. Je crains que le calendrier ne soit modifié…

– Ce ne serait pas la première fois.

La locomobile fut stationnée à bonne distance, à l'endroit précis que nécessitaient les dimensions de la grande courroie. On garnissait son foyer et sa réserve d'eau. Les hommes arrivaient, se saluaient, heureux de se retrouver pour une nouvelle journée de battage. L'on savait qu'ici, chez les Chaspéral, la table serait bonne. Philippe distribuait les tâches bien que certains connussent les leurs parfaitement. L'équipe se serrait autour de la batteuse, attendant l'ultime moment. La loco commença à souffler. Les hommes ajustaient leurs bérets, leurs casquettes, leurs chapeaux de paille ; quelques-uns retroussaient les manches de leurs chemises de toile claire sur lesquelles se dessinaient les bretelles traditionnelles ; on n'aimait guère se sentir serré à la taille.

Jean-Claude demanda que l'on se réunisse pour une photo, devant les machines. Ce ne fut pas simple de rassembler tout ce monde. Certains se faisaient prier, d'autres voulaient trôner devant. Tous avaient en main un outil, soit une fourche, soit un râteau, un simple bâton pour les plus jeunes venus voir le démarrage du battage. François semblait content lui aussi de figurer sur cette photo. Il se plaça près de Justine, arrachée à ses fourneaux, avec Marguerite, Anne-Marie et une de ses amies, Jeannette, venue lui prêter main-forte.

Plusieurs clichés furent pris et l'on découvrirait plus tard que tous ces visages n'offraient pas la joie espérée. Ils marquaient une certaine retenue, voire un sérieux, jusqu'aux plus petits, mais tous regardaient le photographe.

– Assez de temps perdu, lança Chaspéral en observant le manomètre. La vapeur est disponible.

Un coup de sifflet strident justifia ses propos. Tout se mit en marche, chaque équipe à son poste, depuis le haut de la gerbière jusqu'au clapet d'où jaillirait le grain. Même des chiens, ayant sans doute suivi leurs maîtres, se faisaient chasser des lieux. La batteuse tremblait, activée par la force de la loco, et avalait déjà les gerbes défaites et étalées par deux hommes installés sur le tablier. Les premiers grains sortirent de son ventre et les sacs de jute palpitèrent légèrement à l'arrivée du blé.

Hommes et engins s'accordaient au rythme du travail. On ne pensait pas à autre chose. Chaspéral vérifiait souvent le contenu des sacs que François et Jean-Claude transportaient dans le grenier.

Tous deux s'occupaient aussi de la balle qu'il fallait évacuer et qui servirait plus tard comme litière une fois mélangée à la paille. La balle, résidu principal de la poussière du battage, est la pellicule enveloppant le grain dans l'épi, séparée de celui-ci et rejetée par la batteuse vers le sol recouvert d'une bâche.

Anne-Marie et Jeannette servaient à boire, généreusement, avant qu'une trop grande soif ne se manifestât.

François et Anne-Marie se croisaient parfois et celle-ci devinait dans son regard quelque chose d'étrange et de nouveau. Les bras et les jambes d'Anne-Marie dorés à souhait attiraient tous les regards des hommes. Un fichu enserrant ses cheveux lui libérait la nuque et les épaules.

À onze heures, les travailleurs s'octroyèrent une pause d'un quart d'heure. La loco avait soif elle aussi.

Anne-Marie se rendit au grenier pour évaluer ce qui avait été engrangé et subitement se trouva dans les bras de François qui l'embrassa avec fougue.

Elle n'eut pas le temps de dire un seul mot que, déjà, il n'était plus là…

Elle demeura interloquée, hébétée, ayant subi l'impensable. Alors, elle se rendit compte qu'elle ne s'était pas défendue lorsque François lui avait pris les lèvres. Replaçant son fichu malmené, elle promena ses mains sur son visage, non pour l'essuyer mais au contraire pour y retrouver la sensation qui demeurait encore présente. Au fond, elle ne regrettait rien. Cela devait arriver sans doute un jour. Elle revécut cet instant si agréable, si imprévu, et ferma un instant les yeux.

Près du puits, on tirait de l'eau pour se rafraîchir le visage. François ne s'en privait pas. Anne-Marie s'approcha. Elle plongea ses deux mains dans cette eau si fraîche et fit comme les autres.

– Ça va ? demanda François qui ne sut rien dire d'autre.

– Oui, je vais bien comme tu vois, dit-elle, n'osant pas le regarder malgré son envie.

– J'espère que tu n'es pas fâchée ? lui glissa-t-il à l'oreille.

– Non…

Un non chuchoté, mais un non tout de même. Alors leurs regards se croisèrent, une seconde ou deux. Elle le vit soudain plus beau que d'habitude, plus homme, et elle tressaillit. Ils s'écartèrent et François laissa son bras effleurer le sien qui ne se retira pas.

Le travail reprit dans ce bruit si particulier des machines. La lieuse, plus silencieuse que la presse habituelle, livrait ses gerbes de paille avec lesquelles on construisait un nouveau pailler un peu plus loin. Les animaux de basse-cour avaient envahi les lieux et les grains perdus sur l'aire de battage ne l'étaient pas pour tous.

Pas un autre jour de l'année ne rassemblait autant de bras, ne produisait autant de poussière dans cette chaleur estivale.

– Où es-tu, Anne-Marie ? Tu as la tête dans les nuages, lui dit Jeannette.

– Tout va bien, Jeannette, se rattrapa-t-elle.

– Il y a un garçon qui m'embête, il n'arrête pas de me sourire et de me frôler, c'est lui, là-bas, tu le vois ?

– Il t'ennuie vraiment ou tu ne sais pas quoi lui dire ?

– Je voudrais… enfin… Je ne sais pas trop. Comment le trouves-tu ?

– C'est un dragueur mais il est beau garçon, à ta place… Mais ce sont tes affaires, Jeannette.

– Je ne suis pas très dégourdie, c'est bien vrai… Il me plaît. Pour une fois que je n'ai pas mes parents sur le dos !

Ainsi débutaient des rapprochements qui se terminaient parfois par un mariage. Anne-Marie avait autre chose en tête. L'attitude de François l'avait perturbée.

Vers treize heures, on diminua la pression de la loco, puis les engrenages et le sifflement des courroies se turent. Les hommes se débarbouillèrent et rejoignirent le verger ombragé où une grande table les attendait entourée de bancs. À l'extrémité de celle-ci trônait un tonneau de vin sorti, quelques instants plus tôt, de la cave. Chacun trouva une place. Justine amenait déjà son pâté et ses tranches de jambon. Les jeunes filles servaient à boire. Justine salua ceux qu'elle avait oubliés le matin.

– Laissez un peu de place pour la jardinière de légumes, leur dit-elle.

– Nous savons déjà qu'elle sera excellente, vous savez si bien préparer les choses…

– Ma fille Marguerite fait mieux que moi, conclut-elle.

Jean-Claude et François se faisaient face et essayaient de parler photographie pour échapper aux conversations rabâchant continuellement les histoires de battage. Puis François, voyant Anne-Marie porter les plats, proposa ses services.

– Chacun sa place, intervint Anne-Marie. Tu n'as rien à faire en cuisine que je sache, il ne manquerait plus que ça !

La tablée se mit à rire bruyamment et l'on put entendre entre autre :

– Pas commode, la fille du patron, nom de Dieu !

Ou :

– T'as pas intérêt à laisser traîner les mains n'importe où avec une telle fille !

Tout ceci sans méchanceté. Dans ces repas de battage, cette ambiance et ces mots plaisaient à tous. Si l'on se retenait au déjeuner, on se réservait pour le dîner, lorsque la fatigue aurait épuisé certaines réserves.

Jardinière de légumes et poulets rôtis avaient obtenu le succès escompté. Le vin frais se révéla bon compagnon de table ; Chaspéral, connaissant certains amateurs plus que d'autres, leur rappelait aimablement que le gerbier, pour l'heure, n'avait pas encore disparu.

– Avec le cantal, il n'y a rien de meilleur, ça passe tout seul !

– Justement, gardez-en pour ce soir.

Trois tartes aux mirabelles furent servies pour le dessert, suivies du café traditionnel.

– Nous sommes dans les temps, je dirais même qu'on a un peu d'avance. Une sieste d'une demi-heure pour tous ! Ceux qui souhaitent profiter de la grange peuvent y aller mais interdiction de fumer ! Rappelez-vous ce qui est arrivé l'été dernier à moins de dix kilomètres d'ici…

Les femmes débarrassèrent, disparurent dans la maison ; les hommes se dispersèrent et, sur l'aire de travail, on n'entendait que la respiration de la loco, ralentie certes, mais toujours vivante.

C'est ce moment que choisit François pour dire à Anne-Marie : « Viens ! » Et elle le suivit sans réfléchir, sans doute toujours sur son petit nuage, celui qui emporte vers le ciel ou vers l'enfer ceux qui répondent à l'appel mystérieux. Personne ne les vit s'éloigner.

Au-delà des jardins, à l'ombre claire d'un merisier perméable aux rayons du soleil, ils s'allongèrent tous deux. Était-ce la chaleur, la poussière du battage troublant parfois les âmes, l'excitation de leur premier baiser du matin qui les fit chavirer dans le délicieux plaisir défendu ?

Pas de réponses et plus de questions entre ces deux-là ; la fougue de l'un et l'envie de l'autre les transportèrent ailleurs, plus loin qu'il n'est possible d'imaginer, sans retenue, dans le don de soi total.

Seul l'impératif du temps les rappela à la réalité, le visage et le corps en feu. Ils s'étaient donnés l'un à l'autre, s'étaient offerts et rien au monde n'eût pu éteindre l'incendie, l'immense brasier ainsi allumé.

Chacun revint de son côté, se rafraîchit à l'eau du puits et, déjà, le sifflet, reprenant ses forces, se fit entendre. Anne-Marie vit que ses jambes portaient des égratignures, ses épaules aussi. Elle changea promptement de vêtements, enfila un pantalon de son frère et un chemisier à manches longues. Étonnée, son amie Jeannette lui demanda :

– D'où sors-tu ? Tu t'es changée ? Tu as le visage rougi…

– La balle et la transpiration m'ont abîmé la peau et, de temps en temps, j'aime prendre le froc de mon frère pour aider à la ferme, surtout quand je vais à l'étable.

– Les hommes ne vont pas te reconnaître !

Et de rire toutes deux.

François avait retrouvé son poste. Chaspéral allait de l'un à l'autre, aidant par-ci, remplaçant un homme par-là quelques instants, surveillant l'épaisseur du blé au grenier. Il aimait plonger ses mains et laisser couler les grains entre ses doigts. Apercevant François qui déposait un sac, il lui dit :

– Ce sera une excellente année, regarde-moi ce froment ! Il est lourd et bien à maturité et de belle couleur, oui, ce sera une bonne année pour nous.

Vers les cinq heures, deux silhouettes s'approchèrent. Une grand-mère et sa petite-fille, aussi grande qu'elle sinon plus. Jeanne et Hortensiane avançaient lentement vers la maison des Chaspéral lorsque Justine les reconnut. Elle les accueillit avec gentillesse.

– Vous me faites plaisir, Jeanne. Venez prendre un rafraîchissement. Voilà bien longtemps que vous n'êtes venue.

– Bonjour Justine, ce n'est pas bien notre place ici mais Hortensiane insistait, elle voulait voir… C'est bien la première fois qu'elle demande…

– La Châteaurie n'est pas si loin, c'est dommage que l'on se voie si peu mais chacun a ses occupations, et surtout vous avec Hortensiane.

Justine détourna la conversation :

– De les voir ainsi, ça me rappelle ma jeunesse.

Et de converser longuement sur le passé. Anne-Marie avait conduit Hortensiane vers la batteuse et regardait avec elle tous ces personnages qui, chacun à leur place, transpiraient à grosses gouttes, le visage luisant. Impressionnée par la locomobile, ce gros animal tout noir sans yeux et pourtant respirant et soufflant, avec le long tuyau qui lui servait de périscope, Hortensiane voulut garder ses distances.

François tenta de la rapprocher de la loco mais rien n'y fit. On n'insista pas. Anne-Marie lui fit un bouquet de tiges de blé choisies parmi les plus belles et les lui offrit. Ce n'était qu'une poignée d'épis de blé superbes mais Hortensiane en fut heureuse. Soudain, elle questionna son amie :

– Pourquoi tu t'es déguisée ? Je ne t'ai jamais vue avec des pantalons comme ça ?

– C'est juste pour travailler aujourd'hui, ce n'est pas commode pour une fille de porter une robe et de grimper un peu partout.

Hortensiane sourit, son bouquet bien serré dans ses mains, sans trop comprendre la réponse. Jeannette portait bien une robe, elle !

Le temps passait. Bientôt il ne resterait plus de gerbes à envoyer. Les gerbiers avaient disparu, remplacés par deux paillers. Une odeur inhabituelle de sueur, de paille et d'huile de machine se dégageait de ce remue-ménage incessant. On percevait le relâchement des hommes fatigués et pourtant il faudrait recommencer le lendemain.

Anne-Marie et François furent très discrets. À peine si leurs regards se croisaient de temps à autre. Jean-Claude ignorait, comme tous, ce qui s'était passé sous le feu du ciel et du désir.

Jeanne et Hortensiane s'en retournèrent chez elles et François ne put s'empêcher de dire à Anne-Marie :

– C'est bien la première fois que je les vois ici toutes les deux. Craintive, Hortensiane ne sort pas. Mais j'étais là, voilà la raison de sa venue…

– Ce doit être un jour exceptionnel, qu'en penses-tu, François ?

Il n'y eut point de réponse.

On aurait dit que le silence du battage maintenant terminé laissait place à la voix des hommes. Il ne restait plus que ce symbole viril et noir dressé vers le ciel : la cheminée de la loco sur laquelle les plaisanteries ne manquaient pas.

L'entrepreneur et son ouvrier dînèrent rapidement avant tous les autres, car il fallait déplacer la batteuse vers une autre exploitation, sans doute celle des fermiers des Picardier se situant non loin de là.

Les femmes, une fois encore, avaient dressé la table pour ce qui serait le dernier rassemblement de la journée dans une ambiance plus décontractée. Ils prendraient leur temps, d'autant plus qu'ils avaient humé quelques effluves s'échappant de la cuisine à requinquer un mort ! Le canard aux cèpes ne passait pas inaperçu…

À l'écart, François s'adressa à M. Chaspéral :

– Ne m'en veuillez pas si je ne participe pas au repas, je dois donner un coup de main aux fermiers. Je le leur ai promis. Les engins arriveront avant la nuit et…

– Ce n'est pas grave, on sait ce que c'est ; va prévenir les femmes et merci encore, le bonjour à ton père !

Y avait-il du vrai dans ce discours ? François s'excusa auprès des cuisinières.

– Il y en aura plus pour les autres, lui répondit Marguerite en souriant. Ça m'a fait plaisir que tu sois là aujourd'hui !

François, d'un clin d'œil, invita Anne-Marie à se rapprocher de lui.

– Je serai près de la cabane, demain soir, vers les six heures.

Puis il disparut, laissant Anne-Marie hébétée.

Jeannette, toujours très dynamique, la tira de sa torpeur :

– Tu rêves ? Anne-Marie. Aide-moi s'il te plaît !

Oui, Anne-Marie rêvait sans doute. Ce rendez-vous, prévu pour le lendemain, la ramena soudain vers Eugénie qu'elle semblait avoir complètement oubliée. Que se passait-il réellement ?

Tous les hommes avaient pris place autour de la table et la fatigue de la journée, ayant marqué leurs visages, se dissipait petit à petit, miraculeusement. Le maître des lieux rayonnait, tout s'était bien déroulé, une belle récolte au grenier, pas d'incidents ni d'accidents. Il avait oublié le départ de François.

Anne-Marie faisait au mieux mais pensait à autre chose. À la fin du repas, certains chantèrent, d'autres racontèrent des histoires osées à faire rougir les jeunes femmes. Ainsi, le plus âgé, le plus coquin, dit :

– Lorsque j'étais jeune, tout allait bien avec les femmes. Mais aujourd'hui, je prends toujours les commandes mais je n'assure plus les livraisons !

Et l'on entendit encore bien pire avant que tous ne quittent les lieux. Deux dormirent dans la grange, des habitués.

La nuit, encore encombrée de sa chaleur, descendit sur Saint-Martin-le-Bel. La batteuse avait disparu avec sa lieuse. Quant à la loco, elle attendait le lever du jour pour rejoindre son lieu de chauffe. La grande cheminée noire avait été rabattue par prudence.

Anne-Marie ne parvenait pas à s'endormir, revivant ses moments de folie et songeant à la rencontre prévue le lendemain. L'anéantissement soudain de cette amitié, auquel elle n'avait opposé aucune résistance, la plongeait dans un mélange de crainte et de bonheur. Qu'allait-il se passer demain ?

6

Un calme bienfaisant régnait dans la propriété des Chaspéral. Si le travail habituel concernant le suivi des animaux avait repris, il n'en subsistait pas moins qu'il fallait effacer les traces du battage. Dans tous les recoins, des brins de paille avaient trouvé refuge, sans compter la balle indomptable, encore qu'ici on la contînt du mieux possible. Ceux qui travaillaient l'avoine devaient régler et maîtriser d'autres problèmes. Ils s'en servaient pour garnir les paillasses des lits à défaut de matelas…

Après la traite journalière du matin, Jean-Claude avait conduit les bêtes au pré et avait rejoint les lieux de battage des deux fermiers de son père.

Anne-Marie et sa mère terminaient elles aussi la mise en ordre de leur maison tandis que Justine préparait – avec les restes de la veille – de quoi satisfaire les siens ce midi.

– Il y en a toujours trop, dit-elle, c'est chaque fois pareil. Et si je mettais de côté un panier pour monsieur le curé, qu'en penses-tu Marguerite ? Ne resterait qu'à le lui faire passer ?

– Fais-en un pour la Raymonde aussi ; tu sais bien qu'elle n'a pas grand-chose pour vivre.

– Tu as raison, ma fille. Il faut penser à elle.

Puis, s'adressant à Anne-Marie :

– Sans trop te commander, pourrais-tu livrer tout ça ?

– Ça me changera les idées…

Anne-Marie assura les livraisons en commençant par le curé. L'homme d'Église accepta sans manières. Son sourire ne mentait pas. « Je prierai pour votre famille », dit-il.

Quant à la Raymonde, une dame seule et âgée habitant au bout du village, l'avant-dernière maison toute basse, elle reçut Anne-Marie avec froideur.

– Comment ça se fait que tu penses à moi ? demanda-t-elle.

– C'est ma grand-mère, Justine, qui vous envoie ce…

– Il y en a qui en ont trop et d'autres pas assez dans ce pays. Je suis obligée de vivre avec presque rien tandis que certains…

– Ce n'est pas raisonnable de vous mettre en colère de la sorte. Que vous ai-je fait pour vous contrarier ainsi, madame Raymonde ?

La vieille femme en voulait au monde entier, même au curé qu'elle voyait tous les dimanches à la messe. De petite taille mais toute ronde et de noir vêtue, elle avait ce regard pénétrant et profond qui vous met mal à l'aise.

– Tu n'es pas encore mariée ? s'enquit-elle.

– Je n'ai que dix-huit ans, j'ai tout mon temps.

– On dit ça et puis un jour, sans qu'on y prenne garde, on se trouve avec mari et enfants. Mais tu es bien jolie quand même et les Duparlan sont contents de toi, je le sais. Tu es une brave petite, m'a-t-on rapporté.

Elle adoucissait ses propos, s'apercevant de son exagération. Cette manière de révolte face à sa situation lui était habituelle.

– Tu diras à Justine que je suis contente de ce qu'elle me donne et ce n'est pas la première fois d'ailleurs. Prends bien soin d'elle, elle est si généreuse...

Anne-Marie se retira, soulagée de se libérer de cette présence insolite et inquiétante. Tous les enfants du village craignaient cette femme et il y avait certainement de quoi, à moins que cette apparence ne fût qu'une carapace.

Elle ne dit mot de ses impressions auprès des siens mais leur transmit les remerciements. Justine lui dit alors :

– As-tu eu peur de la Raymonde ? Toujours aussi avenante, la dame ? ajouta-t-elle en riant.

Anne-Marie ne répondit pas ; elles se comprenaient.

À l'extérieur de la maison, on entendait les battages voisins, les mêmes sons que la veille, et l'on pouvait imaginer les gestes des travailleurs affairés à la tâche.

– Ça me plaît de savoir que l'on bat dans le voisinage ; on sait qu'il y a des gens heureux malgré la peine et la sueur. J'aimerais entendre ça longtemps encore, dit machinalement Justine en s'essuyant les mains sur son tablier.

Puis elle rentra et remarqua à l'intention de sa fille Marguerite :

– Dommage que ton père ne soit pas là pour voir ça dans notre village, il aurait aimé, oui, il aurait aimé !

Il n'y avait rien à répondre à ces mots. Dans sa caisse de sapin, la vieille pendule décorée au sang de bœuf, la comtoise, marquait imperturbablement le temps. Les virgules sonores du balancier ponctuaient les heures et les demi-heures.

– Va prévenir ton père, Anne-Marie, il a dû oublier l'heure !

Ils ne furent que quatre autour de la table ce midi. Philippe Chaspéral avait ouvert son couteau et la pièce semblait bien vide. Il dit soudain :

– Demain, ce sera repos pour tout le monde ; le 15 août, les locos se taisent et les hommes restent chez eux. Par bonheur, nous avons tout engrangé, foin et grains dans de bonnes conditions cette année, avec ton aide ma fille et je t'en remercie.

– Te souviens-tu d'une année où nous n'avons pu lier les javelles non relevées, surpris par une pluie qui dura une dizaine de jours ? Nous les retournions entre deux averses et, un jour, nous avons découvert que les grains germaient. Tout fut perdu dans ce champ..., dit Marguerite à son homme.

– Une mauvaise année que personne n'a oubliée...

Ils évoquèrent encore ces désastreuses moissons, puis Chaspéral s'adressa à sa fille :

– Ta mère m'a parlé de cette chambre que tu souhaiterais louer au village : j'y pense mais, j'ai beau y réfléchir, rien ne presse il me semble. À moins que tu ne te plaises plus chez nous !

– La maison n'est pas très grande et avec Jean-Claude nous devons partager… Je suis une fille et…

– Nous trouverons une solution, intervint la mère. Aie un peu de patience. Si tu étais en âge de te marier, ce serait autre chose et dans ce cas…

– Ne parlons plus de ce sujet. Nous continuerons ainsi. Je ne suis pas si mal ici, ajouta-t-elle en riant. Je vais vous donner un peu plus d'argent chaque mois en attendant.

– Je ne veux plus entendre de tels propos dans cette maison. C'est moi qui vais trouver un endroit tranquille, dit Justine à la surprise générale.

Tous les regards se tournèrent vers elle.

– Jamais vous ne partirez d'ici ! tonna Philippe en frappant la table d'un coup de poing si puissant que les assiettes en tremblèrent.

Un lourd silence s'abattit sur la famille.

Marguerite pria sa mère de s'asseoir, servit le repas et petit à petit la sérénité revint. Au bout d'un moment qui parut interminable, Philippe dit d'un ton très calme :

– Pour que je sois heureux, j'ai besoin de vous tous, de tous les miens autour de moi… Y aurait-il un peu de café, s'il vous plaît ?

Oui, il y avait du café en ce 14 août 1953 chez les Chaspéral…

En fin d'après-midi, les traces du battage avaient disparu si ce n'étaient quelques épis nichant dans les recoins ou le long des murs que les volailles en liberté auraient tôt fait d'égrener pour leur compte personnel.

Anne-Marie pensait à autre chose au fur et à mesure que l'heure avançait. Comme elle se rendait chez l'épicier, elle croisa Eugénie sur la place. Elles échangèrent un petit bonjour discret de la main. « Si elle savait, se dit Anne-Marie, confrontée à une réalité délicate et peut-être désastreuse, en tout cas périlleuse. Nous verrons bien… En attendant, François sera pour moi ce soir ! »

Anne-Marie arriva aux abords de la cabane du bois des Souques. Quel ne fut pas son étonnement en la découvrant en si mauvais état. La couverture écroulée avait entraîné dans sa chute tout le reste. Ce n'était qu'un amas de branches et de planches. Des ronces avaient gagné ce qui avait été un lieu de joie et un refuge pour le clan. Elle s'assit sur le tronc d'un vieil arbre tombé et attendit, caressée par une tiède brise d'août venant des terres ensoleillées. Elle avait relevé sa longue robe de coton et observait ses jambes marquées d'égratignures tout en glissant ses mains sur ses cuisses dans un semblant de massage. « Peut-être, ne viendra-t-il pas ? » songea-t-elle.

Soudain François apparut.

– Je n'ai pu me libérer plus tôt, furent les seuls mots qu'il prononça, avant de prendre Anne-Marie par la main.

– Quelle tristesse cette cabane, je n'étais pas revenu ici depuis des années…

– Tout comme moi.

– Viens, allons plus loin !

Ils marchèrent un moment sans se dire un seul mot et trouvèrent enfin, presque en bordure du bois, un petit espace d'herbe entre une haie de fougères épaisses et les premiers arbres, un endroit où poussent les cèpes à l'automne. Ils s'assirent et s'allongèrent côte à côte.

Puis, emportés par un désir incontrôlable, ils churent dans ce vrai délire, cette douce fureur de l'amour.

Ils s'aimèrent à la folie sur l'herbe tendre. Puis, la fièvre s'apaisant, tous deux regardèrent le ciel, silencieusement. Ils semblaient ne plus exister ; leurs cœurs battaient plus doucement.

Elle avait les yeux vers l'infini. Et pourtant :

– J'ai aperçu Eugénie cet après-midi, où en es-tu avec elle ?

Un coup de poignard n'eût pas été plus dévastateur. Il rendit coup pour coup, maladroitement.

– Eugénie, c'est pour un mariage futur, c'est tout. On est ensemble, voilà, et les parents sont contents.

– François, j'ai quelque chose d'important à te dire…

François la dévisagea.

– Puisque tu vas te marier avec Eugénie, je ne veux plus te voir !

Ce verdict retentit comme un coup de tonnerre, celui qui ne prévient pas et éclate lorsque l'orage paraît terminé et le silence rétabli.

Elle se leva, défroissa sa robe du mieux qu'elle put et s'en alla sans se retourner. François ne trouva pas le moindre mot pour la retenir. Il n'avait pas bougé, cloué sur place. Épuisé, il s'endormit.

D'un pas énergique, Anne-Marie rentra chez elle, se surprenant elle-même d'avoir osé dire à François ce qu'elle pensait. « J'ai bien agi envers lui, en deux jours il ne m'a jamais fait la moindre déclaration d'amour ! Et pourtant je ne me suis pas refusée à ces gestes, les premiers pour moi dans ma vie de femme, oui, les premiers ! Comment ai-je pu y consentir ? Je n'ai pas de réponse. Peut-être était-ce le moment de connaître ces choses et j'étais amoureuse de lui. Je ne le suis plus, il a volé mon ignorance ! Voilà que je ne suis plus tout à fait la même et alors, à qui dois-je en rendre compte ? » Parlait-elle à son cœur ou à sa conscience ?

– Tu m'as l'air bien décidé, lui dit sa mère. Tout va bien ma fille ?

Anne-Marie s'éclipsa dans sa chambre et n'en ressortit qu'une demi-heure plus tard. On l'attendait pour dîner. Elle s'excusa auprès de son père qui patientait, le journal ouvert devant lui. Il le replia et Marguerite servit la soupe où quelques haricots blancs perdaient leurs habits sous le souffle des convives.

Il manquait Jean-Claude, resté chez les voisins pour le repas du soir. Anne-Marie parla de son travail. Elle devait reprendre lundi et cela lui tardait, disait-elle.

– D'habitude, tu n'es pas si pressée, lui fit remarquer sa grand-mère.

– Cette année, c'est comme ça !

Le ton de la réponse n'engagea pas Justine à continuer. Connaissant le caractère de sa petite-fille, elle devinait que quelque chose la chagrinait.

Quelques jours avant septembre, s'annonça un orage particulier, un de ces orages de fin d'été qu'on n'attend plus. Les nuages commencèrent à se présenter depuis l'ouest dès le matin. Les hommes de la terre respirèrent le vent qui les portait et leurs sourcils se froncèrent.

– Ça pourrait mal tourner, observa Chaspéral. Jusque-là, on est passés à travers. Tout est à l'abri, heureusement pour nous. Ce ne sont pas les pommes de terre qui trinqueront, le maïs non plus, à moins que le vent…

Ses inquiétudes se justifièrent ; en fin d'après-midi, vers les quatre heures et demie, des nuages de plomb s'approchèrent jusqu'à toucher le haut des grands châtaigniers. De grosses gouttes s'écrasaient déjà sur les chemins et devant la porte, faisant s'élever de petits nuages de poussière. Là-haut, ça grondait et la lumière du jour se taisait comme dans un crépuscule épais.

Une zébrure de tous les diables traversa l'espace, suivie d'un claquement sec. Le déluge commençait.

– Il a mis le temps le bougre, mais à présent…, dit Philippe.

Les nuages déversaient leur réserve d'eau envahissant toutes les terres. Dans les champs, la pluie noyait chaque petit sillon laissé par le passage des machines. Puis tout débordait et prenait les pentes, emportant terre, brins d'herbe et paille. Le vieux chemin y laissait sa peau et, tout décharné, ses os apparaissaient çà et là. On avait mal pour lui.

– Mon Dieu, est-ce que ça va durer encore longtemps ? s'alarmait Justine juste au moment où l'électricité se coupa subitement.

– C'est encore ce foutu transformateur ! C'est chaque fois pareil et ils ne font rien, comme toujours ! dit Chaspéral exaspéré.

– Sais-tu où est Jean-Claude ?

– Ne t'inquiète donc pas, maman, il est à l'abri quelque part…

Elle hocha la tête, peu convaincue. L'eau courait maintenant devant la maison, dans les chemins, entre les légumes des jardins, dégouttait des toitures, sautant par-dessus les gouttières saturées. Comme en mars, des giboulées battaient les vitres orientées à l'ouest. On alluma les bougies et chacun attendit que cela se terminât. Il n'y avait rien à faire de plus, à part prier pour les croyants.

L'air chaud se concentrait dans les maisons tandis qu'au-dehors la température avait chuté.

– Faut espérer une poussée de champignons dans les quatre jours, dit Chaspéral. Voilà presque trois heures que ça dure et les bêtes doivent aussi trouver le temps long. Quant aux moutons, ils ont dû se mettre à couvert.

Vers les sept heures et demie le ciel se fendit enfin d'une déchirure bleue ; une douce clarté revint sur le village mais l'électricité demeurait toujours absente des maisons.

La pluie avait cessé. Les poulaillers avaient fait le plein…

Les feuillages des arbres dégoulinaient dans un crépitement particulier. Plus loin, quelques gouttes d'eau accrochées aux grillages telles des perles, traversées pour certaines par un rayon de soleil égaré, recréaient les éclats du diamant.

Le paysage mouillé transpirait à grosses gouttes de toutes parts dans une fraîcheur revigorante.

C'est ce moment-là que choisirent Anne-Marie et Jean-Claude pour apparaître. Celui-ci jurait contre l'orage qui l'avait empêché de rentrer pour la traite du soir. Il partit avec son père ramener le troupeau vers l'étable. Il était temps de traire, les vaches beuglaient d'impatience. « Putain de temps ! » entendait-on par-ci, par-là. Au-dessus des bêtes trempées s'élevait un nuage de vapeur tiède, à l'odeur animale. La lumière enfin revenue facilita la traite et chacun contint sa mauvaise humeur comme il put. Les moutons, réunis sous un hangar de fortune, rentrèrent presque secs.

Dimanche 6 septembre

Sur la place se montraient, endimanchés, ceux qui allaient à la messe ; on se saluait, on bavardait, heureux de se retrouver avec beaucoup ou peu de choses à se dire, bien souvent sans importance.

Il y avait aussi les jeunes gens du village en quête de partenaires pour une partie de baby-foot chez l'Angélinou, un prétexte pour consommer une limonade à la grenadine et, pour les moins jeunes, un apéritif.

Garçons et filles se rassemblèrent autour du baby par équipe de deux. Une autre patientait, prête à prendre les vainqueurs. Jean-Claude et Anne-Marie faisaient partie des meilleurs. Ils étaient presque imbattables.

Arrivèrent François et Eugénie. Ces deux-là, Anne-Marie ne les attendait pas. Si Jean-Claude se montra sympathique envers eux comme à son habitude, il n'en fut pas de même pour sa sœur qui n'adressa qu'un mince bonjour à Eugénie du bout des lèvres tout en ignorant totalement François. Celui-ci demanda pourtant à jouer contre eux avec sa fiancée. Jean-Claude, ayant flairé le malaise, glissa à l'oreille de sa sœur :

– Ça ne va plus tous les deux ? Il m'avait semblé que pour le battage…

– C'est du passé, on ne se parle plus. Prépare-toi, nous allons leur donner une raclée !

Parmi ceux qui attendaient leur tour, l'on se bousculait pour apprécier l'affrontement. Il fallait être aveugle pour ne pas comprendre l'origine des tensions entre ces adversaires. Anne-Marie fut si coriace, aidée en cela par son frère, que l'affaire fut vite entendue sous les applaudissements généreux.

– Ils sont fanny ! Vous les avez mis fanny !

Puis en grand seigneur, Anne-Marie annonça sans le moindre regard pour les perdants :

– Je vous les laisse, au revoir tout le monde !

Elle tourna les talons et disparut vers la place où elle se trouva nez à nez avec Hortensiane et sa grand-mère Jeanne. Une certaine affection liait les deux jeunes filles qui s'embrassaient à chaque rencontre.

Après les salutations d'usage, Hortensiane osa demander :

– Personne ne veut venir avec moi dans les bois pour chercher des champignons. En ce moment, il y en a plein grâce à l'orage d'il y a quelques jours. Pourrais-tu m'accompagner, Anne-Marie ?

– Je n'ai guère le temps mais, pour toi, je le prendrai. Cet après-midi te conviendrait-il ?

– Merci Anne-Marie, ce sera parfait. Qu'en penses-tu grand-mère ?

– Tu as de la chance qu'elle veuille bien te consacrer du temps, profite de cette journée. Je ne peux pas te suivre dans les bois avec mes pauvres jambes.

– Alors c'est d'accord pour aujourd'hui.

Une heure fut convenue ; le bonheur d'Hortensiane se lisait dans ses yeux.

De retour à la maison, Jean-Claude s'adressa à sa sœur :

– Que s'est-il passé entre François et toi ? Vous ne vous parlez plus, si j'ai bien compris ?

– Tu as deviné, je ne lui parle plus !

– Ça vous regarde tous les deux. Il y a quelque temps, il souhaitait reconstituer le clan des quatre, comme autrefois, quand nous étions tous des amis, mais je crains qu'aujourd'hui…

– Aujourd'hui c'est aujourd'hui ! martela-t-elle. Mais rien ne t'empêche de…

Le frère devint rêveur, le clan ne se reconstruirait pas sans Anne-Marie et puis les jeunes qu'ils étaient devenus avaient bien changé, tout cela ressemblait à de l'enfantillage.

– Tu as raison, nous ne sommes plus les mêmes et je ne vois pas l'intérêt de réveiller ces vieux souvenirs.

Anne-Marie avait bien une idée ; François avait sans doute choisi ce prétexte pour se rapprocher d'elle…

Dans l'après-midi, Hortensiane rejoignit Anne-Marie et toutes deux s'éloignèrent du village en direction des bois voisins. Chaussées de bottes et armées de bâton, toutes joyeuses, elles parlaient. Quant à la brouille entre François et Anne-Marie, Hortensiane l'ignorait totalement.

– J'espère que l'on va trouver des cèpes, tout le monde en ramène de beaux paniers.

– Nous y allons bien tardivement. D'autres seront passés avant nous mais il ne faut pas se décourager, il ne faut jamais abandonner !

– Passerons-nous près de la cabane ? Te rappelles-tu, Anne-Marie, la cabane où François donnait rendez-vous aux oiseaux, au bois des Souques ? Nous n'en sommes pas loin, je crois m'en souvenir. Pourtant, il y a bien longtemps que je ne l'ai vue, ça doit faire au moins…

– Qu'importe, nous retrouverons peut-être ce qu'il en reste.

Hortensiane rechercha l'endroit plus que les champignons. Mais Anne-Marie savait qu'il ne subsistait presque rien de ce souvenir…

Soudain, Hortensiane s'écria :

– Regarde, Anne-Marie, la cabane ! Elle n'a pas changé !

Trop heureuse, elle courut vers cette cabane surprenante, paraissant de réalisation récente.

– Es-tu sûre que l'on ne se trompe pas ? demanda Anne-Marie, stupéfaite.

– C'est bien là notre cabane, avec sa porte qu'on ne fermait que rarement et son fénestrou pour surveiller d'éventuels visiteurs.

Dans la tête d'Anne-Marie planaient encore certains doutes qui la troublaient, mais il fallait bien se rendre à l'évidence. Ce petit refuge, refait à l'identique, où les branchages feuillus et les fougères encastrées paraissaient trop verts, trahissait l'auteur de l'ouvrage.

– C'est ici que François invitait les oiseaux et même un loup, je me souviens, il me l'avait raconté, s'exclama Hortensiane, ravie de parler de son frère.

Son amie lui sourit.

Puis toutes deux s'éloignèrent, rejoignirent la bordure du bois ; et là, quelle ne fut pas leur surprise de découvrir un grand nombre de champignons, des cèpes magnifiques, jusque dans les herbes hautes, entre les arbres et les fougères.

– Regarde, il y en a partout, exagérait Hortensiane, on va remplir nos paniers !

Marquant un silence, Anne-Marie regardait ce miracle de la nature que l'on rencontre parfois. Dans sa poitrine, elle crut sentir son cœur battre un peu plus fort, juste un court instant. Dissimulant ce léger trouble, elle commença la cueillette tandis qu'Hortensiane criait de joie.

– Si tu parles trop fort, d'autres chercheurs vont venir et nous prendront notre secret, lui dit-elle.

Les magnifiques têtes brunes décoraient le dessus des paniers et les deux jeunes filles revinrent, le sourire aux lèvres, vers Saint-Martin-le-Bel.

Dans l'esprit d'Anne-Marie subsistait une tracasserie. Qui avait reconstruit en si peu de temps la cabane ? Elle se jouait la comédie. Au fond d'elle-même, elle savait.

Sur le chemin du retour, le parfum des champignons fraîchement cueillis trahit certaines maisons. Quoi de meilleur pour les papilles qu'une omelette aux cèpes ?

Dans la soirée, Hortensiane raconta à son frère sa visite à la cabane du bois des Souques en compagnie d'Anne-Marie ; celui-ci joua l'indifférent et l'histoire en resta là.

7

– Faudrait penser à acheter un tracteur, papa, ceux qui en ont un se fatiguent bien moins et puis c'est le progrès...

– Ça ne fait pas tout mais je reconnais que c'est utile. J'y pense... Notre trésorerie – si j'ose employer de grands mots, ceux du journal – aurait bien du mal à assumer cet achat.

– On pourrait peut-être commencer par un engin d'occasion...

– Nous devons aussi aménager la maison. Ta sœur commence à se trouver à l'étroit.

– Si au moins elle se mariait, elle rejoindrait son mari, c'est bien ainsi que ça se passe ! s'exclama Jean-Claude dans un grand éclat de rire. Heureusement qu'elle ne nous entend pas !

Philippe Chaspéral retint un sourire tout en appréciant l'originalité des propos de son cadet. Il n'avait pas tout à fait tort sinon celui de le dire.

Le temps rouillait les feuillages caducs en cette fin d'automne, sans se hâter, comme à son habitude. Imperturbablement, avec l'aide des froidures, il jetait sur les feuilles cette teinte chaude précédant leur chute. Il restait çà et là quelques pommes au bout des branches telles des boules d'or, dernière réserve pour les oiseaux.

Déjà, dans les bas-fonds, des brouillards matinaux se manifestaient en écharpes silencieuses, prudentes et lentes à disparaître, comme marchent les vieillards sur les chemins verglacés.

Les charrues avaient terminé les labours, habillant les terres de manteaux bruns et neufs. Se dissimulant dans les maïs fatigués, on pouvait apercevoir la tête des épis aux cheveux roux, blonds parfois.

Mais, dans ce défilement des jours, pour Anne-Marie une décision s'imposa, une grande décision.

– Vous attendez un petit. Je pense que vous n'êtes guère surprise après trois mois sans règles…, lui annonça le médecin consulté.

– Bien sûr, répondit Anne-Marie, mais parfois, ça peut sauter un mois.

– Un mois ce n'est pas trois ! Dans une moitié d'année, vous verrez la plus magnifique chose au monde, la naissance de votre enfant ! Ce sera au mois de mai, un joli mois pour mordre la vie, il bénéficiera toujours de deux étés pour un hiver, c'est une chance !

Lorsqu'elle sortit du cabinet médical, la clarté de la rue la gêna quelque peu malgré sa faible intensité. Serait-elle devenue fragile en si peu de temps ?

Voilà plus d'un mois qu'Anne-Marie se doutait de sa situation. « C'est le premier garçon et voilà que je suis enceinte ! Je suis une parfaite idiote et, maintenant, il va falloir parler aux parents ; je vais déshonorer mon père, j'en suis certaine. Mon Dieu, qu'ai-je fait ? »

La nuit qui suivit, elle ne dormit pas, s'en voulant profondément. Bien sûr, il y avait François mais, durant cette nuit, il n'occupa guère ses pensées, ce qui l'étonna grandement. Soucieuse de l'existence qui l'attendait, elle cherchait désespérément des points d'appui à son futur. Sa grand-mère Justine, sa mère, son père et son jeune frère… Comment procéder, dans quel ordre et avec quels mots ? Chez les Duparlan aussi, ce serait compliqué. Anne-Marie, qui jusque-là n'avait connu aucun souci majeur, devait se préparer à faire face à toutes ses connaissances : famille, amis et clientes du salon. Le monde entier la regarderait, la jugerait, la montrerait du doigt. Fallait-il quitter Saint-Martin-le-Bel ?

Elle l'imaginait, elle devait pouvoir tout imaginer !

Lorsqu'au matin elle croisa sa grand-mère, celle-ci la regarda bizarrement.

– Toi, tu n'as pas bien dormi ! Je te fais un café fort et des tartines, celles que tu aimes… Tu as mauvaise mine ma petite fille.

Anne-Marie esquissa un petit sourire mais ne convainquit pas l'aïeule. Elle l'embrassa rapidement sur le front et évita son regard. Elle en oublia café et tartines.

Pour elle, ce fut une journée difficile.

– À quoi penses-tu, Anne-Marie ? Tu es dans les nuages et je te trouve un air pas ordinaire. Serais-tu malade ?

– Une fatigue passagère, sans plus, ne vous inquiétez pas, madame Duparlan.

– Je m'inquiète au contraire, aussi pour cet après-midi, je te donne congé. Entre femmes, on se comprend…

Après maintes tentatives vouées à l'échec, elle se décida. Dans sa tête, elle prépara l'annonce de son état à sa famille. Pas facile, mais nécessaire après la confirmation du médecin. Elle se confierait en premier lieu à Justine, ça lui semblait plus aisé. « Si elle ne peut me pardonner, au moins m'aidera-t-elle », pensa-t-elle.

– Je viens te tenir compagnie, dit Anne-Marie à Justine, surprise.

– Ce n'est pas aujourd'hui que nous irons nous promener, il y a un petit vent du nord mal élevé qui se moque des vieilles… alors nous resterons au coin du feu si tu veux bien. J'ai allumé le Godin ce matin dans ma chambre et, tout doucement, il me maintient la pièce à bonne température.

– Tu as bien fait grand-mère, j'aimerais aller avec toi dans ta chambre, nous serions mieux toutes les deux…

Justine perçut un léger frémissement des lèvres chez sa petite-fille.

– Ta mère est sortie je ne sais où…

– C'est à toi que je veux parler, c'est important grand-mère.

Toutes deux quittèrent la grande pièce. La chambre de Justine, de grandeur moyenne, surprenait par son mobilier brillant sous l'encaustique maintes fois passée au chiffon de laine. Une grande armoire et une commode de bonnes dimensions occupaient presque tout un côté ; l'autre accueillait le lit et son gros édredon recouvert de satin, une petite table avec une chaise, un ensemble pour la toilette muni d'une cuvette en céramique ornée de fleurs bleues sous un miroir piqueté par endroits. Près du lit, se trouvait un vieux fauteuil fatigué et, en face, calé dans la cheminée fermée, le poêle rond en fonte anthracite dont émanait la douce chaleur. Sur la table, ou plutôt le guéridon, la photo du grand-père en tenue de soldat de la Grande Guerre trônait.

Justine déplaça la chaise afin qu'Anne-Marie s'y installât et prit le siège recouvert d'un pan de tissu cachant son usure, voire sa misère.

– Comme tu le sais, ici il fait toujours bon et puis c'est mon chez-moi, dit-elle avec un mouvement de tête significatif. Depuis toujours tu aimes venir te réfugier ici…

Elle avait de beaux cheveux blancs, portait des lunettes aux verres ronds, s'habillait sempiternellement d'une robe-tablier à petites fleurs grises sur fond noir.

Anne-Marie observait en silence ses veines bien marquées sous cette peau si propre, ses mains de travailleuse aux ongles courts, posées l'une sur l'autre, presque inutiles sur l'instant.

Justine souriait à sa petite-fille, embarrassée de devoir entendre quelques secrets sans doute.

– Grand-mère, ce n'est pas facile mais tu dois savoir ce que personne ne sait encore.

– En es-tu bien certaine, Anne-Marie ? Une grand-mère voit ce que d'autres ne voient pas, même ta mère ne s'est aperçue de rien, trop accaparée par le travail de la ferme auquel elle participe largement, trop sans doute, mais c'est ainsi dans nos pauvres exploitations. Viens près de moi, ma petite.

Anne-Marie quitta sa chaise et se tint debout près de sa grand-mère qui, tout en souriant, lui effleura son petit ventre. Tout à coup, la jeune femme éclata en sanglots et se pencha pour serrer Justine dans ses bras, contre son cœur, elle qui avait déjà compris.

Après les pleurs vinrent les mots, les mots d'apaisement de Justine.

– Approche ta chaise, il faut être près l'une de l'autre pour parler de ça, entre nous.

Anne-Marie ne put se retenir plus longtemps :

– Je suis enceinte de trois mois, le petit naîtra en mai, je ne sais plus que faire.

– Qu'en dit le père ?

– Il ne le sait pas !

Justine jaugeait la situation en silence. Elle ne voulait pas questionner, attendant que la suite lui fût dite par Anne-Marie elle-même, sans provoquer quoi que ce fût qui eût pu fermer le cœur de la future maman.

– Ce dont je suis sûre, grand-mère, c'est que je veux garder cet enfant, clama soudain Anne-Marie.

Elle ne pleurait plus, tenant la main de Justine dans la sienne. Le sillon des larmes avait presque séché, ne laissant apparaître qu'une goutte de chaque côté, au bas de son visage, comme trace de sa résolution.

– Je ne t'aurais jamais poussée à prendre une autre décision. Ce petit sera mon premier arrière-petit-fils ou mon arrière-petite-fille, selon ce que le bon Dieu aura décidé. Sois convaincue que je l'aimerai de toute mon âme et plus encore si cela est possible. Ces petits-là ont besoin plus que les autres de tendresse et d'attention.

Anne-Marie fermait les yeux.

– Merci grand-mère. Tu ne me fais aucune remontrance ? Moi qui avais si peur…

Justine souriait, il y avait tant sur ce visage, du pardon à l'encouragement au bonheur. Anne-Marie crut cependant y apercevoir de l'inquiétude quant au père de l'enfant. Aucune question ne franchissant sa bouche, elle décida de tout lui dire, enfin presque tout.

– François Picardier ! Voilà qui va certainement ne pas te plaire, avoua-t-elle enfin. Mais, ajouta-t-elle immédiatement, je ne veux pas me marier avec lui, non, jamais !

« Quel fichu caractère, pensa Justine, mais on ne me la changera pas ! »

– Je comprends… Tu as été si franche avec moi que je me demande si je ne t'aime pas davantage à présent. Je t'aiderai pour tout, tu peux compter sur moi !

Soudainement, Anne-Marie se leva comme pour mieux respirer. Son visage changea et afficha ce caractère que tous lui connaissaient, volontaire, décidé, opiniâtre.

– Il faut annoncer la nouvelle aux parents ! Cet enfant, je veux l'élever seule, voilà qui va poser un problème. Ils ne pourront ni ne voudront comprendre ; une situation pareille entraîne toujours des drames, des rejets et ça peut se comprendre pour certains. Comment puis-je faire grand-mère ?

– Es-tu certaine que François ne veuille pas…

– François est promis à Eugénie Defontaine, ceux des Grandes-Terres et surtout, je ne l'aime pas !

Justine la regardait calmement. Elle pensait à sa fille et à son gendre et s'inquiétait.

– Ne tarde pas, le plus tôt sera le mieux. Parle-leur comme tu m'as parlé, simplement. N'oublie pas, Anne-Marie, simplement…

– Je vais essayer ce soir même !

– Demain matin, il fera jour comme tous les autres jours. Prends garde au petit, fit Justine en dirigeant son bras vers son ventre.

Puis, libérées, elles causèrent d'autre chose un court instant ; déjà, la pendule annonçait dix-huit heures. Dehors, la nuit avait envahi le pays.

Anne-Marie mit la table avec sa mère. Les hommes arrivèrent. La journée était terminée pour eux. Cette pièce principale demeurait le centre de vie de la famille avec sa souillarde, sa cheminée où vivotait un œil rouge que l'on ranimait lorsque l'on veillait. Non loin de là, trônait une grosse cuisinière en fonte noire sans cesse allumée. Un placard, un vaisselier, une armoire, une grande table avec ses deux bancs au-dessus de laquelle avait été suspendu le traditionnel râtelier. L'ampoule électrique, presque dissimulée sous un abat-jour de vieille dentelle, tentait de faire de son mieux.

Anne-Marie observait chaque détail, chaque chose, s'étonnant de les voir ainsi dans cette maison qui était la sienne depuis toujours. Craignait-elle qu'on la chassât ? Il existait des histoires de famille identiques dans le pays où des futures mères célibataires avaient été bannies sans ménagement. Son regard suivait sa pensée, continuait à inventorier…

Sur une étagère, un gros poste de radio, la plupart du temps silencieux. À gauche, une porte desservait la partie occupée par Justine avec, à côté, l'escalier rejoignant celles des enfants à l'étage.

La pendule ouvrait son grand œil vitreux depuis peut-être plus d'un demi-siècle.

Marguerite s'adressa à sa fille :

– Ton père a trouvé trois cèpes avec quelques coulemelles, un miracle ! Ce seront bien les derniers de la saison. J'ai préparé une omelette qui suivra la soupe. Es-tu contente ?

– Tu sais bien que j'adore ça et mon cher frère aussi, n'est-ce pas ? dit-elle en lui donnant une tape amicale sur l'épaule.

Il ne répondit pas. Elle le relança :

– Quelque chose ne va pas ? Tu n'as plus de langue ?

– Je n'ai pas envie de parler, c'est tout… Ça t'arrive à toi aussi et bien souvent ces temps-ci !

Anne-Marie trouva le courage de dire :

– Je voudrais vous parler ce soir, après le repas. C'est très important.

Tous les regards se dirigèrent vers elle, cherchant à deviner l'importance de la nouvelle. Ce devait avoir un rapport avec son travail, pensait sa mère, ou ce devait être à propos de sa chambre en ville, supposait son père. Quant à Jean-Claude, il s'en fichait totalement et prévint qu'il se coucherait de bonne heure.

Presque tous les soirs, Philippe Chaspéral allumait Radio Luxembourg ou Radio Monte-Carlo et prenait plaisir avec *La Famille Duraton*. Quelques fois, il écoutait *La Ronde des chansons* sur Paris Inter avec Les Compagnons de la chanson. Pour les informations, il préférait le quotidien régional. Lorsqu'il se leva de son banc pour brancher le poste, Marguerite lui fit un signe qui semblait lui dire : « La petite veut nous parler… »

Cette conversation ne devant concerner ni Justine ni Jean-Claude, ceux-ci s'éclipsèrent. Marguerite mit une bûche sur la cendre encore vivante.

– Alors, Anne-Marie, raconte-nous ce qui a l'air de te chagriner, je le vois dans ton comportement.

– Ce n'est pas facile, vous n'allez pas être contents de votre fille…

Les quatre yeux la fixèrent, impatients, inquiets, interrogateurs.

– Je suis enceinte de quelques mois, papa.

La réaction ne se fit pas attendre.

– Nom de Dieu de nom de Dieu ! jura le père en levant les bras. Es-tu sûre de ce que tu nous dis ?

Elle fit « oui » de la tête.

Le père avait baissé les bras, et aussi les yeux, ne supportant plus le regard de sa fille, fauché comme par une rafale de mitraillette. Marguerite regardait sa fille, paralysée par la nouvelle, tandis que sa main s'était posée sur l'avant-bras de son mari. Un silence pesant laissait à la pendule tout loisir de dominer l'instant du malheur, car c'en était un.

Chaspéral, anéanti, avait pris sa tête entre ses deux mains, les coudes calés sur la table, muré dans ses pensées. Les deux femmes espéraient presque qu'il donne libre cours à sa colère, à quelque chose qui libère, des mots, mêmes insensés. Il respirait mal, cherchant l'air à chaque inspiration. Puis ses yeux se posèrent enfin sur sa fille et ses mouvements de tête lui disaient dans ce langage si particulier des signes : « Comment as-tu pu me faire ça ? Toi, ma seule fille que j'apprécie tellement ? Comment as-tu… » Puis il lui demanda de manière abrupte :

– Comment s'appelle mon futur gendre ?

Sans baisser le regard, elle trouva la réponse, sachant que de ces mots viendrait le pire :

– Il n'y aura pas de gendre, je n'aime pas celui qui…

– Mais alors c'est un viol ! hurla soudain Philippe. Tu as été victime d'un violeur ?

Père et fille se mesuraient du regard. Marguerite intervint :

– Tu nous expliqueras plus tard, ma pauvre fille, c'est déjà bien difficile pour nous d'apprendre ça aujourd'hui.

– Je n'ai pas été violée, papa, mais je n'épouserai pas le père de mon enfant. On peut commettre des erreurs parfois et j'ai commis celle-là. Je sais que vous allez en souffrir et, pour ça, je vous demande pardon. Je partirai si vous me le demandez, j'ai un métier qui me permet de vivre et d'élever mon enfant.

– Nom de Dieu, reprit-il, en donnant de violents coups de poing sur la table. Encore une qui veut partir ? Qui te demande de quitter la maison ?

Il s'écroula sur la table et, dans ses sanglots qu'il retenait mal, elles distinguèrent ces mots : « Au moment où tu auras tant besoin de nous... »

Quelques minutes s'écoulèrent, Anne-Marie s'était assise de nouveau face à ses parents.

– De combien es-tu enceinte ? demanda Marguerite dont les yeux étaient rougis de larmes.

– De trois mois. Le petit naîtra en mai, aux beaux jours, fit-elle en esquissant un petit sourire. C'est ce que le médecin m'a dit.

Marguerite se leva, la rejoignit et l'embrassa.

– Je vais donc être grand-mère, moi aussi... comme ma mère.

Des pleurs se mêlaient, deux cœurs battaient pour un petit être à venir. Chaspéral sortit enfin de ce moment d'égarement. Il dit alors :

– Pour ta grand-mère...

– Je le lui ai annoncé cet après-midi, papa. Il n'y a que Jean-Claude qui ne sait pas encore.

Le père réfléchissait et, ne pouvant se retenir, il fit une nouvelle tentative :

– Mais dis-moi, Anne-Marie, à part le père qui doit être au courant, personne d'autre ne sait ? Tu peux bien me dire son nom, il faudra bien que je sache un jour…

– Lui-même l'ignore. Peut-être un jour se posera-t-il la question en apercevant mon tour de taille lorsque je serai bien ronde…

Chaspéral ne répondit pas mais sut que le fameux père devait vivre au village ou dans les environs. Dans sa tête, le besoin de connaître l'identité du père devenait plus fort que la pensée de savoir sa fille enceinte.

– Je ne pense que je vais dormir, mais je vais me coucher, annonça-t-il.

En passant près de sa fille, il eut ce geste surprenant de lui toucher l'épaule avec délicatesse. Mère et fille tentèrent de discuter encore un moment, près du feu qui, lui aussi, s'épuisait à suivre cette histoire.

En rejoignant sa chambre, Anne-Marie s'arrêta devant la porte de son frère et gratta celle-ci d'un geste machinal. Un genre de grognement lui répondit, une façon habituelle de dire « entrez ». Tournant doucement la poignée, elle pénétra dans la pièce.

– Alors, qu'est-ce qui se passe ? lui demanda-t-il en se frottant les yeux.

Se relevant de manière à mieux la voir, il ajouta :

– J'ai entendu le père crier. Approche et raconte.

– Il faut bien que tu l'apprennes toi aussi, cher petit frère. Je suis dans de sales draps…

Et elle s'assit près de lui.

– C'est une histoire d'adultes, enfin de femmes, je veux dire que… voilà, je suis enceinte.

– Une blague ? C'est une blague ? Mais comment t'as fait ? Excuse-moi mais… toi, tu es enceinte ? Tu es folle ?

– J'ai dû l'être un moment ou deux et puis voilà. Ne me charge pas davantage, je t'en prie, ce fut assez difficile tout à l'heure.

– C'est François, n'est-ce pas ? Je jurerai que c'est lui !

Comme elle n'eut pas la force de confirmer ni d'infirmer, il lui demanda :

– Notre père n'est pas devenu fou lorsque tu lui as dit pour François ?

– Je ne le lui ai pas dit et personne n'est au courant, sauf grand-mère. Tôt ou tard, ça se saura et le pire c'est que François l'ignore. Je compte sur toi pour garder ce secret le plus longtemps possible. Je ne veux pas être mariée de force ; je ne l'aime pas, je ne l'aime plus, c'est tout ! Il va épouser Eugénie et ça, tout le monde le sait.

Il triturait un bout de drap, embarrassé.

– Si je m'attendais à ça, dit-il. Je ferai de mon mieux pour toi, compte sur moi. Je crains cependant une chose ; papa va te trouver un mari. Il ne supportera pas la situation, tu le connais.

– Il le faudra, je me débrouillerai seule, mais j'y arriverai !

Jean-Claude devint grave.

– Que vais-je dire à François lorsque je le rencontrerai ?

– Comme il ne sait pas, tu feras comme d'habitude, ou comme tu voudras.

– Il t'a prise de force ? dit-il en fronçant les sourcils.

– Non, nous voulions tous les deux. Ça ne s'explique pas, tu verras plus tard quand cette chose t'arrivera…

– Ça ne m'arrivera jamais, j'aurais bien trop honte de…

Anne-Marie savait que son frère parlait sincèrement.

À court de conversation, il se recoucha, tira la couverture vers lui et tourna le dos à sa sœur.

– Je vais aller dormir ; je suis épuisée. À demain, Jean-Claude.

Elle referma doucement la porte et ouvrit celle de sa chambre. Se laissant tomber sur son lit, elle crut percevoir un léger mouvement dans sa chair. « Mon petit », pensa-t-elle.

8

Pour Anne-Marie, une nouvelle vie commençait. Il ne lui restait plus qu'à prévenir ses patrons. Elle le leur annonça quelques jours après.

– Alors, tu vas nous quitter ? demanda simplement Mme Duparlan qui, égoïstement, oubliait la grossesse de la jeune femme.

– Je souhaiterais travailler jusqu'au bout et même après mon accouchement, si vous voulez toujours de moi.

Un grand sourire apparut sur le visage de Mme Duparlan.

– Tu es une fille formidable et ton futur mari est d'accord, bien entendu ?

– Sachez que je ne me marierai pas, j'élèverai mon enfant seule. J'ai déjà oublié le père du petit à venir et je ne veux plus en parler. Je me débrouillerai avec les clientes trop curieuses, ça ne regarde que moi !

Quelque peu assommés par ces paroles, les Duparlan ne trouvèrent rien à redire. Pour eux, l'essentiel était de conserver cette employée si sérieuse et efficace dans son travail. La situation serait délicate pendant son congé maternité : beaucoup de ses clientes ne voulaient qu'elle pour les coiffer.

Suite à des paroles lâchées par-ci, par-là, les propriétaires avaient presque promis de lui céder l'affaire lorsque le temps viendrait et ils s'en souvenaient.

Au fil des jours, le tour de taille d'Anne-Marie prenait de l'ampleur et chaque matin, devant la glace, elle pouvait le vérifier.

Son entourage devenait prévenant, jusqu'au père qui, rongeant son frein, l'observait tendrement. Un jour, n'y tenant plus, il lui demanda :

– Ne penses-tu pas à trouver un mari ?

– Certainement pas, ne me parle plus de ça. Je ferai taire les mauvaises langues.

Philippe, malgré son envie de revenir sur le sujet, ne trouva pas les mots tant les propos de sa chère fille avaient été abrupts. Voyant qu'elle avait choqué son père, elle ajouta :

– Nous ne les ferons jamais taire, papa. Le plus important pour moi est que tu m'aies gardée à la maison, surtout pour le petit. Il aura sa famille au complet : son arrière-grand-mère, son grand-père, sa grand-mère et son oncle. Tous les enfants du monde n'ont pas cette chance.

Quelle détermination, quelle force émanait de cette jeune femme face à son père !

Par moments, on aurait dit un homme vaincu. De bons sentiments jaillissaient alors :

– Je vais faire installer des sanitaires dignes de toi dans ta chambre, un coin salle de bains, pour toi et le petit.

Elle l'embrassa en lui disant :

– Tu es formidable, papa !

Sans doute l'était-il. Pourtant, tout au fond de lui, le mystère du père inconnu le tourmentait, le rongeait comme le ver dans le fruit. L'idée que celui qui avait couché avec sa fille ne savait pas qu'elle était enceinte l'empêchait bien des fois de dormir. Qui pouvait être ce salaud ? Quant à Marguerite, elle ne pensait qu'à l'événement, qu'à ce bébé qui allait venir. Elle respectait le choix de sa fille, pressentant qu'elle ne reviendrait pas sur son secret. Elle lui dit un soir :

– Il n'y a pas si longtemps, tu étais une adolescente et voilà que tu es une femme. Je ne t'ai pas vue grandir. Je m'en veux et ton père aussi s'en veut de ne pas avoir suivi ta métamorphose. Et maintenant, tu vas nous donner un petit-fils ! Qu'importe désormais, nous saurons te protéger des cancans qui ne tarderont pas !

– Vous êtes tous si gentils avec moi…

Alors que Philippe traînait dans le potager, observant ses choux, ses poireaux, ses salades d'hiver, Justine le rejoignit par l'allée du milieu.

– Peut-être faudrait-il protéger de fougères ces belles salades…

– Je vais m'en occuper, c'est vrai que ça m'était sorti de la tête, avec tout ça…

– Pardi, ça se comprend.

– Anne-Marie a toute votre confiance, aussi avez-vous été la première au courant.

– On peut tout dire à une grand-mère, mon cher Philippe. Nous serons tous auprès d'elle. Quand elle m'a confié sa situation, je savais déjà ce qu'elle allait m'annoncer, la petite…

– J'aurais bien aimé qu'elle m'annonçât son futur mariage. L'important c'est qu'elle vous ait informé de son état, enfin de cette histoire, et vous savez tout comme nous maintenant. Je n'ai pas vu d'hommes tourner autour d'elle, pas plus qu'avant.

– Moi non plus, il faut dire qu'il est malin le François, comme son père dans sa jeunesse. Mais j'ai juré de garder le secret, ajouta-t-elle en posant son index sur ses lèvres.

– Je vais m'occuper de couvrir ces salades…

Ainsi, en peu de temps, Philippe Chaspéral apprit ce qu'il cherchait à découvrir. C'était donc François !

– Je vais de ce pas récupérer des fougères en bordure du bois, quelques brassées me suffiront. Ne tardez pas à rentrer, le froid pourrait vous surprendre, finit-il par dire à Justine.

– C'est bien vrai ma foi, répondit-elle en faisant demi-tour, inconsciente de la bévue qu'elle venait de commettre.

Il ne lui avait pas fallu grand temps pour découvrir l'auteur de la faute. Tout en marchant vers l'orée de la forêt, il parlait, s'énervait, donnait des coups de pied à tout ce qui se trouvait sur son passage. « Il n'est pas au courant de l'état de ma fille ? Il se moque du monde celui-là ! Ma fille n'est certes pas du rang des Defontaine mais assez bonne pour lui donner du plaisir ? Que je le rencontre et nous allons nous expliquer ! » La colère et l'emportement lui rougissaient le visage. Aidé d'un bâton, il coupait ce qui se présentait à sa portée d'un coup sec, y compris les fougères mortes qu'il ne ramassait pas. Puis des mots d'Anne-Marie lui revinrent : « Il ne m'a pas violée… » « Elle était donc consentante, voilà qui est pire pour moi ! On fait un enfant à une femme mineure et ça s'arrête là… Avons-nous mérité un tel malheur ? Il faut qu'il épouse ma fille, je vais aller trouver le Firmin Picardier pas plus tard que demain ! »

Tout en marmonnant, il rentra chez lui, bredouille de fougères. « Demain, ce sera demain et pas plus tard ! »

Lorsque Anne-Marie revint de son travail, sa mère l'accueillit avec gentillesse, s'inquiétant de sa santé.

– Voilà qu'aujourd'hui, on a commenté ma taille, dit la jeune femme. C'est vrai qu'il n'y a que les aveugles pour ne pas la voir, même avec des vêtements amples.

– Peut-on savoir qui t'a fait cette remarque ?

– Aucune importance, maman. Dans quelques jours, tout le monde saura, ce sera mieux. « Je l'ai commandé au Père Noël », ai-je répondu. J'ai même ajouté qu'ayant rempli mon bon de commande tardivement, je ne serai livrée qu'en mai et, qu'en plus, ils avaient perdu le nom du père…

– Tu as du culot tout de même !

– Jules, qui coiffait le maire à ce moment-là, a trouvé la réplique extraordinaire.

– Le maire est au courant, ben voyons. Il ne manque plus que le curé Séverin Mathieu…

– Ça ne tardera pas, maman, après tout…

Philippe taisait ses desseins et mangeait sa soupe comme d'habitude, face à Jean-Claude qui ne trouvait rien à dire.

Justine Virade observa simplement :

– Tu es en pleine forme, ma petite, ça fait plaisir à voir !

Chez les Chaspéral, on s'habituait à penser positivement, on faisait des projets de transformation de la chambre d'Anne-Marie.

– Je te ferai la tapisserie de la pièce, annonça Jean-Claude.

Anne-Marie lui sourit ; il avait bon fond ce jeune frère.

Philippe Chaspéral marchait d'un pas décidé, convaincu du bien-fondé de sa démarche de père outragé. « Il saura de quel bois je me chauffe, le Picardier ! »

L'horloge du clocher marquait trois heures de ses aiguilles. Un ciel maussade et blanc enveloppait le pays.

Cet environnement lui échappait ; seule la maison de Firmin comptait. Soudain, il s'arrêta, scruta de son mieux les alentours de la demeure et des hangars presque attenants. Le plus important, celui où Picardier parquait parfois des animaux en transit, était entièrement fermé. Ce n'était pas François qu'il souhaitait rencontrer. Étant mineur, seul son père pouvait être considéré comme responsable.

Percevant le beuglement de quelques bêtes, il tendit l'oreille. Il devina également des voix d'hommes et se rapprocha discrètement. Les femmes ne se rendaient pas dans ces lieux, ce n'était pas là leur place. Soudain la porte s'ouvrit et deux hommes sortirent, le maître des lieux et un autre, tous deux en biaude traditionnelle. Alors que l'inconnu s'éloignait, Firmin lui dit :

– Vous serez donc ici demain matin à huit heures avec votre camion ?

L'autre se retourna :

– Je ne reviens jamais sur ma parole ! répondit-il en revenant sur ses pas pour lui donner une vigoureuse poignée de main. Ainsi se concluaient bien des marchés dans les campagnes entre négociants et producteurs.

Firmin remarqua alors une silhouette bien connue. Les deux hommes avancèrent l'un vers l'autre.

– Pas si souvent que tu me rends visite, Chaspéral, tu as des bêtes à me vendre ?

Tout en refusant la main tendue, Philippe répliqua :

– Pas aujourd'hui, j'ai besoin de te parler.

– Tu as une mauvaise tête, on va se mettre au chaud à la maison.

– C'est inutile, il ne fait pas froid dans ton étable…

– Comme tu voudras, allons près des bêtes. Mais laisse-moi enlever ma biaude. Mon client est parti. J'ai fait une bonne affaire.

– S'il y a quelqu'un à plaindre dans le pays, ce n'est certainement pas toi. À Saint-Martin-le-Bel, tout le monde le sait…

Philippe n'avait jamais franchi les portes de ce fameux hangar fermé, aéré par des ouvertures plus larges que hautes. En découvrant l'organisation du parcage des bestiaux, tantôt groupé, tantôt individuel, et les abreuvoirs automatiques, il manifesta son admiration par des hochements de tête. Il prépara son attaque :

– Ton fils va hériter d'une belle part…

– Que me veux-tu en réalité, Chaspéral ? Pourquoi tu me parles de mon fils ?

Confronté au regard puissant et direct du visiteur, le visage de Firmin trahissait bien des craintes.

– Ton fils est mineur n'est-ce pas ?

– Et alors ?

– Tu es responsable de ses conneries jusqu'à sa majorité. Et il en a fait une belle de connerie, une énorme, dit violemment Philippe.

– Qu'est-ce qui te prend, Chaspéral, serais-tu devenu fou par hasard ?

Chaspéral se jeta sur lui, le saisit par les revers de sa veste de ses deux mains et l'immobilisa. L'autre, pris au dépourvu, n'avait pas l'avantage. Il tenta de se dégager mais la colère de l'agresseur avait quintuplé ses forces, ses bras paraissaient d'acier.

– Ton fils a déshonoré ma fille, hurla Philippe, telle une bête blessée. Ton fils a déshonoré ma fille, tu m'entends ?

Puis il envoya l'homme à terre, d'un mouvement sec. Picardier roula dans la bouse fraîche et se releva promptement. Ils s'empoignèrent, s'agrippant l'un à l'autre, se secouant, tombant tous deux dans les déjections animales, se rouant de coups jusqu'à l'épuisement. Couverts d'excréments, de paille, le visage tuméfié, une lèvre sanguinolente pour l'un, une arcade sourcilière ouverte pour l'autre, ils étaient méconnaissables, tant les salissures les recouvraient. Dans la quarantaine, les deux hommes ne s'en laissaient pas compter. Mais, dans cette bataille à bras-le-corps, ils n'avaient guère d'expérience.

Les deux hommes, pourtant copains d'enfance, soufflaient comme des bêtes.

Lors de cette altercation, injures et noms d'oiseaux avaient fusé de part et d'autre. Et maintenant, assis à même le sol, ils s'observaient. Enfin, la lutte avait cessé.

– Je ne sais rien sur ce que tu m'annonces si férocement, rien n'est parvenu à mes oreilles.

– Anne-Marie est enceinte de plus de trois mois. François doit épouser ma fille, même si ça te dérange, vieille canaille !

Firmin s'épongeait le front d'un pauvre mouchoir ensanglanté. Groggy, le Firmin, K.-O., pourrait-on dire, mais toujours fier. Donner son fils à la famille Chaspéral ? Jamais, inenvisageable ! Il tenta de calmer son adversaire :

– Il y a longtemps qu'on ne s'était pas battus, depuis l'école… Tu aurais pu économiser ça. Je vais questionner François…

– Si je t'ai cogné comme tu dis, c'est parce que je suis malheureux, il fallait bien que ça sorte, je n'allais pas m'en prendre à un gamin ! Le mal est fait !

Ils se relevèrent, se nettoyèrent avec des seaux d'eau, firent ce qu'ils purent pour se laver les cheveux.

Chaspéral coupa à travers prés et champs pour rejoindre sa maison, évitant ainsi certains regards indiscrets. Il passa à son étable, essaya une seconde fois d'améliorer sa tenue.

– J'ai glissé dans l'étable, annonça-t-il à Marguerite.

– Mais tu saignes comme un cochon. Je vais te désinfecter la plaie. Il y a même des traces de… Tu aurais pu te tuer !

Il se laissa faire ; les gestes de sa femme le calmèrent momentanément.

Le souper se passa comme les autres soirs et Anne-Marie parla de ses clientes – elle disait toujours « mes » clientes – avec lesquelles elle devenait de plus en plus loquace sur son état. Étonnamment, elle leur transmettait un sentiment de joie tel qu'elles repartaient plus à l'aise qu'à leur arrivée. « Vous avez là une employée extraordinaire… », affirmaient-elles à Mme Duparlan pas peu fière de ces compliments.

Trois jours plus tard, Giliane vint apprendre à son amie Anne-Marie que François avait quitté Saint-Martin-le-Bel accompagné de son père.

– Que veux-tu que cela me fasse ? Il a dû partir pour des foires comme il le fait habituellement !

– On ne part pas dans les foires habillés comme ils étaient, avec des valises à la main. On les a aperçus à la gare, au train de sept heures un quart, celui que prennent les voyageurs pour Aurillac et pour Paris... Je sais que vous ne vous parlez plus mais tu aurais pu savoir...

– J'ai bien d'autres choses à penser, comme tu peux voir, lui répondit-elle en lui montrant sa taille.

– On raconte tellement de choses sur toi... Je pensais que cette nouvelle...

– Les Picardier ont leur vie, les Chaspéral ont la leur. Et toi, n'as-tu pas trouvé d'amoureux ?

Giliane baissa la tête et repartit en la saluant d'un timide geste de la main.

« Il a déserté, pensa Anne-Marie. C'est mieux ainsi. Il doit savoir maintenant et il s'est enfui, ou peut-être l'a-t-on éloigné ? L'orgueil des Picardier n'a pas supporté l'événement. »

Les jours passèrent. Puis on apprit au pays que François travaillait à Paris, qu'il avait changé de métier.

– Comment peut-on changer de métier lorsque l'on n'en a pas ?

– C'était le moment de se décider ; ici, il n'y avait pas d'avenir pour lui..., répondait Firmin à qui demandait des nouvelles de son fils.

Nul à Saint-Martin-le-Bel ne fut convaincu par ces explications. Chaspéral avait son idée...

Par un dimanche de début décembre, lors de la sortie de la messe, Jeanne Picardier et Hortensiane rencontrèrent Justine Virade. Si Jeanne se montra discrète concernant le départ de François, Justine prit un petit moment, alors qu'Hortensiane avait rejoint ses camarades, pour lui demander où était donc passé François.

François se faisait une situation dans l'hôtellerie, à Paris, chez son oncle Louis Picardier. Les fiançailles avec Eugénie, prévues pour Noël, avaient été rompues. « Un grand malheur pour François », répéta-t-elle. Les Defontaine avaient changé d'avis sur son petit-fils… On lui reprochait de n'être pas encore établi… « Des inventeries, dit Jeanne, des inventeries de gens jaloux. On n'est pas près de revoir le petit au village ! »

Ce comportement attestait-il son ignorance ? Dans le joli bourg de Saint-Martin-le-Bel, il y avait de quoi parler, « jaser » serait le mot plus approprié.

Puis il y eut deux rencontres au village, dues au simple hasard. Celle de Philippe avec Firmin et celle d'Anne-Marie et du curé Séverin Mathieu.

Pour la première, ce fut dans la rue principale, proche de la mairie d'où Picardier sortait.

– Il n'y a que nous deux qui sachions pour ton fils, l'apostropha Chaspéral. Tu l'as éloigné pour le protéger, une bien piètre manœuvre ! Ce que tu ne sais pas, c'est que ma fille n'en a jamais voulu de ton rejeton, et maintenant, je la soutiens !

– Lorsque nous avons parlé tous les deux, François et moi, il m'a affirmé ignorer que leur brève rencontre avait donné ce que tu sais. Ils se sont amusés, simplement, et je dois le reconnaître aujourd'hui, maladroitement ; ils étaient consentants tous les deux, m'a-t-il assuré. Mais François n'était pas fait pour le mariage. À Paris, il se fera une situation, il le faudra, et ça m'étonnerait qu'on le revoie par ici.

– Les Defontaine ne veulent plus de lui, à ce que l'on dit…

– Que je ne te croise pas dans quelque endroit solitaire, je ne te laisserai pas l'avantage ! Tu voulais mon fils pour gendre et, aujourd'hui, tu as l'air pitoyable…

Firmin l'avait assommé par ces propos, lui avait coupé la respiration par ce coup, cet uppercut. Chaspéral resta sur place une bonne minute tandis que Picardier prenait le chemin du café.

Quant à l'autre rencontre, elle eut lieu devant le salon des Duparlan, lors de la fermeture. Anne-Marie salua, comme à son habitude, le curé Mathieu :

– Bonjour, monsieur le curé.

– Bonjour, Anne-Marie. Comment vas-tu ? Tu termines bien tard !

– Les clients n'ont pas toujours l'œil sur la montre, j'ai l'habitude.

– Pourrais-tu passer à la cure, quand bon te semblera ? Je suis en principe toujours disponible.

– Entendu, monsieur le curé, à un de ces jours.

Anne-Marie rapporta à sa mère le souhait de l'homme d'Église qui l'inquiétait un tantinet.

– Tu n'as rien à craindre, la rassura Marguerite. Depuis que nous nous connaissons tout de même… Peut-être a-t-il peur que, dans ton état, tu n'oses pas te rendre à la messe de minuit comme tous les ans.

Quelques jours après, la jeune femme fit tinter la clochette de la cure.

– Je suis heureux de te voir, Anne-Marie. Entre un moment, il y a un feu qui nous attend.

Intimidée, elle accepta le fauteuil qu'il lui indiqua, tandis qu'il prit la seule chaise.

– Nous ne sommes pas au confessionnal, Anne-Marie. Je voulais parler un moment avec toi. Je vois, comme tous les paroissiens, que tu…

Ne trouvant ou ne voulant peut-être pas dire les mots, il se fit comprendre par des gestes.

Elle fit « oui » de la tête.

– Pour quand, l'heureux événement ?

– Mai, courant mai, monsieur le curé.

– Le joli mois de mai, c'est aussi le mois de Marie…

Comme elle ne disposait que de peu de temps, elle se décida à parler, ayant envie de lui confier certaines choses qu'il désirait certainement savoir.

– Ma situation n'est pas très ordinaire et peut-être aussi pas très catholique, pourrait-on dire… Pardon, je voulais dire… Il faut assumer ses fautes. Je respecte cette vie que j'ai reçue. Je suis heureuse de porter cet enfant.

Le curé avait croisé les mains, posé sur sa visiteuse un regard compréhensif. En somme, elle lui transmettait sa joie d'être une future maman sans pour autant s'appesantir sur l'absence du père.

– Dans quelques jours, nous viendrons tous à la messe de minuit, comme tous les ans. Lorsque mon enfant sera là, nous le baptiserons dans cette église où j'ai fait ma première communion.

Le prêtre se leva, posa ses deux mains sur les épaules d'Anne-Marie.

– C'est merveilleux, je suis très heureux et je vais prier pour vous deux. Merci, Anne-Marie, tu as été le rayon de soleil de cette journée.

Elle quitta la cure avec un peu de bonheur à l'âme.

9

Saint-Martin-le-Bel avait un habitant de moins, la nouvelle avait fait le tour du village. « Un de plus qui rejoint la capitale et ce ne sera pas le dernier », ajoutaient les bonnes langues. Chez les Picardier, Angèle souffrait de cette absence. Quant à sa mère, elle se doutait d'une catastrophe, n'osant poser aucune question, du moins pour le moment.

Noël approchait. Allait-on voir François ? Le 24 décembre arriva, le jeune homme ne vint pas. Aux curieux, Firmin répondait que, pendant les fêtes de fin d'année et en tant que dernier entré dans l'entreprise, il était inenvisageable pour son fils de s'absenter.

L'église de Saint-Martin-le-Bel s'emplissait petit à petit de ses fidèles, pour ladite messe de minuit qui commençait en réalité à onze heures. Ils venaient des hameaux et des lieux-dits, arrivant frigorifiés pour certains mais toujours heureux. Il n'y avait pas de neige mais un grand froid ce jour-là, comme l'attestaient les bonnets de laine enfoncés jusqu'aux yeux et bien tirés sur les oreilles.

Le curé Séverin Mathieu accueillait ses ouailles comme il savait si bien le faire en ces grandes occasions, entouré de ses quatre enfants de chœur tout de blanc vêtus. Près de l'autel, sous un amalgame de rochers en papier, de mousse et de lierre, les personnages de la crèche, immobiles mais vivants dans leur chair de plâtre, veillaient en compagnie de l'âne, du bœuf et de quelques moutons. Marie et Joseph attendaient l'arrivée de Jésus – prévue vers minuit. Les mages, Melchior, Balthazar et Gaspard, lui offriraient l'or, l'encens et la myrrhe, évoqués par l'Évangile selon Matthieu. La chorale au complet était en ordre.

Les Chaspéral vinrent en famille et les Picardier se firent discrets, contrairement à leur habitude. L'absence de François les gênait quelque peu mais Firmin tentait d'oublier cette situation. On se distribua de petits saluts de part et d'autre. Certains enfants essayèrent de se rejoindre sur les bancs ou les chaises disponibles, mais les parents y mirent bon ordre.

La messe fut magnifique et les mots de Séverin Mathieu concernant la naissance de Jésus de Nazareth, fils de Dieu fait homme, fut écouté dans le plus grand recueillement. Lorsque le curé déclara que la venue d'un enfant était la plus belle chose qui soit au monde, Anne-Marie crut qu'il s'adressait à elle…

Soudain, la crèche s'illumina et ceux du premier rang purent alors voir l'Enfant Jésus déposé sur sa couche de paille. Immédiatement, la chorale interpréta :

Il est né le divin enfant,
jouez hautbois, résonnez musette…

Anne-Marie s'emmitoufla dans son manteau et de petites larmes discrètes glissèrent sur ses joues. « Bientôt, j'aurai moi aussi un enfant, mon enfant ! »

Mère et grand-mère l'agrippèrent chacune par un bras et tous prirent le chemin de la maison non sans avoir souhaité un joyeux Noël aux connaissances.

Lorsqu'elles arrivèrent, Jean-Claude, parti le premier, ravivait déjà le feu dans la cheminée près de laquelle une marmite d'excellent bouillon attendait. On ne se couchait pas le ventre vide chez les Chaspéral sans pour autant réveillonner richement.

Les femmes placèrent les couverts pour un repas qu'elles disaient frugal mais de tradition. Après le bouillon revigorant, plat de charcuterie : jambon, pâté, saucisson et fromage, accompagnés de salade cueillie sous son manteau de fougères. Philippe avait posé sur la table une bouteille de vin vieux pour compléter selon la coutume.

Dès le dîner terminé, ils placèrent bancs et chaises autour du feu, prolongeant ainsi ce rassemblement familial que tout le monde appréciait d'une petite heure.

– L'année prochaine, je préparerai un sapin et je le décorerai pour mon neveu ou ma nièce. Nous serons un de plus, qu'en penses-tu grand-mère ? demanda Jean-Claude.

– Ce sera un grand moment ! Dis-moi, Anne-Marie, tu n'oublieras pas de placer ses petits chaussons près de la cheminée ? C'est par là qu'il passe le Père Noël !

Sur tous les visages se lisaient de beaux sourires.

Cet enfant était maintenant très attendu, ça se devinait jusque dans les yeux de Philippe Chaspéral.

Ils parlèrent de tout, de ceux qu'ils avaient vus à la messe, de ceux qui d'habitude venaient et, parmi les vieux, de ceux qui n'étaient plus là.

Marguerite se crut obligée de dire :

– Je trouve que monsieur le curé nous a bien parlé, il était en grande forme !

– Pour ce qu'il fait toute la journée, il peut l'être ! lâcha Philippe en se pliant de rire.

– Mais tu as bu pour dire de telles bêtises ? Allez, allons dormir, il est temps, répliqua Marguerite. Et toi, maman, n'as-tu pas sommeil ?

Justine fit « oui » de la tête dans un mouvement si lent que tous comprirent.

Dehors, le froid n'avait pas relâché son emprise, le silence non plus, sous un ciel d'un bleu acier parsemé de points lumineux et figés.

Les hommes occupaient le temps en soignant leurs bêtes : traite, sorties à l'abreuvoir, nettoyage de l'étable. Les femmes recevaient chaque jour les habitués qui repartaient avec leurs seaux en laiton bien remplis de lait frais – plus que de mesure – et parfois avec beurre et crème fraîche, malgré une légère baisse de production en cette saison hivernale.

Les Chaspéral, père et fils, ayant entrepris l'arrachage d'un taillis, s'activaient à déraciner les souches avant les fortes gelées à venir. Le Semeur de prairies planterait ici des pommes de terre pour la première année. « Nous avons assez de prairies et les champs sont plus rentables, disait-il à son fils. La terre est généreuse à condition de ne pas plaindre sa sueur pour l'accompagner, surtout pour nous autres, modestes agriculteurs… Faudra bien qu'on l'achète ce tracteur, il serait bien utile pour nous délivrer de ces taillis… » Jean-Claude savait que cette acquisition faciliterait les travaux mais, en connaissant le coût, il n'osait intervenir.

La forêt, presque totalement dépouillée de ses feuillages, peut-être aussi de ses espérances estivales, montrait son squelette. Elle préservait des promesses de vie tout en acceptant cette nudité temporaire, parfois grotesque mais pour elle nécessaire.

À la mi-janvier, le temps se radoucit et une couche de neige recouvrit tout le pays en une nuit.

– La nature s'est vêtue de blanc. La veille toute nue, le lendemain en robe de mariée ! Regarde, Anne-Marie, comme tout est calme… Rien ne semble vivre ni bouger. La nature paraît éteinte. Ça me rappelle mon enfance, je ne sais pas pourquoi, dit Justine, le nez collé à la vitre.

– Étais-tu bien habillée, je veux dire chaudement, en ce temps-là, grand-mère ?

– Nous avions des tricots, des cache-nez, des bonnets et puis, quand on est jeune, on peut jouer dans la neige. Mais, à quatorze ans, je portais encore des sabots de bois avec de la paille à l'intérieur et nous n'avions jamais froid aux pieds.

Anne-Marie devint subitement soucieuse, ses mains caressaient son ventre.

– J'espère que mon petit n'aura jamais froid, je ferai tout pour qu'il…

– Il ne manquera de rien, j'en suis certaine, et moi je serai toujours là pour lui… On n'est plus au temps des galoches de bois, que diable !

Anne-Marie appuya sa tête contre l'épaule de Justine et demeura là quelques instants.

Le passage des hommes et des bêtes de l'étable à l'abreuvoir souillait cette blancheur. Viendraient plus tard d'autres traces. Si par hasard le soleil tentait une incursion, le sucre blanc, collé aux branches et brindilles, se détacherait et se planterait dans l'épaisseur du tapis de neige.

– Je vais pouvoir profiter de toi, grand-mère. Ces quelques jours de congé tombent au bon moment. En cas d'affluence au salon, ils sauront où me trouver…

Puis le froid reprit le dessus, glaçant de surcroît les neiges osant fondre sous le moindre rayon du soleil.

– C'est un bel hiver, annonça Justine lors du repas. Le blé n'en souffrira pas, bien au contraire. Il y a quelques jours encore, il se pliait sous le vent du haut de ses quinze centimètres.

– Ça tuera la vermine, c'est toujours ça de gagné, reprit Philippe. Pour sortir le bois, la neige nous gêne, c'est le seul inconvénient.

Il s'adressa à sa fille :

– Que te faudrait-il pour le petit, là-haut ? Je pense à un cabinet de toilette pour vous deux, je te le dois.

– Merci cher papa, ce sera quand tu pourras, voilà qui me fait tellement plaisir !

Il n'en fallut pas davantage pour que les trois femmes de la maison trouvent prétexte à de grandes discussions. Lorsqu'ils se mirent tous d'accord pour le choix du matériel nécessaire, le plombier leur promit l'exécution du travail pour dans un mois. Il fallut s'y résigner.

C'était un dimanche, à la fin du mois. Jean-Claude avait traîné au café *Chez l'Angélinou*, comme d'habitude, mais ce jour-là et pour la première fois, on avait parlé de François Picardier. Ayant tendu l'oreille, il avait appris bien des choses sur son travail à Paris. L'un des jeunes de Saint-Martin-le-Bel, s'étant rendu à Paris quelques jours dans sa famille, l'avait rencontré. « Notre copain François ne se plaît pas dans la capitale et surtout chez son oncle Louis. Ce n'est pas la grande brasserie dont parlait son père mais un café rempli de fumeurs du matin au soir. Il y a tant de fumée que parfois François se sent mal et doit sortir une ou deux minutes pour éviter l'asphyxie, je vous le jure ! – Il va en crever, lui qui en plus n'a jamais fumé ! – Je me demande ce qui s'est passé pour qu'il quitte si rapidement notre bourg. Il avait tout ce qu'il voulait avec ses parents. – Moi, je sais pourquoi… – Ta gueule, ça ne nous regarde pas », reprit un autre.

Une certaine gêne régnait parmi ses copains, voire une certaine irritation. « Faut pas qu'il reste dans cette fumée, c'est pas fait pour lui, imaginez qu'on soit obligés de travailler comme lui… – Faut qu'il revienne ! – Il ne peut pas, mais son père cherche pour lui un autre patron. Il est en colère contre son fils, c'est bizarre ce comportement ! – Ouais, comme tu dis, c'est bizarre ! Tout le monde rapporte que Picardier a bien changé depuis quelque temps… »

Ces révélations, faites au cours du repas de midi, ne soulevèrent guère d'intérêt chez les Chaspéral. Néanmoins, Anne-Marie les commenta :

– Ça ne m'étonne pas de lui, il ne supporte pas la fumée de cigarette. Quelle idée de travailler dans un café ! Tout ça ne regarde que lui après tout !

– Il va y laisser la santé, dit Jean-Claude.

– Et alors ? répondit sèchement sa sœur.

Tous comprirent que le sort de François n'émouvait plus personne et l'affaire en resta là.

Les mois passèrent et, dans la chambre d'Anne-Marie, une grande nouveauté fit son apparition : une salle de bains avec distribution d'eau chaude. Le chauffe-eau électrique Sauter, installé au rez-de-chaussée, profitait également à Marguerite. Ce fut une révolution dans cette maison où le progrès se faisait tant prier pour entrer. La situation d'Anne-Marie avait créé les conditions de ce nouveau pas vers le modernisme, il était grand temps !

Depuis quelques jours, Anne-Marie avait remarqué le garçon qui, à distance, l'observait au moins une matinée sur deux alors qu'elle travaillait au salon de coiffure. Un matin, il s'approcha d'elle :

– Bonjour, Anne-Marie, j'ai quelque chose pour toi, dit-il en lui tendant une enveloppe avec cette manière timide le caractérisant.

– Bonjour, Barthélémy, lui répondit-elle, surprise. Je t'ai souvent aperçu ces jours-ci, me guettais-tu ?

– Euh, non, je voulais te dire… enfin… je te l'ai écrit, je ne sais pas parler aux filles, tu le sais.

– C'est pour moi ?

– Oui, mais n'en parle à personne. Me répondras-tu ? Sinon… Mais je dois m'en aller, au revoir Anne-Marie, bredouilla-t-il.

Tournant les talons, il disparut très vite au bout de la rue. Elle mit la missive dans sa poche et rejoignit son lieu de travail avec un petit sourire aux lèvres.

Bien connu de tous pour cette timidité excessive vis-à-vis de la gent féminine, Barthélémy avait la réputation d'être un honnête garçon malgré les airs de patron qu'il se donnait dans le magasin de son père Roger Deusergues, marchand de vin. Elle se souvenait de son comportement lors du feu de la Saint-Jean. N'y tenant plus, la lettre fut ouverte avant midi.

Pour une surprise ! Jamais, ô grand jamais elle n'aurait pu imaginer que ce garçon manquant d'aisance et d'assurance eût pu lui adresser un tel texte. « Il parle mal mais sa plume est de toute beauté. Je n'ai guère reçu à ce jour de lettre d'amour mais celle-ci est magnifique ! »

L'objet de cette lettre ressemblait en effet à une demande en mariage. Tantôt maladroite, tantôt insistante, mais toujours d'une douceur infinie. Il l'avait bien observée, avait aussi entendu les ragots à son sujet sitôt effacés dans sa pensée et dans son cœur. Il savait sa solitude et lui offrait son amour et son aide pour subvenir aux besoins de son enfant à venir, rien de moins.

L'étonnement atténué, Anne-Marie eut le cœur confondu par cette lettre, son contenu et la manière dont les mots et les phrases s'enchaînaient. Barthélémy venait en quelque sorte à son secours, avec sa timidité, ses sentiments et sa détermination. Elle en était bouleversée d'autant qu'elle devrait lui répondre et qu'elle lui ferait certainement du mal, le blesserait. De la réflexion, oui, il lui faudrait beaucoup de réflexion pour se préparer à lui dire…

Personne ne vit le jeune homme au moins pendant huit jours.

Anne-Marie rejoignait son salon lorsqu'elle l'aperçut, au même endroit que le jour où il lui avait remis la lettre.

– Bonjour, Anne-Marie.

– Bonjour, Barthélémy, tu m'attendais, n'est-ce pas ?

– Oui, je ne sais pas si c'est bien mais…

– Tu as bien fait, Barthélémy. Marchons un moment, ça paraîtra plus normal. J'ai bien lu et relu ta lettre comme tu peux t'en douter…

Il s'arrêta et la regarda dans les yeux quelques secondes, puis s'exclama :

– Je vois que tu n'es pas contente, t'ai-je déplu ? Je le crains !

– À vrai dire, ta proposition est très honnête, tu as eu le courage de me parler clairement, mais ne nous arrêtons pas, marchons...

– Alors dis-moi, Anne-Marie, donne-moi une réponse...

– Je ne suis pas décidée à me marier. J'élèverai mon enfant seule, je l'ai déjà dit à tout le monde ici. C'est mon choix ! Mais je voudrais que toi, Barthélémy, tu restes un ami. Tu as été si sincère, si courageux d'avoir osé m'écrire ces jolis mots... Ce sera un secret entre nous. Tu mérites de rencontrer une jeune fille aussi bien que toi et avec qui tu feras ta vie. Je ne t'oublierai jamais...

– Crois-tu sincèrement ce que tu me dis ?

– Je te le jure, Barthélémy.

Sans tout à fait s'en rendre compte, il se tenait bien droit maintenant, même s'il piétinait maladroitement sur place.

– Nous resterons amis, Anne-Marie. Tu pourras toujours compter sur moi à l'avenir. Merci de m'avoir parlé ainsi, merci.

Puis, comme s'il avait reçu une bénédiction, Barthélémy lui adressa un beau sourire, sans arrière-pensée. Se sentait-il plus homme qu'avant ?

Certainement, pensa Anne-Marie en le regardant s'éloigner ; son allure avait changé, semblait plus assurée.

Le soir même, Anne-Marie raconta cette entrevue à sa grand-mère à qui elle avait montré la lettre, quelques jours auparavant, dans sa chambre. Celle-ci avait souri en la lisant et l'avait conservée. Justine la ressortit alors de sa cachette et la tendit à sa petite-fille. La grand-mère avait ouvert la porte du Godin et, machinalement, Anne-Marie la jeta dans les flammes sans que l'une ou l'autre n'eût dit un mot.

Rien ne pourrait plus étayer cette histoire, la preuve s'en était allée mourir dans le feu du poêle de Justine. Une connivence de plus entre ces deux femmes qui s'adoraient.

Lorsque Barthélémy et Anne-Marie se rencontraient, tous deux prenaient toujours quelques minutes pour bavarder un moment. Cette expérience avait totalement modifié le comportement du garçon qui l'abordait avec aisance et naturel.

– Tu vas nous faire deux petits, ronde comme tu es, plaisantait-il. C'est pour bientôt ?

– Vers la fin mai, je pense.

– Prends bien soin de toi, Anne-Marie !

Méconnaissable, Barthélémy surprenait Anne-Marie. « Il a donc fallu cette histoire entre nous pour changer l'homme, qu'il se débarrasse de sa timidité, enfin. Il n'est pas si mal ce garçon… », pensa-t-elle un jour. Mais ce ne fut qu'une impression fugace qui la fit sourire.

10

À Paris, tout ne se passait pas au mieux pour François. Louis Picardier prévint son frère. François manquait d'air ; il ne tiendrait pas longtemps dans ce milieu et lui-même comprenait son neveu.

L'orgueilleux Firmin discutait avec sa femme à la Châteaurie.

– Que va-t-on faire du fils ? Cette place à Paris ne lui convient pas, Louis m'a téléphoné.

– Un jeune homme habitué à vivre au grand air… Te rends-tu compte, mon pauvre mari, de ce que tu lui as imposé ?

– Je pensais bien faire, le sortir d'ici pour ce que tu sais. Il nous a fait honte et je le supporte mal.

– Mets ta fierté de côté, c'est notre fils, c'est mon fils, et nous n'avons que celui-ci. Laisse-le revenir…

– Il n'en est pas question, je vais lui trouver un travail à l'air libre, au moins pour un an ou deux. Après, à la grâce de Dieu…

– Tu m'inquiètes Firmin. On dirait que tu n'aimes plus ton fils !

– Ne dis pas de telles bêtises, fais-moi confiance.

– Tu t'es toujours comporté de la sorte. Tu commandes, tu décides, et moi dans tout ça ? N'ai-je pas le droit de m'occuper de mon fils ?

Firmin la regarda longuement. Angèle ne lui avait jamais parlé ainsi, mais il demeura inflexible.

– Veille sur Hortensiane, moi je me charge de François ! Et que cela reste entre nous deux !

Quinze jours plus tard, ayant décidé du sort de son fils, Firmin prenait le train pour Paris. Il venait le chercher. Tout avait été réglé avec Louis. Il dormit une nuit chez son frère et en repartit le lendemain accompagné de François. Celui-ci quitta Paris sans regret.

Il avait perdu ce teint hâlé des gens de la campagne et, dans le train qui le ramenait vers le Cantal, il ne regarda même pas ces tas d'immeubles et de maisons de banlieue. Il attendait les explications de son père quant à sa destination dont il ne lui avait encore rien dit.

– Je me suis certainement trompé quand je t'ai envoyé dans l'établissement de mon frère…

– Il vaudrait mieux dire ce « café enfumé du matin au soir ».

– Ils n'ont pas besoin de savoir au pays ! Moi, j'appelle ça une brasserie et le grand patron c'est mon frère, Louis Picardier !

François n'était pas empreint de prétention, contrairement à son père. Deux fermes et un statut de négociant en bestiaux conféraient à celui-ci un certain rang dont le fils profitait sans en mesurer tout à fait la valeur.

– Pour ta santé, c'est bien à la campagne que tu dois vivre. Cette valise est pour toi. Ce sont quelques vêtements pour ton travail. Ça te changera de ton costume de serveur. Tu trouveras là-dedans ce dont tu auras besoin : quelques tricots, des chemises épaisses, un anorak, une veste de pluie, des chaussettes de laine, etc.

Étonné, François sondait le regard de son père. Quel homme était-il donc ?

– Je reviens donc à Saint-Martin-le-Bel ?

– Ce serait trop facile, répondit le père en souriant aigrement. Tu oublies ce que tu y as fait. Tu es encore mineur et sous ma responsabilité !

La mince lueur d'espoir s'éteignit subitement. François se soumit à la lourde autorité paternelle. Puis ils parlèrent d'Hortensiane, de sa mère et de Jeanne, la grand-mère. La curiosité devint trop grande :

– Où m'emmènes-tu ? J'ai le droit de savoir !

– Chez nous, tu n'as connu que la ferme. Tu aimes les animaux, tout le monde n'a pas cette qualité, je le vois sur les champs de foire ou chez les paysans. Tu sembles t'y intéresser…

– Tout ça ne me dit pas où nous nous rendons.

– Chez des paysans qui ont besoin de quelqu'un jusqu'au mois d'octobre ou de novembre. Ils te connaissent, ce sont presque des amis. Je leur achète beaucoup de bêtes et quand je te dirai leur nom…

– Dans une ferme ? Es-tu bien sûr, papa ?

– Tu prouveras que tu es un homme et non un gamin à qui tout est permis ou presque. Tu n'imaginais pas rentrer à la maison ?

Picardier fronça les sourcils.

– Les Defontaine ne veulent plus entendre parler de toi… La petite Chaspéral ne va pas tarder à accoucher…

François se prit la tête entre les mains et demeura silencieux, attendant que son père lui transmette d'autres précisions.

– Au moins, tu reviens dans le Cantal, tu devrais t'en réjouir… Tu as assez d'argent ?

– L'oncle Louis m'a payé, ça va.

– Dans une heure, nous serons à Aurillac. Il me tarde, ce voyage n'en finit pas… Un taxi nous conduira à Saint-Santin-Cantalès, voilà la destination. Là-bas, ils sont heureux de te recevoir et ne te poseront pas trop de questions.

– Qu'en pense ma mère ?

– Elle n'est pas encore au courant mais je le lui dirai, ne t'inquiète pas. Te sachant plus près, elle sera contente et ta grand-mère aussi sans oublier ta sœur, si elle comprend.

Déçu, François lui demanda pourquoi il l'envoyait dans cette ferme.

– On dirait que tu me caches, je ne suis pas un lépreux tout de même, osa-t-il.

– À vingt et un ans, tu feras ce qu'il te plaira mais aujourd'hui je décide pour toi et pour ton bien. Ces gens sont de braves personnes et ils ont bien voulu te prendre. Nous serons tranquilles, ta mère et moi. Il faut maintenant laisser passer du temps, se faire oublier, me comprends-tu, François ?

Le jeune homme acquiesça d'un mouvement de tête, sans enthousiasme. La gare d'Aurillac n'était plus très loin, les paysages devenaient familiers.

Ce lundi 22 mars 1954, les deux hommes descendirent du train avec leurs bagages, Firmin avec une petite valise et François avec deux – dont celle que lui avait apportée son père – contenant toutes ses affaires : vêtements, chaussures, etc. Tous deux harassés de fatigue, ils burent une bière avant de prendre un taxi pour Saint-Santin-Cantalès à vingt-cinq kilomètres de là.

– Ne perdons pas de temps. Tes patrons doivent me reconduire jusqu'à Saint-Martin-le-Bel ce soir même, ils me l'ont promis.

Silencieux, François écoutait son père ; il n'y avait rien d'autre à faire.

À la ferme du lieu-dit Le Portail, on les attendait et François dut faire bonne figure devant ces fermiers qu'il n'aurait certainement pas choisis. Léon Bortier et sa femme, Robertine, d'environ quarante-cinq ans tous les deux, l'accueillirent simplement. L'habitation paraissait sombre et la cheminée avait noirci le plafond depuis déjà fort longtemps.

– Voici François, dit Firmin. Il est déjà venu avec moi, vous vous souvenez de lui ?

– Oui, on s'en souvient. J'espère qu'on s'entendra, car ici, il n'y a que le travail qui compte. Tu seras bien nourri, logé dans une chambre et nous te proposons trois cent mille francs pour la saison, du fromage, du beurre et du tabac.

– Je ne fume pas, monsieur.

– Alors tu prendras un peu plus de fromage. L'estive commence début mai et se termine à la mi-octobre. J'espère que je ne t'apprends rien, François.

François regarda son père ; il venait de comprendre ses conditions de travail mais ne pouvait faire marche arrière. Il répondit alors à Léon Bortier :

– C'est entendu, monsieur.

– À la bonne heure ! reprit sa femme Robertine. À ton âge, c'est une bonne expérience pour apprendre la vie. Les filles te manqueront sans doute, mais tu sauras te rattraper au retour.

– Je ne me fais pas de souci, ajouta Picardier. C'est un bon gars et travailleur !

– Ici, il n'y a pas de place pour les fainéants ! Auguste te montrera comment faire le meilleur cantal, c'est notre vacher. Tu auras la compagnie du pâtre Honorin, absent pour le moment, un rêveur célibataire de cinquante ans. Voilà, tu sais tout.

Puis, s'adressant à Robertine :

– Montre-lui sa chambre pour qu'il se débarrasse de ses affaires…

Il suivit donc cette étrange femme qui, lui semblait-il, l'observait avec une certaine tendresse – sans doute à cause de son jeune âge.

Bortier et Picardier parlèrent un moment.

– Un voisin va vous conduire chez vous, comme convenu. Il a une meilleure voiture que moi, et je n'aime pas prendre la route de nuit…

– Vous êtes bien aimable, je ne voudrais pas trop vous déranger. En ce qui concerne mon fils, soyez ferme, j'ai été trop mou avec lui !

– Soyez rassuré, j'ai compris et puis il n'est pas chez des inconnus, ici.

Avant de partir, Picardier dit à son fils :

– Il faut que j'y aille, une voiture m'attend !

Il s'approcha de lui, lui glissa quelques mots à l'oreille, des recommandations peut-être ? Il lui toucha l'épaule pour tout au revoir. Il voulait ainsi montrer son autorité devant les nouveaux patrons.

La voiture s'éloigna, brinquebalant dans cette cour mal entretenue.

Léon Bortier prit François par le bras et l'emmena vers l'étable.

– Je suis content de ta venue, tu m'as l'air d'un jeune homme solide et tu m'as évité de me rendre à la louée habituelle du 25 mars où l'on ne trouve pas toujours de bons bras. Je vais te présenter Auguste, le vacher, et Honorin.

Ils pénétrèrent tous les deux dans la sombre étable éclairée seulement par deux ampoules électriques et encombrée de toiles d'araignée.

– Prends garde où tu mets les pieds, tu n'as pas chaussé tes bottes.

– Je n'en ai pas, j'en achèterai dès que je pourrai.

– On t'en prêtera pour te dépanner. Je sais bien pourquoi tu n'en as pas…

La chaleur de l'étable, la faible lumière et les derniers mots ne mirent pas le jeune homme très à l'aise.

Auguste vint le saluer, un homme à la poigne ferme, la cinquantaine environ.

– Comment t'appelles-tu ?

– François !

– J'espère que ça ira pour toi ici ; tu m'as l'air bien bâti, François. Je dois rentrer pour la soupe. Quand commences-tu ?

– Demain.

– La traite du matin a lieu à quatre heures et demie. À demain !

– Ce sera ton patron, François, annonça Léon Bortier après le départ d'Auguste. Mais où est passé Honorin ?

– Je suis là, répondit un petit bonhomme tout rond sortant de nulle part.

– Voilà le renfort que nous attendions, il était grand temps. Ne lui racontez pas trop d'histoires comme à votre habitude.

– Bonjour, jeune homme, je m'appelle Honorin, je ne me rase presque jamais mais j'aime mes bêtes..., dit-il, sous son bonnet aussi rond que sa tête.

– Vous n'êtes pas en avance pour partir, reprit Léon en s'adressant aux deux hommes.

Auguste et Honorin déjeunaient à la ferme mais rentraient chez eux vers cinq heures, après la traite ; Honorin chez sa vieille mère et Auguste, le vacher, dans son foyer.

Pour François, il avait été convenu qu'il serait logé et nourri. Le premier contact n'avait pas rassuré François, loin de là. Il en voulait à son père. Qu'allait-il faire dans ce trou ? Les lumières de Paris étincelaient encore dans ses yeux et il commençait à oublier la fumée des clients du bar.

– Demain, nous sortirons les bêtes toute la journée. Il faut les réhabituer à l'extérieur après l'hiver qu'elles ont passé au chaud, dans les étables. Je t'apprendrai à les connaître toutes par leur nom, c'est nécessaire, lui dit Honorin.

Dans ce bout du monde rétréci par la nuit, François se sentait plus petit encore. Dans la chambre qu'on lui avait préparée, il trouva une vieille armoire, un lit bancal mais bien pourvu de couvertures et un petit banc, un univers réduit au minimum…

À qui pouvait-il penser lorsque le sommeil le prit tout entier ?

Le défilement des jours n'arrêta pas son décompte et François ne put tout à fait les estimer.

Les réveils à quatre heures chaque matin lui parurent insurmontables les dix premiers jours. Que de courage il lui fallut… Il mesurait maintenant le bon temps qu'il avait vécu chez ses parents à la Châteaurie et l'ampleur de cette folie commise avec Anne-Marie Chaspéral car c'était une folie, il en était parfaitement convaincu. Si Eugénie lui avait donné ce qu'il avait attendu d'elle, tout cela ne serait pas arrivé, mais voilà, Anne-Marie lui avait tellement plu… Et puis accompagner son père dans les foires n'était pas un travail, il le réalisait aujourd'hui. « J'ignore de quoi demain sera fait, au-delà de cet exil imposé… »

Au bout de quelques semaines, il remarqua l'attitude aimable d'Auguste, le vacher, à son égard.

Celui-ci ne parlait guère mais effectuait son travail de façon si sérieuse que François en était impressionné. De plus, il était soigneux et propre dans sa tenue comme dans ses gestes. Auguste fabriquait quelques fourmes de cantal pendant l'hiver, juste ce qu'il fallait pour la consommation de la ferme et quelques ventes par-ci, par-là.

François l'observait et, tout en l'aidant, posait des questions.

Auguste lui dit un jour :

– On dirait que ça te plaît…

– C'est vrai, monsieur Auguste. Je ne savais pas qu'il fallait tout ce travail pour sortir une fourme.

– Si tu veux, je t'apprendrai pendant l'estive, tu trouveras le temps moins long car, là-haut, on peut dire qu'on ne fait que ça, tandis qu'ici, le laitier passe tous les jours pour acheter la crème et le beurre. Tu la tournes assez la baratte !

– Pour la tourner, je la tourne !

Auguste avait ce regard bleu qui vous perce l'âme mais, parfois, accompagné d'un sourire, il pouvait aussi vous réconforter. Le vacher ne quittait jamais son chapeau de toile marron et sa silhouette ne ressemblait à aucune autre quand il marchait.

Honorin continuait à lui apprendre le nom de toutes les bêtes et l'élève retenait assez facilement ses leçons.

– Bientôt, lorsque tu verras l'une de tes vaches, même éloignée, tu la reconnaîtras en une fraction de seconde et, dans les terres d'estive, ça te servira.

– Sans vous, je n'y serais jamais arrivé…

– Dis-toi bien, jeune François, que ce que font les autres, tu peux le faire aussi. Il suffit de le vouloir et, avec de la patience, tout arrive, il faut avoir en soi cette ambition…

– Pourquoi faites-vous ce métier, Honorin ? C'est plutôt une place pour un jeune.

– C'est ma philosophie, vois-tu, et je suis heureux ainsi. Lorsque je suis sur mes montagnes, il se passe quelque chose en moi, je ne peux pas l'expliquer. Es-tu déjà monté en estive ?

– Ce sera la première fois… si je tiens jusque-là, répondit François en détournant le regard. Je ne sais pas trop où j'en suis. Je suis puni, une punition trop importante pour moi. Un jour peut-être, je vous raconterai…

– Tes histoires ne regardent que toi et je ne veux pas les connaître, à quoi cela servirait-il ? Dans le cœur de tout homme, il y a des secrets. Il faut vivre avec, un point c'est tout !

Face à cet homme, que son chien Bâtor ne quittait jamais d'une semelle, François demeurait parfois sans voix.

– Regarde comme le ciel est clair ce matin, l'avais-tu remarqué ?

François sourit. Honorin n'était pas un être ordinaire. Le jeune homme, n'ayant pas regardé le ciel depuis longtemps, fut surpris de le voir si merveilleux, sans le moindre nuage.

Le mois d'avril réchauffait la nature, réveillait la végétation. Certains oiseaux couvaient leurs œufs et le coucou chantait depuis le 4 du mois, demeurant l'invisible créature pondant dans le nid des autres…

À Saint-Martin-le-Bel, les Chaspéral se préparaient à l'événement. Grand-mère Justine avait tricoté brassière et chaussons blancs de ses mains redevenues adroites pour l'occasion. Un petit lit de bois clair tout équipé, choisi par Anne-Marie et offert par sa mère, attendait, lui aussi.

Au salon Duparlan, des clientes attentionnées s'empressaient autour d'Anne-Marie :

– Comment pouvez-vous travailler debout toute la journée ?

– Deux jours avant ma naissance, ma mère aidait aux moissons. Je dois me montrer digne d'elle !

– Tout de même, les temps ont changé !

– Croyez-vous ? leur rétorqua-t-elle en riant.

À la maison, Jean-Claude se moquait d'elle.

– Tu prends bien de la place, on ne peut plus se tourner ici. Tu vas nous faire deux petits !

– Qu'il y en ait un ou deux, tu es le parrain, la tirelire va souffrir.

– Tu n'as donc pas changé d'avis ?

– Non, mon cher frère ! À moins que tu ne veuilles être remplacé par quelqu'un d'autre, par Barthélémy par exemple ?

Il ouvrit de grands yeux étonnés.

– Que vient-il faire dans l'histoire celui-là ?

Justine éclata de rire mais ne dit mot.

– Je peux comprendre que tu cherches un mari mais je ne voudrais pas de celui-là pour beau-frère…

La conversation aurait pu tourner au vinaigre si Anne-Marie ne l'avait pas détournée.

– Hortensiane voulait te voir, annonça Jeanne, deux jours plus tard, en entrant dans le salon avec sa petite-fille. Alors, nous sommes là. Pourrais-tu la coiffer, Anne-Marie ?

– Oui, avec plaisir, asseyez-vous en attendant…

Le regard de la jeune fille ne quittait pas le ventre d'Anne-Marie. N'en pouvant plus, Hortensiane s'exclama :

– Il me tarde de voir ton bébé. Comment l'appelleras-tu ? C'est un petit garçon ou une petite fille ? J'aimerais que ce soit une fille !

– Je ne sais pas encore…

– On ne pose pas ce genre de questions, intervint Jeanne, ça ne nous regarde pas.

La remarque de Justine ne convenant pas à Hortensiane, celle-ci reprit :

– Je t'accompagnerai pour le promener, Anne-Marie. J'aime les bébés et j'aimerai surtout le tien parce que tu es mon amie, n'est-ce pas ?

– Oui, nous sommes amies depuis toujours.

– Tu vois, grand-mère, Anne-Marie est d'accord avec moi…

Anne-Marie avait compris le sens de cette visite imposée par Hortensiane. Depuis quelque temps, Jeanne repoussait sa petite-fille, échappant ainsi à des questions sans doute maladroites quant au père... Ses capacités intellectuelles lui permettaient-elles de comprendre ? Rien n'était moins sûr.

– Quand tu auras ton bébé, nous l'emmènerons toutes les deux à la cabane !

À la ferme du Portail, on préparait et révisait le nécessaire avant le départ. Bien intégré à l'équipe maintenant, François s'apprêtait pour cette découverte et s'y consacrait totalement. Mais plus le temps passait, plus des pensées venaient à lui, inexorablement. Comment cela se passait-il pour Anne-Marie ? Il savait compter... Alors que depuis son départ de Saint-Martin-le-Bel il semblait avoir oublié la jeune femme, quelque chose, désormais, le taraudait à l'intérieur, surtout la nuit juste avant de s'endormir.

Puis, tôt le matin, à l'heure où la nuit traîne encore sur le pays, son esprit se retrouvait lavé et neuf.

Dans la chaleur des étables, où plus de cent bovins, petits et grands, attendaient que l'on s'occupât d'eux, montaient des beuglements pressants. Les veaux, aussi nombreux que leurs mères, n'étaient pas en reste.

L'étable paraissait bien étroite pour accueillir cet empilement de vies, fussent-elles animales. Au milieu des bêtes, il y avait bien de quoi oublier les soucis de la veille.

Le jour du grand départ pour la montagne arriva après que le curé Mathieu eut béni le troupeau, bêtes et hommes.

À trois heures et demie – plus tôt qu'habituellement – la traite eut lieu, suivie du caillage du lait après l'emprésurage. Deux heures plus tard, la première tomme était en presse, on pouvait partir. On vérifia une dernière fois que chaque bête fût « ensonnaillée », à part les veaux. Léon Bortier partirait en avant avec son camion et sa remorque chargée de trois gerles et de l'écrémeuse. Le tout prenait de la place, sans compter les ustensiles de cuisine, des provisions de bouche, un tonneau de vin, un quartier de fromage, des pommes de terre, des œufs et deux tourtes de pain. Une douzaine de poules plus les malles contenant les vêtements des buronniers et leur maigre nécessaire de toilette, complétèrent le chargement. Enfin, dans la remorque furent hissés cinq cochons.

Ne restaient qu'Honorin, Auguste, François et Marius, le journalier – qui redescendrait avec Léon à la ferme –, pour conduire le troupeau de Saint-Santin-Cantalès au Puy-Violent près de la commune du Fau, à quarante-sept kilomètres de là.

Quelle découverte pour François que cette expédition pédestre à travers la campagne encore endormie et froide, pour ne pas dire glacée !

Honorin, en tête, guidait le troupeau en compagnie de la Reine-Rose, la vache à la tête décorée de rubans de couleur et de verdure qui connaissait le chemin de l'estive. Cette bête semblait régner sur l'ensemble du troupeau.

Le bruit des sonnailles allumait les fenêtres des bourgs traversés et, petit à petit, le jour s'installant, les villageois arrivaient pour assister au passage du troupeau. Quelques clôtures, parfois en grillage, subissaient quelques dommages. La transhumance ne laissait pas indifférent.

Après plus de vingt kilomètres de marche, les bêtes ralentirent et les encouragements des guides se firent plus insistants. Quatre hommes n'étaient pas de trop pour mener les animaux dans les villages. Au fur et à mesure que la matinée avançait, le nombre des curieux augmentait. Les tout jeunes ouvraient de grands yeux et les vieux y allaient de leurs commentaires savants, nostalgiques souvent : « Lorsque j'étais jeune, j'ai conduit des troupeaux aussi importants que celui-là… – Je me souviens qu'un jour, reprit un autre, une paire de génisses nous avait échappé dans un pré de Saint-Cernin, ça nous avait tellement retardés que le fermier nous a sonné les cloches… – Quant à moi, le taureau de mon troupeau avait rejoint celui du père Jeantou de Fontanges. Tous se rappellent cet homme qui acceptait que la transhumance s'arrête un moment sur ses terres pour une pause et pour que les bêtes s'y abreuvent. Notre reproducteur, dans la force de l'âge, avait trouvé de la compagnie et vous pouvez imaginer le travail pour le réintégrer. – C'est une histoire que tout le monde connaît ici, et avec des détails bien croustillants dont tu nous fais grâce », répliqua un quatrième en riant sans retenue.

François, apercevant un homme encore plus âgé que les autres, appuyé sur deux cannes, lui dit :

– Ne restez pas si près, monsieur, vous prenez le risque de vous faire bousculer !

– Mon pauvre ami, lui dit-il, j'en ai tant conduit de troupeaux de salers vers les montagnes. Ça me fait plaisir de voir tant de bêtes suivre leur berger. Je ne les crains pas, les vaches ne sont jamais agressives. J'aimerais être à ta place et avoir vingt ans, partir pour les montagnes et vivre là-haut jusqu'en octobre... Je te souhaite une bonne estive, petit...

La vie avait usé cet homme et la nostalgie se lisait sur son visage. Aux coins de ses yeux, François remarqua une lueur singulière.

– Au revoir, monsieur, et peut-être, au retour, nous reverrons-nous ?

L'homme le salua d'un mouvement de sa canne, à bout de bras.

Le père Jeantou n'étant plus de ce monde, son successeur accordait la halte du troupeau aux fermiers du Portail. Les bêtes se désaltéraient et les hommes cassaient la croûte sous l'avancée d'un hangar, non loin des deux chênes ancestraux qui donnaient de l'ombre aux bêtes durant l'été. Léon avait laissé le nécessaire, avant leur arrivée, au propriétaire des lieux. Robertine Bortier avait confectionné un bon panier garni : pâté, salé, fromage, gâteau maison, du pain de campagne et deux bouteilles de vin.

– La patronne nous prépare toujours un bon repas

pour le voyage, dit Honorin à François qui aurait dévoré le tout.

Auguste le regardait, sourire aux lèvres. Il ne disait rien, comme s'il s'économisait, puis annonça :

– Un petit quart d'heure de sieste pour tous dans la paille du hangar et nous repartirons. François, compte bien les bêtes…

Il les compta : quarante-cinq vaches, quarante-cinq veaux, un taureau, quinze génisses, soit cent six bêtes ! Le compte y était.

La sieste fut bien courte. Par un temps frisquet, ils gagnèrent la commune du Fau, dernière étape avant l'ascension conduisant au buron du Puy-Violent.

Les bêtes, affriolées par l'herbe neuve, devenaient pénibles à conduire.

François fut surpris en apercevant la neige sur les hauteurs, tout en haut des puys. Le Puy-Violent culmine à 1592 mètres mais le buron était situé quelque peu moins haut. Après un petit bois, il apparut enfin ce buron qu'on appelait le buron du Puy-Violent mais qui, en réalité, portait un autre nom au cadastre dont personne ne se souvenait.

François retint son souffle. Il se sentait perdu, au bout de la terre peut-être, sur le toit du monde où les nuages s'approchaient de lui. La température ne faisait pas de zèle.

Il s'arrêta soudain : « Qu'est-ce que je viens faire ici ? »

À ce moment-là, il entendit Honorin parler à Bâtor, ce chien tant attaché à son maître :

– Il va falloir bientôt nous séparer, comme tous les ans. J'ai le cœur aussi triste que toi.

Le chien faisait provision de caresses, comprenant son maître. François demanderait plus tard à Honorin les raisons de cette séparation…

11

Dans ces espaces de solitude, les burons veillaient telles des sentinelles sans armes et semblaient attendre leurs locataires.

Des tapis d'herbe coloraient les montagnes entre certains rochers dressés près de précipices et, plus loin, les myrtilles foisonnaient, des bouquets de joncs aussi.

Ils avaient quitté le petit bois et ne se retournaient plus ; François avait repéré les toits de lauses des deux bâtiments et ce vieux mur de pierre grise. Il avait remarqué que les pâtures avaient été clôturées certainement depuis longtemps au regard des piquets et des barbelés.

– Tout est donc fermé ici ? demanda François.

– En grande partie, oui, ça me simplifie la tâche, surtout dans ces endroits dangereux là-bas, dit Honorin en montrant quelques rochers.

Déjà, les bêtes échappaient à la maîtrise des hommes, s'éparpillant dans cette tendre verdure.

Le camion avait été libéré de son chargement et Léon et Marius s'employaient à installer le grand parc, à l'intérieur duquel un enclos plus étroit viendrait prendre place pour les veaux. Honorin avait déjà tout expliqué à François ; il faudrait le déplacer tous les jours afin de créer la « fumade », une surface naturellement fertilisée par la déjection des animaux pendant la traite et la nuit.

La grange, dans laquelle on entassait tout ce qui ne pouvait se ranger ailleurs – réserve de foin, de paille déposée par des amis de Bortier du village d'en bas –, était munie d'une sorte d'étable, le bédélat, où l'on groupait les veaux pendant la nuit.

Le buron ou masuc était donc composé de deux bâtiments assemblés, la grange et un second plus important.

Honorin conduisit François dans celui-ci qui comportait leur lieu d'habitation, la fromagerie et la cave voûtée se prolongeant dans l'épaisseur de la montagne, sur l'arrière. François marqua un temps d'arrêt en entrant dans l'unique pièce où devaient vivre les trois hommes jusqu'en octobre. Une cheminée sur la droite, une table au milieu avec deux bancs, un garde-manger grillagé accroché au mur de pierres brutes jointes par un pauvre mortier.

Pour dormir, François compta trois lits de fortune en planches clouées dont deux superposés, équipés d'une paillasse chacun.

– Ici, il ne faut pas trop en demander, dit Honorin face au regard désolé de François. Le toit est solide. Le seul luxe du vacher, un lit pour lui seul. Au bout de quelques jours, tu verras, tu t'habitueras. Là, il y a assez de clous pour suspendre tes affaires, surtout pour les faire sécher…

– Pourquoi donc ?

– Nous avons parfois des périodes pluvieuses de plusieurs jours. Les nuits sont glacées les premiers temps et, à quatre heures et demie, lorsque tes vêtements seront encore trempés de la veille… pas question de les remettre sans risquer la crève !

François avait une mine dépitée lorsque Auguste entra.

– As-tu trouvé ta place, François ? Ce n'est pas si mal ? Je vais préparer la soupe, va surveiller les bêtes.

Ne sachant que répondre, Honorin vint à son secours.

– Je dors toujours en bas, ce sera très bien pour toi en haut, tu auras plus chaud, dit le pâtre en lui tapant amicalement sur l'épaule. On va s'entendre à merveille !

– Il y a du travail dehors, Marius et le patron ont besoin de vous, lança Auguste. Vérifiez les loges à cochons et le poulailler.

François n'imaginait pas toutes les tâches qu'il y avait à exécuter en même temps. Devant le buron, il ne pouvait s'empêcher de regarder et de découvrir ce décor immense s'étalant devant lui, de respirer le grand air qui lui avait tant manqué à Paris mais, ici, il y en avait certainement trop !

Les porcs furent enfermés dans une minuscule cour entourée de murs de pierre devant les loges. Les poules se dandinaient non loin de là. Marius et Léon avaient terminé les parcs et groupaient les animaux.

– Va falloir se bouger les fesses. C'est tous les ans pareil, il y a toujours de l'imprévu, avec les bêtes à parquer, le camion à décharger, la fromagerie à remettre en état, les caves… Heureusement que nous dormons ici ce soir…

– Et qu'il ne pleut pas ! ajouta Marius.

Le pâtre Honorin se chargeait de conduire chaque veau à sa mère, de le laisser commencer à téter une minute et de le retirer pour l'attacher à la patte antérieure de sa mère. À cet instant, Auguste ou François pouvaient traire sur trois mamelles, la quatrième revenant au petit après. Le veau ne consomme qu'un quart de la production de sa mère, celle-ci ne donnant son lait qu'après avoir reconnu son rejeton tout au début. Ceci dure depuis toujours pour la race des salers.

Les trayeurs, Auguste et François, assis sur une selle à un pied sanglée à leurs fesses, avaient de drôles d'allures… Les seaux de un décalitre, pleins de lait tiède, étaient alors versés dans les gerles, tamisés au passage par des linges de chanvre. Ces énormes récipients de bois ressemblent à des tonneaux verticaux. Ils peuvent contenir jusqu'à cent soixante litres de lait et sont nécessaires pour emporter vers la fromagerie trois cents litres de lait par traite.

Dans ce qui pourrait s'appeler un laboratoire, Auguste emprésurait le lait encore chaud dans les gerles. Le caillage nécessitant environ une heure, le vacher en profitait pour préparer le repas du soir.

Puis, revenant à la fromagerie, il s'occupait du « décaillage » après avoir vérifié l'avancement de celui-ci d'un geste précis et surprenant, en plongeant sa main et son bras dans le caillé le plus loin possible. Puis il traçait un signe de croix au-dessus de la gerle avant de briser lentement le caillé de haut en bas pendant une dizaine de minutes, guettant la couleur du petit-lait, l'idéal étant de le voir prendre une teinte verdâtre. L'œil d'Auguste ne le trompait jamais.

Puis il remuait l'ensemble avec le « posse » jusqu'à ce que les brins de caséine s'agglutinent au fond de la gerle. Il retirait ce petit-lait qui surnageait et préparait le reste pour le premier pressage. Alors seulement, il pouvait revenir au buron pour dîner, non sans avoir lavé auparavant les gerles pour le lendemain.

Mais il n'était pas l'heure de bayer aux corneilles…

Les veaux ayant fini de téter avaient été conduits dans le bédélat et le parc des mères avait été fermé.

Léon, qui les avait accompagnés, regardait vers le grenier plein de foin.

– Nous dormirons là-haut, annonça-t-il en souriant, lui qui en avait vu bien d'autres. J'ai prévu deux couvertures dans le camion.

Tous se rapprochèrent de leur nouvelle habitation où, déjà, les lampes à pétrole avaient été pendues.

« Je n'avais pas imaginé qu'il n'y aurait pas l'électricité… », pensa François.

– Allez me faire provision d'eau, ordonna Auguste. Il faut toujours veiller à ce que ces seaux soient pleins !

François s'exécuta, prit deux seaux et se rendit dans l'obscurité près de ce que l'on pourrait appeler une fontaine, ou plutôt une arrivée d'eau qui jaillissait à profusion dans de grands bacs de pierre. Le trop-plein de l'un remplissait celui d'à côté et ainsi de suite sur plusieurs mètres.

En revenant, il n'osa pas demander les toilettes... il avait compris...

Tous les cinq, serrés autour de la table, se réjouissaient au parfum d'une soupe au fromage que préparait Auguste, comme il le ferait tout au long du séjour en montagne.

– Tu auras le meilleur cuisinier des estives, dit Léon à François dont l'estomac s'impatientait.

François sourit à Auguste qui, discrètement, lui rendit son sourire.

Cette soupe au fromage, arrosée de crème fraîche de la ferme, accompagnée des restes du casse-croûte du voyage, mit du baume au cœur de François. La cheminée chauffait la pièce fermée depuis la fin de l'estive précédente et les lampes allumées créaient d'étranges lueurs et des ombres peu familières.

Quant à Bâtor, il ne quittait pas son maître. François profita d'une interruption de conversation pour demander pourquoi le chien ne restait pas ici. Ce fut Léon le fermier qui répondit :

– Il y a maintenant quelques années, notre pâtre avait lui aussi un bon chien dont il ne se séparait pas. Alors qu'il se trouvait parmi les bêtes, sans raison apparente celles-ci chargèrent le chien comme une meute de loups enragés. La pauvre bête se réfugia alors dans les jambes du pâtre qui mourut écrasé par les bovins. Parfois, nous devons affronter des situations incontrôlables et celle-ci compte au nombre de ces drames. Voilà pourquoi je m'oppose à la présence d'un chien ici, dans mon estive. D'autres font à leur guise…

Honorin croisa le regard du jeune François et baissa la tête. Les consignes devaient être respectées.

La nuit enveloppait le buron et le parc des animaux. Seul le tintement des clarines au cou des vaches signalait leurs mouvements.

Les hommes prirent leur paillasse, leur couverture et les lampes s'éteignirent après que l'on eut réglé la sonnerie du réveil sur quatre heures et demie. Chacun entendait le souffle de l'autre, craignant les ronflements – et il y en eut. Une habitude à prendre.

Recroquevillé dans ce lit de planches, François tenta bien de s'échapper des lieux par la pensée. Mais celle-ci aussi semblait exiguë et, à force de ne point trouver d'issue, il s'endormit, mort de fatigue.

Paris n'existait plus, Saint-Martin-le-Bel pas davantage.

Lorsque le réveil sonna, François s'aperçut qu'il ne rêvait pas. Ils étaient bien trois dans cette pièce avec Bâtor. On alluma le feu, fit chauffer l'eau pour le premier café. Dehors, dans la nuit toute encore là, Honorin attela deux vaches au tombereau. Il chargea deux gerles et rejoignit les animaux à l'enclos. Puis les veaux, sortis du bédélat, furent emmenés dans le parc attenant à celui des mères. Tout recommençait.

Léon et Marius participèrent aux travaux matinaux, même à la traite. Le petit-lait ou mergue devait être écrémé comme il le serait tous les jours, avant d'être donné aux cochons, mélangé à de la farine d'orge. Rien ne se perdait et les porcs se jetaient goulûment sur cette nourriture.

Le jardinet, clos par une murette, serait également bêché, les pommes de terre plantées ainsi que des salades afin d'agrémenter de légumes frais l'ordinaire des longs mois à venir. Les poules donneraient leurs œufs sans coûter trop cher en pitance, se nourrissant des restes des repas.

Déjà, Auguste s'affairait à partager le caillé égoutté de la veille et le remettait sous presse. Plus tard, il briserait le futur fromage encore appelé « tomme », le salerait, le brasserait puis l'envelopperait dans les toiles de lin au cœur des moules, des formes que l'on presserait encore. Au sortir de ces moules, la fourme de cantal rejoindrait enfin la cave d'affinage et serait retournée et essuyée tous les jours afin de se métamorphoser en salers à la croûte ferme, boutonnée d'or et de rouge. L'excellence du produit se révélerait au bout d'un mois de cave pour le cantal et de trois mois pour la référence salers.

Du temps, du savoir-faire et quatre cents litres de lait étaient nécessaires pour réaliser une fourme de quarante-trois kilos en moyenne !

Le travail des buronniers, ainsi bien ordonnancé, fonctionnait selon l'horloge immuable des jours. Ces hommes, habitués à la vie en haute montagne, ne désiraient pas changer de métier, à part de temps à autre. On rencontrait souvent quelque jeune berger de seize ou dix-sept ans envoyé là-haut dans des circonstances particulières, parfois des jeunes pour qui l'école n'avait pas convenu ou dans des situations familiales déplorables.

Après le repas de midi, Léon Bortier et Marius, le domestique qui s'occuperait de quelques bêtes de la ferme, prirent le chemin du retour.

– Nous remonterons dans une quinzaine. J'espère qu'il y aura du beurre et de la crème, je compte sur vous, vachers ! clama Léon.

L'au revoir se fit sans autres mots.

Honorin avait dû se séparer de Bâtor, à son grand regret. Pour chasser son ennui, il entreprit de bêcher ce qu'on appelait le jardinet, cette minuscule partie de terre entourée d'un mur de pierre sèche où des légumes viendraient.

François mesurait sans doute mieux la solitude de ces burons. Au loin, il distinguait les taches rouges d'autres estives dans les pâtures et les quelques toits des burons éloignés.

– François ! lui lança Auguste, l'écrémeuse t'attend. La crème ne se fera pas toute seule. Profites-en car, dans deux jours, il y aura la baratte en plus, tu as entendu le patron ?

Il se mit à l'ouvrage. L'écrémeuse est une machinerie lourde à mettre en route et les bras de François, quoique forts, souffraient.

« Mais qu'est-ce que je fous ici ? Dans quelle galère mon père m'a envoyé ? Je ne mérite pas ce traitement-là… Je vais devenir fou ici… Il doit bien y avoir un moyen de partir. »

Les jours défilèrent sans qu'il ne trouvât de solutions. L'organisation du travail lui permettait de souffler et même de s'accorder une sieste journalière. Alors son envie de fuir l'abandonna petit à petit. « Après tout, je vais attendre ici jusqu'en octobre, si Dieu le veut ! »

M. Bortier arriva, comme il l'avait promis, au terme d'une quinzaine. Il apportait des vivres et ce fut, pour les trois buronniers, un agréable moment. Un excellent rôti de porc, du pain, des fruits, sans oublier un « barriquou » de vin qui améliora l'ordinaire.

Pour Auguste et Honorin, entendre des nouvelles de Saint-Santin-Cantalès ne fut pas désagréable bien qu'il n'y eût rien d'extraordinaire à colporter. La famille d'Auguste et la mère d'Honorin se portaient bien. Quant à François, il n'eut droit qu'au silence à l'exception de cette question de la part de Léon :

– As-tu des nouvelles des tiens ? D'une petite amie ?

Il répondit « non » de la tête et préféra aller marcher dans les pâtures plutôt que de mesurer sa solitude devant eux. Pas drôle à dix-neuf ans d'arpenter les sommets du Cantal en quête d'une compagnie improbable. Seuls quelques rapaces crayonnaient le ciel de temps à autre.

Le temps passait et, si le soin des bêtes ne le passionnait guère, il en allait différemment pour la fabrication du fromage. Toujours prêt à suivre le maître buronnier Auguste dans sa fromagerie, il n'éprouvait aucune aversion à nettoyer chaque jour le matériel et les ustensiles en fer-blanc ou en Inox, les éléments de l'écrémeuse et de la baratte à l'eau chaude, ce que d'autres n'auraient pas apprécié. Auguste, d'une exigence excessive quant à la propreté, surveillait son travail et, sur ce point, il n'avait rien trouvé à redire. Voilà qui ressemblait déjà à un compliment.

Lorsque les premières fourmes eurent rejoint la cave d'affinage, non seulement François les surveilla mais les aima du regard.

– Ça te plairait de les retourner et de les essuyer comme je le fais tous les jours ? demanda enfin Auguste.

– Oui, ce serait même avec grand plaisir, monsieur Auguste.

– Eh bien c'est d'accord, tu commences tout de suite !

Ce fut un grand moment de ce premier mois d'estive et, quand Bortier revint les visiter, il se montra très surpris par l'attitude du jeune boutillier. Il ne le félicita pas mais lui serra la main avant de partir, comme aux autres.

Fin juin approchait. Ils attendaient le patron car la cave d'affinage manquait de place. Léon fut ravi ; son camion repartit avec un chargement de fromage, de beurre et de crème important.

– Maintenant, dit Auguste à François, le patron ne pense plus à nous mais à ses sous qu'il va empocher grâce à notre travail !

– Heureusement qu'on va boire un bon coup de plus avec ce qu'il nous a apporté…, remarqua Honorin.

Une dizaine de jours plus tard, les trois hommes reçurent une visite inattendue. À part le facteur qui passait tous les trois ou quatre jours pour livrer les journaux, ils ne voyaient jamais personne. Mais ce jour-là…

François s'occupait des fourmes, Auguste de ses tommes et Honorin de ses bêtes quelque part dans l'estive. Une 402 Peugeot noire s'était approchée du buron et un homme en descendit, un homme habillé comme un marchand de passage qui se serait égaré. À part qu'ici, ces choses-là n'arrivaient jamais !

Firmin Picardier en personne ! Il s'avançait vers le buron, un panier bien rempli au bras. Son regard cherchait à droite et à gauche. À cette heure-ci, onze heures, rien ne semblait bouger si ce n'étaient les poules qui caquetaient. Pas de chiens, pas de vaches… Il poussa la porte du buron. Personne ! « Ils sont sans doute à la fromagerie… »

– Vous vous êtes perdu ? entendit-il alors.

– On peut presque dire ça, je suis le père de François Picardier. J'aurais dû prévenir, mais…

– Ici, ce n'est pas la peine, nous sommes toujours là, comme vous voyez. Je vous appelle le fils. Excusez-moi de ne pas vous serrer la main, mais vous voyez dans quel état…

– Ne vous excusez pas, je comprends.

– François ? François !

Celui-ci arriva, un bonnet sur la tête, moyennement rasé, des toiles d'essuyage pendant à chaque main.

Il s'approcha de son père qui ne put retenir le geste de le serrer dans ses bras.

– Quelle surprise tu me fais là !

– Bonjour François. Tout se passe bien ici ?

Auguste répondit pour lui :

– Il n'y a aucun problème avec François, c'est un homme bien ! Vous allez demeurer avec nous pour le midi, nous partagerons...

– J'ai apporté de quoi compléter, un panier qu'a préparé sa mère. Je resterai volontiers, ce sera la première fois que je déjeunerai dans un buron !

François s'écarta légèrement de son père, lui demandant des nouvelles de sa grand-mère, de sa mère et de sa sœur, Hortensiane. Il y avait si longtemps qu'il n'avait été si heureux et cela se voyait. Firmin observa son fils, son seul fils, et se rendit compte de son attitude envers lui, de la rigueur de cette punition. Par moments, à voir François dans ce buron avec cet accoutrement de domestique, il fut tenté de changer d'avis. Il avait été bien sévère, trop dur sans doute. Il était sur le point de craquer lorsqu'un sursaut d'orgueil le rappela à l'ordre. Non, il ne fallait pas céder, François devait endurer sa peine, coûte que coûte ! Il pensa même qu'un jour, François l'en remercierait...

– Au pays, on te croit toujours à Paris. Il n'y a que ta mère qui...

Le fils leva vers son père un regard plein de questionnements et d'un sentiment d'abandon. Il représentait donc si peu pour son père ? Était-il devenu un exclu, un bagnard ?

Alors il s'éloigna de lui de quelques pas.

– Es-tu certain de n'avoir commis aucune erreur au cours de ta vie ? N'as-tu jamais eu besoin d'aide dans les moments difficiles ? Je te demande de te mettre un seul instant à ma place et de penser à ton père…

Puis François rejoignit la cave d'affinage d'où il avait été dérangé. Firmin Picardier retrouva Auguste et lui annonça :

– Je dois repartir sur-le-champ, un rendez-vous que j'avais oublié ! Merci pour l'invitation, ce sera pour une autre fois peut-être. Je vous laisse le panier…

Bien qu'il n'eût entendu aucun bruit de dispute, Auguste ne fut pas dupe. Il vit Picardier entrer dans la fromagerie, en ressortir quelques secondes plus tard pour reprendre sa voiture. Cette tache noire et bruyante disparut.

Quelques instants plus tôt, il avait remis une lettre à son fils en lui disant : « J'avais promis de te la remettre, voilà qui est fait. L'enveloppe n'était pas cachetée. »

François s'était essuyé les mains sur son pantalon, avait pris la lettre et l'avait glissée tant bien que mal dans une de ses poches, celle où il ne mettait pas son couteau. Il avait juste eu le temps de lire le nom du destinataire : *François Picardier, Paris.*

Au dos, figurait ce simple prénom : *Anne-Marie.*

12

Revenu au buron, Honorin découvrit le panier de victuailles posé sur la table.

– Oh ! Oh ! Le Père Noël est donc passé ?

– Un cadeau de M. Chaspéral, le père de François ! Il n'a pas pu rester avec nous pour ce midi. Il a bien fait, ajouta-t-il en riant. Les parts seront plus belles pour nous autres et ce n'est pas si souvent...

– Dites que ma cuisine n'est pas bonne ? lança Auguste en fronçant les sourcils.

– Je n'ai pas dit ça et ne le dirai jamais, vous le savez bien. À ce propos, j'ai rencontré le berger voisin qui garde ses bêtes près de nos clôtures. Il était en colère contre son préposé à la cuisine. « C'est à peine mangeable », m'a-t-il dit. Mais où est passé François, il n'a pas faim ?

Auguste eut un hochement de tête. Il ouvrait le panier lorsque François arriva, essayant de se contenir.

Honorin, intenable et surexcité, énumérait :

– Un poulet tout rôti, un cake, deux pieds de salade et deux bouteilles de vin !

– Ma mère a préparé le poulet, commenta François.

Le cake est une des spécialités de ma grand-mère, mais celui-ci n'est pas de sa fabrication…

– Nous le mangerons quand même ! ne put se retenir de crier Honorin. Quant à ton père, je l'avais déjà aperçu de loin, lorsqu'il t'avait amené à Saint-Santin-Cantalès. Ça m'aurait fait plaisir de le remercier.

– Je prépare une salade qui nous fera grand plaisir, il y a bien un moment que je n'en ai goûté. François, découpe le poulet, ordonna Auguste. Ce soir, je ferai une chantilly, nous avons assez de crème fraîche et avec le cake, s'il en reste, nous nous régalerons.

Ce repas si différent délia un peu les langues. On se parla davantage que les autres jours, à l'exception de François qu'on sentait ailleurs. Contre sa cuisse, une lettre attendait, une lettre non cachetée, et ce détail l'empêchait de se presser. À quoi bon se hâter de lire ce que d'autres avaient certainement lu…

Débordant de bonne humeur, Honorin décoinça enfin François qui retrouva le sourire, aidé en cela par un vin de 13 ° 5, inhabituel en ces lieux, et une faim décuplée par la nouveauté.

– J'aimerais qu'il vienne plus souvent, ton père ! s'exclama Honorin.

– Je ne pense pas qu'il revienne…

Tous claquèrent leur couteau, lavèrent leur assiette, leurs couverts, comme d'habitude, et chacun s'en alla vers sa sieste.

François grimpa dans le foin de la grange, la lettre à la main. Installé le plus confortablement possible, il tournait et retournait la missive entre ses doigts. « Anne-Marie… »

Enfin ses yeux reconnurent cette écriture, bien que l'expéditrice n'écrivît pas souvent, François s'en souvenait.

« Une lettre ouverte, ça ne me plaît pas… », marmonnait-il. N'y tenant plus, il sortit un feuillet, le seul que contenait l'enveloppe.

Saint-Martin-le-Bel, le 14 juin 1954

François,

Je t'envoie ces quelques lignes pour t'informer que, le 15 mai, j'ai eu mon bébé, un magnifique garçon.

Je l'élèverai seule et je lui donnerai de l'amour pour deux ; il n'est pas dans mes intentions de lui chercher un père.

Comme personne n'a ton adresse à Paris, peut-être un membre de ta famille te fera-t-il parvenir cette lettre.

Anne-Marie

Après avoir lu et relu ces lignes, François comprit l'objet de la visite de son père. Anne-Marie ne lui demandait rien. En acceptant de lui remettre la lettre, Firmin se libérait des conséquences de cette paternité involontaire et acceptée comme telle par Anne-Marie. La jeune femme ne mentionnait à aucun moment le fait qu'il soit le père et tout ceci arrangeait fort bien Picardier.

Allongé dans le foin, François ressassait toutes ces choses et aussi le fait qu'à Saint-Martin-le-Bel, dans sa commune, on ignorait qu'il fût parti de Paris, un comble !

Il eut ce geste d'impuissance et d'incompréhension qui voulait dire : advienne que pourra…

Y avait-il eu de l'amour entre ces deux-là ? Pour Anne-Marie la fière, certainement, jusqu'au moment fatal où ils avaient parlé d'Eugénie Defontaine des Grandes-Terres. Quant à François, il avait succombé à un irrésistible désir.

Dans ce buron du Puy-Violent, perché en altitude, isolé du monde, François avait perdu ses repères. Il n'avait plus envie de rien, ni de penser à Anne-Marie qu'il n'avait jamais vraiment aimée, quant au petit…

Ses paupières se fermèrent involontairement et ses doigts lâchèrent la mince page d'écriture d'Anne-Marie.

Un sommeil profond l'avait gagné, un sommeil si tenace qu'Honorin ne pouvait l'en sortir.

– François ! François ! Le vacher s'impatiente, faut y aller nom de Dieu !

Un rapace planait dans le ciel trop grand, un milan royal. Un vol majestueux. Il était le maître régnant sur son territoire. Observait-il le minuscule buron ? Sans doute ; il vivait sa vie d'oiseau libre et, de son œil perçant, il repérait ses proies. Il voyait distinctement Honorin tirer par le bras François qui titubait vers l'abreuvoir et lui plonger la tête dans l'eau glacée malgré ses protestations.

– Il n'y a que ça pour te réveiller. Mais que t'arrive-t-il donc ? Aurais-tu avalé tout le vin de ton père ?

– Ne me parle plus de lui, surtout ne m'en parle plus !

– Allez viens, Auguste nous attend et il n'aime pas ça.

François avait la tête comme une serpillière et se séchait les cheveux comme il pouvait, des cheveux bien trop longs mais voilà qui ne semblait pas le gêner.

– Un problème ? demanda Auguste.

– Tout va bien, vacher, tout va bien. J'amène le premier veau…

Auguste ne posa pas d'autres questions mais conclut, vu le comportement de François, qu'il y avait peut-être de l'eau dans le gaz entre son père et lui. D'autre part, pour un jeune qui montait au Puy-Violent pour la première fois, rien n'était facile.

À la fin de la traite, Auguste lui dit :

– Demain, samedi, va faire un tour en bas, au village. Il te faut de la distraction, je me débrouillerai seul pour un soir.

– Merci, monsieur Auguste, mais tout va bien.

– Vas-y avec Honorin, pourvu que vous soyez revenus pour la traite du matin ! insista le vacher.

François se souvint tout à coup avoir oublié la lettre dans le foin. Il courut plus qu'il ne marcha vers la grange. Elle se trouvait encore là, toute chiffonnée, non loin de l'enveloppe. Honorin ne l'avait donc pas vue. Il la défroissa du mieux qu'il put, la remit dans l'enveloppe, plia le tout en deux et le glissa dans sa poche.

Le lendemain, Honorin et François firent une grande toilette et disparurent vers le bas de la montagne habillés proprement. Il faisait encore grand jour.

Dans ce bistro où l'on servait occasionnellement des repas, lorsqu'ils arrivèrent, il y avait du monde. Honorin, connaissant les lieux, fut accueilli par des saluts amicaux et présenta François. Ils rejoignirent à une table des connaissances, des hommes d'autres estives et commandèrent une truffade, une de plus, mais ici on la trouvait meilleure qu'en haut. Les deux serveuses attiraient tous les regards de ces abstinents… les mains se baladaient ; les deux femmes laissaient faire, le pourboire n'en serait que plus important.

On questionna François, puis un autre nouveau, plus jeune et timide. Une serveuse lui passa la main dans les cheveux et dans le cou, ce qui le fit rougir et déclencha la risée générale.

– Il faudra bien que tu y passes…, lança un homme qui n'en était pas à son premier verre.

On mangeait, on buvait, on caressait les fesses des serveuses qui souriaient.

– Je t'attendrai au même endroit que l'autre jour, dit un autre qui ajouta à l'intention de l'une des jeunes femmes : Tu ne perdras pas ton temps…

Honorin se pencha vers François.

– Celle-ci ne craint plus rien et améliore son maigre salaire…

Puis quelques-uns chantèrent de manière plus fausse que juste mais là n'était pas l'important. Alors le patron se dirigea vers Honorin, bien décidé.

– Monsieur Honorin, lui dit-il, tous ou presque ici savent que vous chantez bien, n'est-ce pas ? Pourriez-vous ce soir nous faire ce plaisir, une fois de plus ?

Une partie des hommes attablés qui le connaissaient scandait : « Honorin ! Honorin ! » en frappant du poing sur les tables.

Il se leva enfin, sourit à François qui n'en revenait pas. « Un homme si discret », pensa-t-il...

Dès que le silence fut revenu, on entendit alors cette annonce :

– Je vais donc vous interpréter *Barcairolo*, Barcarolle, de Raymond Four, un curé, poète et musicien de Glénat, près de chez moi, qui chante ici à la gloire de Laroquebrou et de ma rivière, la Cère.

À Laroco coumo a Veniso,
À Laroco, li a dels batelièrs,
E sus l'àigo lour bàrco liso,
À Loroco coumo à Veniso,
E sus l'àigo lour bàrco liso,
Ta léu qu'aun barràt les ateliers[1].

Honorin avait magnifiquement interprété cette chanson et, parfois, on l'avait accompagné pour le refrain. Les hommes applaudirent à tout rompre. La voix d'Honorin avait apporté de la douceur dans ce monde rigoureux et sans femmes des estives. Chacun

1. Cette chanson est retranscrite et traduite dans son intégralité en annexe.

s'était laissé emporter sur les barques qui promenaient les Roquais sur leur rivière, dès la journée de travail achevée.

– Je ne te connais pas, jeune homme ; voudrais-tu que l'on se rencontre dans ton buron ? Je ne crains pas la nuit et tu me plais…

Surpris de cette invitation inattendue, François regarda la femme, lui sourit et lui répondit « non » de la tête d'une manière polie. Il la vit s'approcher d'autres hommes et leur murmurer à l'oreille…

– Tu as compris ? lui lança Honorin.

François acquiesça.

La fumée, dans cette pièce étroite et encombrée, lui rappela soudain Paris. Tout ça lui semblait loin et, lui-même, au milieu de ces gens d'estives au verbe haut, se sentait égaré, sans attache, sans port.

Ils décidèrent de rentrer, laissant leurs confrères devant un verre précédant le suivant. La solitude de ces hommes, durant près de cinq mois, justifiait pour certains le peu de motivation pour ces périodes d'estive, contrairement à ceux qui venaient y apprécier la liberté…

Le chemin du retour devenait pénible à la nuit tombée. Leurs lampes électriques jetaient des lumières dans tous les sens, comme leurs pensées.

– Vous chantez merveilleusement, Honorin.

– Tu es aimable mais dépêchons-nous, il nous reste si peu de temps pour dormir…

Les deux hommes marchaient, frappés par ce silence des nuits en montagne. Leurs pieds heurtaient parfois des pierres, des touffes d'herbe, des paquets de terre arrivés là on ne sait comment. Des jurons fusaient. Enfin, le tintement des clarines se fit proche ; la silhouette des têtes d'animaux ornées de leurs cornes en forme de lyre se détachant sur un pan de ciel moins sombre ressemblait à une étude de peintre animalier.

Le souffle des bêtes, la marche en pierre du buron, la porte qu'ils poussèrent doucement pour éviter qu'elle ne grince...

Il faisait doux dans ce buron aux lauses épaisses, et le sommeil n'eut aucun mal à les prendre bien vite. Un jour de plus de passé, un jour de moins à attendre...

Lorsque Auguste les réveilla, son premier mot fut pour Honorin :

– Alors, vous l'avez poussée la chansonnette ?

La tête d'Honorin, encore embarrassée de sommeil, avait bien du mal à repérer les lanternes. Quant à François, qui ne valait guère mieux, il souriait de l'attitude de son compère.

Quatre heures et demie, l'heure de quitter leurs songes, de chausser leurs bottes et de rejoindre le troupeau qui s'impatientait déjà alors que l'est ne s'ouvrait pas encore au jour. Encore quelques mois à tenir avant que les frimas ne chassent toute vie des montagnes et ne vident, jusqu'au printemps prochain, les burons de leurs hommes noirs et de leurs vaches rouges, ces magnifiques salers qui tapissaient de leur originalité les océans de verdure.

13

Le village de Saint-Martin-le-Bel vivait son bel été. Arriva le 14 Juillet avec sa musique, ses lampions, ses animations, en attendant le bal gratuit du soir.

Vers les dix-huit heures, Anne-Marie et sa mère se mêlèrent au groupe déambulant dans la rue unique. Le landau qu'elles promenaient se remarquait.

Rayonnante, Anne-Marie saluait les uns et les autres sans se soucier des quelques langues de vipères ne pouvant se retenir. Il leur semblait important de commenter : « Hé bé ! Elle n'a pas honte celle-là de montrer son bâtard… – On dirait même qu'elle parade pour agacer le monde, ma fille se tiendrait mieux que ça… – De mon temps, elle se serait cachée, mais de nos jours, les jeunes s'émancipent. Je ne sais pas comment sa famille peut supporter… – Elle a raison, faut évoluer, voyez comme elle a l'air heureuse ! »

Il y avait celles, plus honnêtes ou moins hypocrites, qui s'approchaient pour voir ce bébé de deux mois ouvrir de grands yeux et gigoter.

– Comment l'as-tu appelé, ce joli poupon ?

– Françou, c'est mon petit Françou !

– C'est original comme prénom, mais ce n'est qu'un diminutif, n'est-ce pas ? Je trouve que ça lui va très bien !

Marguerite, la nouvelle grand-mère, ne lâchait point le landau qu'elle tenait d'une main et couvait le nouveau Chaspéral d'une tendresse bienveillante. Les terrasses des cafés étaient bondées, comme toujours en pareil jour. Des haut-parleurs accrochés aux façades, parfois aux poteaux électriques, diffusaient une musique régionale souvent coupée d'interminables et d'inaudibles messages. Certains animateurs d'un jour pensent qu'il faut élever la voix devant un micro…

Elles durent trouver une place près d'une table afin de profiter de l'ambiance qui demain n'existerait plus. Le jeune Françou s'était endormi, ce qui n'empêchait pas les connaissances de jeter un œil sur ce petit ange, au grand bonheur de sa maman.

Soudain, Hortensiane apparut.

Par un besoin inexplicable, depuis le départ de son frère, elle avait provoqué bien des rencontres avec Anne-Marie qui n'osait s'y opposer. Sa grand-mère Jeanne avait confié à la jeune mère que sa petite-fille avait changé à son contact, pendant sa grossesse. Son esprit s'était peu à peu ouvert et le docteur consulté avait recommandé de ne pas intervenir. Quelque chose se passait dans sa tête, et ce quelque chose échappait à la connaissance de la médecine. Elle n'avait pas compris le départ de son frère François et personne n'avait su le lui expliquer.

La naissance du bébé l'avait troublée et elle avait annoncé à Jeanne que Françou était presque son petit frère… Puis elle avait corrigé rapidement ses dires. « J'aurais aimé qu'il fût mon frère et, si Anne-Marie me le demandait, je prendrais soin de ce bébé avec plaisir. J'ai en moi ce besoin de m'occuper de lui. Il n'a pas de père, ce petit Françou… »

Hortensiane prit une chaise et vint s'installer joyeusement entre les deux femmes pour mieux voir le petit.

– Comme il change vite, on dirait qu'il sourit parfois. On raconte que c'est aux anges que sourient les bébés.

– On le prétend, reprit Anne-Marie. Et toi, comment vas-tu, Hortensiane ?

– En ce moment, je travaille comme une écolière. M. Perguesol, l'ancien instituteur, m'a confié des livres, ces fameux livres d'histoire, de géographie, d'arithmétique auxquels j'avais tant de mal à m'intéresser. Je redeviens une élève et je résous des problèmes de calcul. Je ne sais pas ce qui m'arrive. Je me sens différente depuis quelque temps.

– C'est très bien ce que tu fais, nous en sommes tous ravis pour toi.

– Mon frère me manque. Peut-être est-il parti parce que je n'étais pas de bonne compagnie… Je m'en rends compte. J'ai vécu une partie de mon enfance sans bien comprendre ce qui se passait autour de moi…

Anne-Marie et sa mère la regardaient affectueusement. Elle venait sans doute de reprendre pied dans le monde des adultes.

– Ta grand-mère Jeanne ne t'accompagne pas ?

– Elle viendra ce soir pour que nous regardions ensemble le feu d'artifice.

– Mon Françou est bien trop petit pour voir ça, mais un jour, quand il sera grand, il se comportera à son tour comme tous les jeunes.

– Je voulais te dire, Anne-Marie… Comme tu travailles, je pourrais le garder. Ça m'occuperait et si ça pouvait te rendre service… Je viendrais même chez toi !

Prise au dépourvu, Anne-Marie ne savait quoi répondre ou, du moins, ne pouvait pas lui répondre. La garde du petit lui rendrait bien service, c'était entendu, mais les conflits opposant les deux familles poseraient un problème. Cela paraissait improbable.

– Il faut que nous réfléchissions, dit Anne-Marie. Françou a déjà une grand-mère et une arrière-grand-mère, Hortensiane. Mais en cas de besoin, je te le ferai savoir, c'est bien aimable de ta part.

Marguerite Chaspéral ne disait rien mais mesurait la situation délicate, pour ne pas dire plus. Elles bavardèrent encore un moment et la jeune fille prit congé.

– Te rends-tu compte de ce qui nous arrive maman ?

– Oui et nous ne sommes pas au bout de nos peines, répondit-elle au terme d'un long soupir.

Petit à petit, les gens quittaient le centre du bourg et le landau de Françou rejoignit sa maison, guidé par la main de sa mère et de sa grand-mère. Chez les Chaspéral, Jean-Claude parlait avec son père.

– Je suis surprise de te trouver là, lui dit sa sœur.

– Je me réserve pour le bal, comme d'habitude.

– Ha ! ha ! tu as repéré une petite fiancée ? l'aiguillonna-t-elle avec un large sourire.

– Ça ne vous regarde pas, dit-il en s'adressant à tous. Il n'y a que Françou qui sait !

Et de prendre son filleul à bout de bras et de lui glisser son secret à l'oreille.

– Fais attention, Jean-Claude, il est si petit !

– Peut-être mais lui, au moins, il n'est pas bavard !

Philippe Chaspéral trouvait la situation assez drôle et partageait, le sourire aux lèvres, avec sa belle-mère et sa femme Marguerite, ce moment de tendresse.

Un repas très simple s'ensuivit et, à part Jean-Claude, personne ne sortit ce soir-là. La famille Chaspéral s'installa dehors pour profiter de l'heure crépusculaire. Plus tard, le soleil s'éteindrait pour laisser place au tir du feu d'artifice.

– L'année dernière, il y avait plus d'animation chez nous, lança maladroitement Philippe.

Justine trouva un prétexte pour détourner la conversation :

– Avec mes jambes lourdes, par ces chaleurs, je suis bien mieux ici. C'est bon pour Jean-Claude de sortir.

On tentait de faire barrage à des pensées bouillonnantes sous les crânes. Anne-Marie parlait d'une manière faussement tranquille mais elle le devait à sa position de jeune maman. Pensait-elle de temps à autre à François ?

Vint l'heure du feu d'artifice. Ils se levèrent et discernèrent quelques clartés dans le ciel, le bruit des fusées sifflantes. La surprise du début passée, ils se rassirent et attendirent le bouquet final dont ils n'aperçurent qu'une illumination au-dessus des silhouettes des maisons de Saint-Martin-le-Bel.

Des nuages de poudre passèrent au-dessus d'eux. Puis tout devint silencieux, à peine si un semblant de musique se glissait jusqu'à eux.

Près de sa maman qui ne trouvait pas le sommeil, Françou dormait, les poings fermés. Justine Virade eut elle aussi bien du mal à s'endormir.

Jeudi 15 juillet au matin

Anne-Marie se rendait au salon. Dans le bourg, elle découvrit les traces de la fête dans un silence retrouvé, celui de ces villages où les animations ne durent qu'un jour ou deux.

Une personne au coin de la rue l'attendait, patiemment. Lorsqu'elle s'en rapprocha, elle reconnut celle qui la regardait et fit de son mieux pour maîtriser sa surprise, cacher son inquiétude subite.

– Bonjour, Anne-Marie, puis-je te parler quelques secondes ?

– Volontiers, madame Picardier.

Angèle s'avança vers elle.

– Ne m'en veux pas de t'aborder ainsi, ce n'est pas mon mari qui aurait pu s'y hasarder. Voilà, François m'a téléphoné il y a deux jours…

Elle marqua une pause tant la démarche lui demandait du courage.

– Il a reçu ta lettre. François n'est plus à Paris. Il manquait d'air dans ce café. Il est actuellement dans les montagnes du Cantal, chez des paysans qui montent leurs bêtes en estive. Il va bien et je lui ai dit pour le petit. Mon mari ne sera pas informé de notre rencontre ; les hommes sont bien emportés parfois, mais entre femmes, nous pouvons nous parler.

– Merci, madame Picardier.

– Je sais qu'Hortensiane t'adore ainsi que ton petit. Elle a beaucoup changé ces temps derniers. Je suis assez mal à l'aise depuis qu'elle m'a annoncé vouloir t'aider pour le petit… Je ne peux pas lui expliquer…

– Merci encore, madame Picardier, mais il faut que j'y aille, l'heure tourne…

Anne-Marie laissa là Angèle Picardier, comme figée sur place. Des images volontairement oubliées lui revenaient, vieilles presque de un an. Elle accéléra le pas. Les Duparlan l'attendaient tandis que Françou était confié aux soins de sa grand-mère.

M. Picardier lui avait donc fait parvenir la lettre, enfin une bonne chose. François avait appelé sa mère qui n'avait pu garder le secret. Voilà qui désormais lui embrouillait les idées, sans oublier le comportement d'Hortensiane. Pourtant, François n'avait rien dit concernant le petit.

Au Puy-Violent, les buronniers continuaient leur travail, leur mission, coupés du monde, si ce n'étaient les nouvelles entendues de temps à autre grâce au transistor et celles des journaux qu'ils recevaient tous les trois ou quatre jours selon l'humeur du facteur. La charge de travail ne leur donnait pas le loisir de s'appesantir sur leurs états d'âme.

François avait rangé sa lettre (la seule qu'il eût reçue) bien à l'abri, ce qui ne l'empêchait pas de la relire lorsque ses pensées prenaient la couleur d'encre des gros nuages d'orage. Jamais cependant il ne ressentait le besoin de répondre à Anne-Marie.

Devenu un excellent second pour Auguste, François persistait à montrer davantage d'intérêt pour la fabrication du cantal que pour le troupeau, qui était l'affaire d'Honorin. Ses mains aimaient le contact avec le caillé tiède, la tomme, puis les jeunes fourmes déposées dans la cave voûtée où leur maturation commençait. L'essuyage quotidien de ces lourds volumes lui procurait un certain bonheur, sans compter celui de les voir s'habiller petit à petit de leur belle croûte jaune et fleurie.

– Je me demande si, un jour, je ne vais pas m'installer marchand de fromage, annonça-t-il à Auguste.

– Ça doit être un bon métier. M. Bortier n'a pas de mal à vendre sa production et, s'il pouvait en produire davantage, il le ferait, ça rapporte des sous.

Malgré son jeune âge, François se creusait la tête pour développer son idée, faire commerce de fromage. Ce projet lui semblait plus intéressant que de devenir garçon de café ou limonadier à Paris dont il ne gardait pas un excellent souvenir. « Tout ça à cause de mon père ! » pensait-il.

Il réfléchissait maintenant à son existence future tout en considérant d'un œil neuf son jeune parcours depuis le temps du certificat d'études. « Une vie protégée, sans soucis quant à mon avenir réglé sur la succession de mon père : négociant en bestiaux et gérant de deux fermes. » Bordé dans des privilèges familiaux, il n'y avait pas là grand mérite. Puis un bon mariage arrangé par ses parents. Même si celui avec Eugénie Defontaine avait capoté, son père n'abandonnerait pas ; il avait ses principes.

Au contact d'Auguste et d'Honorin, François s'ouvrait à la vie de ceux qui, à plus de cinquante ans, travaillaient dans des situations d'éloignement familial et de pénibilité peu ordinaires, sans compter les conditions d'hygiène. Auparavant, il n'aurait pu imaginer un seul instant la vie des buronniers, exilés sur les flancs des montagnes cantaliennes.

Les légumes du jardin agrémentaient désormais les repas et, prochainement, ils goutteraient aux pommes de terre nouvelles, un luxe ! Le patron les approvisionnait environ tous les quinze jours. François appréciait cette manière de se nourrir et, de plus, crème, beurre et fromage jusque dans la soupe, il adorait.

Courant août, les nouvelles sportives furent excellentes pour lui. Louison Bobet avait réalisé un double exploit. Non seulement il remporta son deuxième Tour de France le 22 août mais, quelques semaines après, il devint champion du monde en s'attribuant le maillot arc-en-ciel sur le circuit de Solingen en Allemagne.

– Voilà bien là le plus grand coureur cycliste français, clama François dont l'admiration pour ces hommes n'était plus à démontrer.

– Pourquoi n'as-tu jamais essayé de te lancer dans ce sport pour lequel tu te passionnes tant ? lui demanda Honorin, agacé par l'enthousiasme du jeune homme lorsqu'il parlait vélo.

– J'ai essayé mais c'est trop dur pour moi, je vois bien que vous ne savez pas ce que c'est…

– Je n'y connais rien en sport, tu as raison. De mon temps, on ne se passionnait pas pour ça… Ce n'était pas trop la mode.

François comprenait Honorin et lui souriait pour lui montrer son amitié. Il savait qu'ici, dans ces hauts pâturages, Honorin se sentait presque au paradis ; il le lui avait dit au début de leur rencontre.

Un jour, Honorin le questionna :

– As-tu vu le temps passer, François ?

– Je dois avouer que les semaines s'écoulent vite, je n'en reviens pas. Il ne nous reste que deux mois à vivre ici…

– Tu vas certainement retrouver une vie de jeune homme ordinaire, j'ai cru comprendre que cette estive n'était pour toi qu'accidentelle, n'est-ce pas ?

François, débusqué tel un gibier dans son terrier protecteur, ne sut que répondre. Il n'y avait rien à ajouter.

– Nous aurons fait une bonne saison tous les trois même si tu auras souffert de la solitude. Nous côtoyons au fil des ans de très jeunes bergers dans ces estives ; ce sont parfois des malheureux que l'on envoie ici, en rupture scolaire ou familiale, toujours en rupture de quelque chose. Il n'y a que moi qui viens dans ces montagnes pour autre chose. Ces grands espaces m'attirent, les grands silences et aussi l'amitié sincère que l'on peut partager entre hommes…

« Comme il a raison, le brave Honorin ! » se dit François.

À Saint-Martin-le-Bel, le temps du battage était terminé et les labours commencés. Chacun profitait des dernières chaleurs d'été. Hortensiane avait convaincu Anne-Marie et s'occupait de son petit au moins deux fois par semaine. Firmin Picardier n'appréciait pas mais les femmes de la maison l'avaient emporté. La « responsabiliser », voilà le maître mot. Même si délicate, l'occasion leur paraissait profitable pour Hortensiane qui avait retrouvé un certain équilibre. Le médecin avait lui-même approuvé cette ouverture sur la société des adultes.

Chaque mardi et mercredi, elle se rendait chez les Chaspéral et ne s'éloignait pas de Françou, ne fût-ce que de un centimètre, ce qui amusait les grands-mères tout en les libérant. Tout semblait se passer pour le mieux et, les après-midi, la poussette allait et venait autour de la ferme, conduite par Justine et Hortensiane. Puis Hortensiane eut droit de se promener seule avec l'enfant.

Ce vendredi 3 septembre, par une journée ensoleillée, Justine, ayant les jambes lourdes, dit à Hortensiane :

– Je ne t'accompagne pas aujourd'hui mais, avec ce beau temps, il faut en profiter. Tu peux aller plus loin sur le chemin. Maintenant, tu as l'habitude.

Heureuse de la confiance accordée, Hortensiane ne se fit pas prier. Avec la bénédiction des deux grands-mères, qu'espérer de mieux ?

Françou lui faisait les yeux doux et gigotait plus que de coutume. Ils partirent pour le petit bois des Souques. Les roues trop petites de la poussette empêchant sa progression, Hortensiane prit le petit dans ses bras et se dirigea vers la fameuse cabane.

– Je vais te montrer un endroit merveilleux, Françou. C'était notre refuge, la cabane du clan des quatre, puis des cinq. Il n'y a que moi pour te faire connaître ce lieu magique. Mon frère François – oui, celui qui est ton père et que l'on a chassé du pays ! Je connais maintenant la vérité mais personne ne le sait, sauf toi – donnait rendez-vous aux oiseaux des champs et des forêts et il leur parlait comme je te parle.

Françou la regardait et lui décochait de temps à autre un beau sourire. Alors le temps se mit à passer sans qu'ils ne s'en rendissent compte. L'histoire du loup avait été longue à raconter.

Chez les Chaspéral, on perdit patience. Marguerite pensa même qu'Hortensiane avait pu enlever Françou. Elle prévint Anne-Marie. Philippe et Jean-Claude furent également appelés en renfort. Les grands-mères gémissaient sans cesse d'avoir permis… Jean-Claude partit en courant chez les Picardier. Ils n'avaient vu ni Hortensiane ni l'enfant.

Ils prirent tous le chemin qu'avait emprunté Hortensiane, puis se dispersèrent en étoile, la peur grandissant de minute en minute. Soudain, Anne-Marie découvrit la poussette vide. « Mon Dieu, faites que mon petit Françou… »

Alors naquit dans son esprit le souvenir de la cabane : « Peut-être sont-ils là-bas ? » Elle courait, son cœur battait à tout rompre. La cabane était proche, puis fut si proche qu'elle perçut la voix d'Hortensiane. Elle avança silencieusement et entendit :

– Mon petit Françou, c'est ton père qui a eu l'idée de cette cabane. Il est formidable ton père, je suis bien placée pour le savoir ! On venait tous ici passer de bons moments et il me permettait de me joindre à eux. En ce temps-là, j'étais bien malheureuse. J'avais comme perdu la tête, mais mon frère veillait sur moi et ta mère aussi. Voilà pourquoi je t'aime tant mon petit Françou.

Des larmes coulaient des yeux d'Anne-Marie.

– Il faut y aller maintenant, et pas un mot à personne, juré ? Ils vont s'inquiéter à la maison, rentrons vite ! s'exclama Hortensiane en sortant de la cabane.

Stupéfaction ! Hortensiane se trouva nez à nez avec Anne-Marie qui attendait là, devant la cabane, le visage rougi.

– Je n'ai pas fait attention à l'heure, pardonne-moi, Anne-Marie. Je me suis occupée de Françou mais je crois qu'il a faim, dit-elle en le lui remettant délicatement.

– Tu nous as fait si peur, Hortensiane. Allons rassurer les autres.

Toutes deux allongèrent le pas vers la poussette. Anne-Marie avait bien des questions pour Hortensiane mais maîtrisait pourtant son impatience. Elle eut juste le temps de lui dire avant de rejoindre les grands-mères :

– Dis-moi, tu connais plus de secrets que je n'aurais imaginé, je t'ai entendu lorsque j'étais près de la cabane…

– J'ai connu une période d'absence, comment dire, d'éloignement presque total. Je ne comprenais pas les choses, les conversations, je ne pouvais pas mémoriser ni réfléchir sur les sujets habituels de la vie et je ne m'en rendais pas compte. Aujourd'hui, tout semble revenu. J'ai récupéré le retard grâce à M. Perguesol, l'instituteur, qui a bien voulu s'occuper de moi et me remettre sur la voie. Le temps où, pour tous, j'étais une attardée mentale est loin… Je vais bien maintenant.

Anne-Marie l'embrassa de toutes ses forces tandis que Françou réclamait sans ménagement son biberon.

L'inquiétude retomba lorsque la famille retrouva le petit à la maison. Anne-Marie défendit Hortensiane de son mieux. Avec son sourire, elle savait lisser les choses. Les hommes avaient repris leurs occupations en regrettant de s'être laissé gagner par des craintes de femmes.

Quand Hortensiane quitta la maison des Chaspéral, Anne-Marie lui glissa à l'oreille :

– Toi et moi, nous devons nous revoir rapidement…

Quelle ne fut pas leur surprise de voir le curé Séverin Mathieu venir lui aussi aux nouvelles.

– Mme Duparlan m'a dit que le petit avait disparu ? dit-il tout essoufflé avant même de franchir le pas de la porte.

– Il n'y a pas de disparition, monsieur le curé, tenez, venez voir Françou. Il a bon appétit, ne croyez-vous pas ?

– Dieu soit loué ! J'ai eu grand peur !

– Hortensiane qui garde le petit deux fois par semaine s'est éloignée plus que d'habitude et n'a plus mesuré le temps qui passait, voilà tout. On s'est affolées nous aussi comme des grands-mères, pardi, faut nous excuser. Finissez d'entrer, vous prendrez bien une tasse de café ?

– Ce n'est pas de refus.

Puis s'adressant à Anne-Marie :

– Il faudrait penser à le baptiser, imaginez qu'il...

– Bien entendu, monsieur le curé. Je vous le dirai quand la date sera décidée. Mais vous voudrez bien m'excuser, je dois retourner au travail, les Duparlan avaient du monde.

– Tout se termine bien, reprit Séverin Mathieu qui avait envie de discuter avec ses braves paroissiennes. Ça m'aura donné l'occasion de vous saluer ! Les hommes vont bien, j'espère ?

– Ils sont avec les bêtes, vous savez ce que c'est à la campagne...

Séverin Mathieu faillit aborder un autre sujet, mais il se retint, craignant que l'instant fût mal choisi.

14

Hortensiane n'ayant commis aucune faute répréhensible, Anne-Marie la laissa garder son petit Françou. Cependant, bien des questions demeuraient en suspens. Comment avait-elle deviné ? Elle voulait bien croire que les leçons de rattrapage de M. Perguesol lui avaient rendu toutes ses facultés. Si Hortensiane savait, d'autres savaient-ils au village ? Et pourquoi pas tout le monde après tout ? Elle y pensait, lorsqu'un soir elle croisa le maire, Jean Levergne.

– Comment va la jeune maman, Anne-Marie ?

– Je vais bien, comme toujours, et mon petit aussi, merci…

– Ça ne me regarde pas trop mais… penses-tu que le père va bientôt revenir au village de Saint-Martin-le-Bel ?

Surprise, Anne-Marie fronça les sourcils et ne trouva pas les mots pour lui répondre.

– Ce que vous me demandez est bien délicat, monsieur le maire. J'élèverai mon garçon seule, je n'ai pas besoin de mari…

– Vous êtes tous deux des enfants de mon village et nous sommes nombreux à penser qu'il serait bien de…

Il n'eut pas le temps de finir sa phrase. Anne-Marie le planta là et tourna les talons au risque de paraître impolie au premier magistrat de la commune. Il entendit cependant distinctement ces quelques mots :

– De quoi je me mêle ? Quel culot celui-là !

Elle accéléra le pas pour rentrer chez elle. Justine, la voyant se précipiter dans la maison, lui demanda :

– Que t'arrive-t-il, ma petite fille ? On dirait que tu as le diable aux trousses !

– Il faut que je te dise, grand-mère, j'ai comme l'impression que tout le monde sait à Saint-Martin-le-Bel qui est le père de mon fils. Pas plus tard que l'autre jour, j'ai entendu Hortensiane parler au petit de son père. Et voilà qu'aujourd'hui, le maire en personne me fait comprendre la même chose !

La grand-mère ne semblait pas étonnée et observait Anne-Marie avec tant de tendresse dans le regard que celle-ci ne put retenir ses larmes.

– Anne-Marie, lui dit Justine, tôt ou tard, cela devait se savoir. Maintenant, nous en sommes là ! Pense bien au bonheur de Françou, le reste ne doit pas compter. Viens, je vais te faire un bon café et puis parle avec ta mère, ça te fera du bien !

La jeune maman s'aperçut alors que son enfant s'était assoupi dans son landau.

– Tu as toujours les mots pour tout, grand-mère, et depuis toujours. Que ferions-nous sans toi ?

De Justine Virade émanait une force sage, rassurante, pouvant éponger tous les malheurs des autres. Anne-Marie la regardait, comme l'on contemple une statue d'église. C'est alors que, de ce visage de grand-mère usé par la vie, sortirent ces simples mots :

– J'aimerais tant être à ta place, avoir ta jeunesse et un si beau petit comme le tien !

La surprise fut si grande qu'Anne-Marie ne trouva rien à dire. Elle s'approcha de Françou qui dormait toujours à poings fermés, se pencha vers lui :

– Il commence à ressembler à son père.

Un rire leur échappa soudain.

Une moitié de septembre avait fui et, déjà, les températures s'adoucissaient.

Anne-Marie travaillait au salon des Duparlan lorsqu'elle vit entrer Hortensiane. Elle devina sur-le-champ qu'elle ne venait pas pour se faire coiffer. Hortensiane prit place comme si de rien n'était et attendit patiemment qu'Anne-Marie fût libre. Dès qu'elle le put, celle-ci s'approcha d'elle.

– Voudrais-tu me parler, Hortensiane ?

Un « oui » discret de la tête.

– Donne-moi cinq minutes.

Mme Duparlan, ayant compris, n'intervint pas. Ces deux femmes-là avaient souvent des choses à se dire sur le petit Françou. Au bout d'un moment – qui parut bien long à toutes les deux –, elles sortirent.

– Que se passe-t-il, Hortensiane ? Tu as l'air si impatiente…

– François ne va pas tarder à rentrer à la maison.

– Comment le sais-tu ?

– J'ai entendu les parents en parler hier soir mais je n'en sais guère plus. Ma mère suppliait mon père… J'ai pensé que tu aimerais le savoir…

Anne-Marie feignit l'indifférence.

– Il y a autre chose, reprit Hortensiane, ça concerne ma mère et ma grand-mère Jeanne. Depuis que ton petit est né, elles souffrent de ne pas connaître ce petit Françou et j'ai même vu grand-mère Jeanne pleurer. Elles savent, bien sûr, mais craignent les réactions de mon père, son orgueil surtout. Il paraît avenant et affable mais, sous cette apparence, il est très dur.

– La situation est ainsi et nous n'y pouvons rien mais je comprends ta mère et surtout ta grand-mère. Que peut-on faire ?

– J'ai bien une idée, répondit Hortensiane. Je vais y réfléchir et je te dirai ce que nous pouvons imaginer. Demain, je m'occupe de ton fils, nous nous verrons en fin d'après-midi…

– Entendu ! À demain et sois discrète. Je me demande si c'est bien d'entreprendre quelque chose, dit Anne-Marie d'un air dépité en rejoignant le salon.

Quatre mois venaient de s'écouler depuis la venue au monde de Françou, quatre mois qu'elle avait consacrés à son petit. Rien n'était venu perturber ce temps et l'absence du père ne l'avait pas préoccupée. Mais voilà que depuis quelques jours, tout semblait se modifier. Mme Picardier lui avait parlé, puis le curé, et maintenant Hortensiane qui avait par ailleurs compris bien des choses. François allait revenir prochainement au village… de quoi alimenter les discussions. Elle crut tout à coup surprendre des regards inhabituels chez les habitants de Saint-Martin-le-Bel.

– Tu es soucieuse, lui dit Mme Duparlan. Et tu ne peux le cacher. J'espère que tu ne vas pas me lâcher, que ferions-nous sans toi ?

– Je suis très bien chez vous, il n'est pas dans mes intentions de partir !

– Et si tu trouvais à te marier ? Une femme doit toujours suivre son mari, c'est la loi !

Anne-Marie pouffa de rire et eut bien du mal à reprendre son sérieux.

– Si j'en trouve un, comme vous dites, il m'aimera telle que je suis et je ne quitterai pas mon village ! Que penseraient mon frère et mes parents qui ont transformé leur maison pour mon fils et moi ?

– Voilà qui nous rassure, nous ne nous faisons pas jeunes, mon mari et moi, et je te l'ai promis, nous espérons te céder le salon. Nous n'avons pas changé d'idée. Tu remplaces les enfants que nous n'avons pas eus.

– Je le confirme, dit Jules Duparlan qui avait tout entendu.

Du baume au cœur pour Anne-Marie.

Le lendemain, Hortensiane lui exposa la manière dont elle userait pour que les siens voient enfin le petit Françou. Comment lui refuser ? Il y avait tant de douceur dans ses yeux.

Au buron du Puy-Violent, les nuits froides et les gelées matinales endurcissaient les membres des buronniers. Les pâtures rasées ressemblaient à de vieilles pelures râpées et seuls quelques herbages, plus humides sans doute, attiraient le troupeau. La production laitière avait baissé. Rien d'anormal en cette période même si Bortier réclamait toujours autant de lait. Il fallait tirer le maximum d'une estive, mais que faire lorsque l'herbe, si abondante au début, vient à manquer, mangée par les bêtes et séchée par les chaleurs de juillet et d'août ?

– Les patrons en demandent toujours davantage, dit Auguste à François. Et cette année a été bonne, pas une bête perdue ou tuée par les orages pourtant violents, c'est une chance. Quant à nous trois, nous nous en sommes bien sortis, c'est bien là le principal !

Le 25 septembre, lors de sa visite, Bortier annonça la « dévalade » pour le 7 octobre.

Bien qu'ils sachent le départ proche, l'annonce de la date marqua les hommes. Les jours qui suivirent ne furent plus tout à fait les mêmes. Parfois, ils les comptaient sur leurs doigts et chacun envisageait différemment ce retour à la « civilisation ».

– Maintenant que tu sais tout faire ici, tu vas quitter la montagne. Tu es un bon boutillier. L'année prochaine, si le cœur t'en dit, je serai content de t'avoir de nouveau dans l'équipe, lui dit Auguste en posant sa lourde main sur son épaule.

Puis il répéta :

– Oui, très content !

François lui sourit pour toute réponse. Il ne pensait guère à son avenir. En tout cas, il n'en parlait jamais. Trop incertain !

Quant à Honorin, il ne lui avait jamais posé la moindre question, comme il le lui avait promis, mais tous deux ne purent s'empêcher de parler, de dévoiler un peu de leur histoire. Le vieux garçon Honorin vivait au jour le jour, en compagnie de sa mère. Il ne faisait aucun cas des événements extérieurs, la presse ne l'intéressait pas, pas plus d'ailleurs que la politique. Il croyait en Dieu et méditait souvent.

– Nous ne nous serons pas raconté grand-chose pendant tout ce temps, n'est-ce pas, François ? Et pourtant je peux te dire que tu es un brave garçon, plein de secrets certes, mais un brave garçon.

– J'ai fait ce que j'ai pu et je dois dire que la découverte de l'estive m'a beaucoup apporté. Jusqu'alors, n'ayant pas de soucis matériels, je n'avais rien fait de ma vie, comprenez-vous ? J'ai fait quelques bêtises en bas, j'ai eu le temps d'y réfléchir.

Il marqua un temps avant de reprendre :

– Et puis M. Auguste et vous-même m'avez donné ce qu'on n'imagine pas recevoir à mon âge. Vous m'avez pris tel que je suis, sans me questionner, traité en égal, en homme malgré mon jeune âge…

Son regard se porta sur les montagnes, les monts, les collines, puis vers le ciel, plus gris que bleu à cet instant. Il voulait dire autre chose.

– Cette nature semble inhospitalière dans ses reliefs étonnants. Ses orages terribles m'ont fait trembler comme une feuille et, comme une feuille, j'ai failli tomber de la branche… Mais vous étiez là et, le soir, devant le feu, face à la soupe au fromage qui fumait presque tous les jours, en regardant mes vêtements trempés qui souvent séchaient pendus à un clou, je me trouvais bien, en sécurité. Le monde tenait dans cette pièce où la lueur des lampes à pétrole donnait vie à nos visages toujours mal rasés, d'où le surnom d'hommes noirs !

– Tu vas me faire pleurer, François, mais je suis si heureux d'entendre ce que tu dis là. C'est presque anormal de parler ainsi…

Honorin s'éloigna, davantage touché que s'il avait reçu un coup de massue. François regardait toujours la ligne des sommets. Mais il fut temps de retourner dans la fromagerie.

Le 7 octobre approchait ; nombre de questions sur son avenir le taraudaient. Elles se bousculaient, se pressaient dans les recoins de son cerveau. Anne-Marie ! S'il l'avait volontairement écartée, une force la plaçait là, bien en vue. Il se reprochait de ne pas lui avoir envoyé un mot, un simple mot, par politesse. Puis le visage de son père s'interposa : « Que me réserve-t-il au retour ? Où va-t-il m'expédier encore ? Pendant combien de temps vais-je demeurer son esclave ? » Soudain une voix le ramena vers la réalité :

– Les nuits sont froides, annonça Auguste. Nous aurons peut-être de la neige avant de descendre, ça arrive quelquefois début octobre.

– Il vaudrait mieux que ça attende encore un peu, dit François. Je ne suis pas équipé et mes tricots ne ressemblent plus à grand-chose. Quelle allure ! Heureusement qu'on n'a pas de miroir assez grand ici ; j'aurais honte si quelqu'un me voyait ces jours-ci.

– On a l'habitude et ce ne sont pas les filles qui nous ont rendu visite cet été qui se sont plaintes..., renchérit Honorin.

Ça ne risquait pas, et pour cause...

La veille du départ, ils se rasèrent du mieux possible et préparèrent ce qu'ils avaient de plus propre ; les gens des bourgs traversés les regarderaient. Bortier arriva dans la soirée avec Marius mais sans Bâtor.

– Votre chien vous attend à la ferme, c'est mieux pour les bêtes. Honorin, vous le comprenez ?

– J'ai l'habitude, grinça-t-il.

Bortier avait apporté un splendide rôti et une tarte. « Pour ce soir et demain midi, avait-il dit. J'ai aussi deux bouteilles, au cas où... »

Il ne perdit pas de temps pour se rendre à la cave et compter les pièces de cantal.

– Ce n'est pas si mal, dit-il à Auguste. Vous avez fait une bonne saison...

– Et sans accrocs, reprit Auguste. Ça restera une année exceptionnelle, vous pouvez en être sûr.

Toujours avare de félicitations, Bortier secoua simplement la tête de haut en bas.

– Nous chargerons demain matin, pendant la traite, et vous savez le travail que ça représente...

– La traite, le caillage et la mise en tomme, croyez-vous que ce n'est rien ? lâcha Auguste quelque peu frustré. Nous autres ici, on ne chaume pas depuis notre arrivée, nom de Dieu ! Vous avez eu des dimanches ? Pas nous !

– Ça va, ça va ! Nous ne nous rendons pas compte en bas, c'est vrai.

Il calma le buronnier responsable de l'équipe qui méritait des compliments pour son travail et non des critiques prononcées du bout des lèvres.

Puis vint la traite, la routine pour les trois hommes, et la suite, comme tous les soirs. La venue du patron et de Marius se contenterait de rompre les habitudes du repas ; le vin coulerait un peu plus.

– Avec Marius, nous dormirons dans le peu de foin qu'il reste, annonça Bortier. Nous avons monté des couvertures, ce n'est plus l'été.

– Au-dessus du bédélat, il ne fait jamais froid, osa François.

Le patron sourit. Puis il donna des nouvelles de Saint-Santin-Cantalès : le décès du vieux Sioulite, arrivé dans les années quarante, dont on ignorait toujours la nationalité et le mariage de la fille du premier adjoint, oui, un beau mariage. Les terres des deux familles rassemblées formaient désormais une grande exploitation, la plus importante de la commune.

– Nous en entendrons parler, dit Auguste en souriant.

Les lampes marquaient leur impatience et l'heure d'aller se coucher arriva. Sur le pas du buron, juste avant de rejoindre la grange, Bortier prit François par le bras et l'éloigna des autres.

– Sais-tu ce que tu vas faire, petit, dès que nous serons rentrés ? Y as-tu pensé, ou peut-être ton père…

– Non ! rétorqua sèchement François. Mon père ne décidera plus pour moi ! En réalité, je ne sais pas encore où aller mais, rassurez-vous, tout ira bien !

– Auguste doit prendre des congés. Si tu es d'accord, tu le remplaceras pendant un petit mois avec Honorin qui s'absentera un peu plus tard. Nous faisons encore du fromage mais en petite quantité, rien à voir avec l'estive. Voilà ce que je te propose. Je sais aujourd'hui que tu es un garçon comme il faut. Tu me donneras ta réponse demain ou après-demain, ce n'est pas à un jour près.

– Merci, monsieur Bortier.

La nuit devint noire et seul le tintement des clarines, léger et gracieux, indiquait qu'il y avait encore de la vie tout proche des lieux.

De son lit de planches, François contemplait le dernier tison qui lui aussi le regardait sans aucun doute. Cet œil incandescent et le ronflement des autres ne seraient plus qu'un souvenir à partir du lendemain.

Il méditait sur ce qui l'attendait. Puis soudain, il se rappela qu'il avait un fils. Son cœur se mit à battre plus fort à cette pensée ! Anne-Marie, oui, il y avait réfléchi mais ce n'était pas avec de vrais sentiments, ce qui avait facilité son désintéressement.

Mais ce tout petit enfant était le sien ! Il ne savait même pas son prénom. Il ressassait ces remords à ne plus pouvoir s'endormir, à se tourner et à se retourner sur sa paillasse.

– Ça ne va pas, François ? lui demanda Auguste.

– Tout va bien, monsieur Auguste, juste un peu de mal à dormir ce soir, j'ai peut-être trop bu…

– Dépêche-toi de dormir, tu n'as plus guère de temps.

Auguste avait-il lui aussi le sommeil léger par moments ?

Le jeune François replongea dans ses réflexions. Son fils ! Il calcula sur ses doigts l'âge du nourrisson. « Je ne peux pas compter sur Hortensiane, ma pauvre sœur… J'aurais pu lui écrire quand même, peut-être que personne ne sait où je suis ! »

Une grande et soudaine tristesse l'envahit, si lourde que la fatigue l'emporta, enfin. Dehors, le froid semblait à l'aise, sa saison arrivait…

Trois heures et demie ! Il fallut se lever une heure plus tôt qu'habituellement, alors que les yeux n'arrivaient pas à s'ouvrir… À la surprise générale, une mince couche de neige avait recouvert le buron et les alentours. Les lampes faisaient danser d'étranges échappées claires. Pourtant, il n'y avait là rien d'anormal en ce début octobre à cette altitude.

– Pour ce dernier jour, l'hiver nous salue, dit Honorin. Nous lui laissons bien volontiers la place. Dans quelque temps, seules les toitures signaleront la présence des constructions. Tout sera alors enseveli sous des mètres de neige.

– Vous êtes sûr, pour les mètres ?

– Oui, certain ! Je l'ai vu sur des photographies. La montagne se drape dans sa robe de mariée pour épouser l'hiver et, alors, plus de burons, de granges et de pâtures ; tout disparaît jusqu'au printemps !

Sous le charme de ses phrases, François fixait Honorin, subjugué.

– Vous êtes un poète, Honorin. Je me souviendrai toujours de cette histoire...

– Ne rêvons pas, on a du travail à abattre.

Ils accélérèrent le pas pour rejoindre le parc où les bêtes attendaient la traite. Puis les gerles retournèrent une dernière fois à la fromagerie pour l'emprésurage, le caillage du lait encore tiède, et la mise en tomme. Seul l'écrémage fut supprimé ; les porcs purent se gaver d'un petit-lait meilleur que d'habitude.

Le patron et Marius chargèrent dans le camion toutes les fourmes, le beurre et la crème restants qui rejoindraient la ferme ainsi que tous les ustensiles : l'écrémeuse enlevée de son socle et démontée, les gerles, etc. Les cochons se chamaillaient à cause du manque de place dans la remorque tandis que les poules se serraient dans leur cage.

Ultime casse-croûte, dernier feu. Le buron se vidait de sa vie.

Bortier partit devant et le troupeau, avec la Rose en tête, s'ébranla dans les premières lumières froides et glacées du dernier jour. La dévalade de la vacherie au grand complet commmençait.

Tout semblait recommencer mais à l'envers. François revenait de cet ailleurs, de ce temps de pénitence imposé depuis mars chez les Bortier et depuis mai sur les monts cantaliens des estives. Il revenait, oui, mais où allait-il ? Quelqu'un l'attendait-il seulement ?

Soudain, il songea : « Quoi qu'il advienne, je ne me laisserai plus manœuvrer ! » Et il continua sa route, suivant le train des bêtes ensonnaillées d'un pas plus ferme et décidé.

15

Ce 7 octobre au soir, François dormirait dans un vrai lit, chez les Bortier. Comme toujours, le passage des troupeaux dans les bourgades suscita la curiosité et la gentillesse des gens. Certaines personnes leur offrirent un café chaud. Direction Saint-Santin-Cantalès, enfin ! Plus on descendait, plus la température semblait douce, la nature verte car ici le gel n'avait pas encore posé ses griffes glacées.

À la ferme du Portail, Mme Bortier les accueillit aimablement, au bord du chemin que les bêtes reconnaissaient maintenant. Son mari avait déjà libéré les porcs et les volailles, commencé à décharger le plus important, le fromage. Les vaches retrouvaient leur abreuvoir, leur herbe habituelle étonnamment plus fournie que dans la montagne. L'ordre revenait tout doucement à la ferme, non sans bruit.

Puis les hommes rentrèrent chez leur patron, s'assirent autour de la table tandis que Mme Bortier servait à boire et de quoi les restaurer.

– Je crois savoir que tout s'est bien passé là-haut. Je suis contente de vous revoir tous ici ; je commençais à m'ennuyer et Bâtor aussi.

– Ils seraient tous prêts à remonter demain, lança maladroitement son homme en riant. Surtout François, pas vrai ? ajouta-t-il en le regardant.

Celui-ci répondit :

– Pas demain mais après-demain, si j'étais sûr que la neige ait disparu !

Il fallait bien faire semblant d'être heureux.

– On ne va pas perdre trop de temps ; Auguste et Honorin veulent sans doute dormir chez eux, n'est-ce pas ? C'est bien naturel.

À peine avaient-ils eu le temps de souffler qu'il fallait assurer la traite et ce qui suivait, comme chaque matin, comme chaque soir… La cuisine de la patronne et un lit normal constitueraient l'unique changement.

À la fin de la journée, François se retrouva seul chez ses patrons.

– Alors François, as-tu réfléchi à ma proposition ? s'enquit Bortier.

– J'ai réfléchi, oui, mais il faudra me libérer un jour par semaine, au moins. Je dois rentrer chez moi, j'ai des choses à régler avec mon père et une autre affaire aussi…

– Ça me convient, je savais que toi et moi nous pourrions nous entendre.

– Il faut aussi que j'aille à Aurillac, je n'ai rien à me mettre sur le dos. On n'est pas au buron ici.

– Prends donc un jour à ta convenance. De plus, je vais te payer, tu as si bien travaillé.

Sur-le-champ Bortier partit dans l'autre pièce et s'en revint avec une enveloppe à la main.

– Vérifie s'il y a bien le compte. Lorsque tu iras chez toi, tu emporteras du fromage et du beurre, c'est convenu ainsi.

– Merci monsieur Bortier. Je vais aller dormir, le sommeil me gagne... Est-ce que, demain, je pourrai téléphoner à ma mère de chez vous ?

– Tu n'auras pas à le demander. Le téléphone est là, c'est pour s'en servir, dit Mme Bortier en devançant son époux.

Cette envie de communiquer avec sa mère avait ému la patronne, si bien qu'elle en fut gênée.

Avant de s'endormir, François pensa très fort à Angèle, à un bébé dont il ne savait strictement rien, à Anne-Marie, à sa sœur Hortensiane qui n'avait plus toute sa raison. Puis il perdit pied tant la douceur du lit le ravissait.

Le lendemain, vers les onze heures, François prit le téléphone.

– Allô, bonjour, puis-je parler à Mme Picardier s'il vous plaît ?

– Un instant, monsieur...

– Allô, c'est moi, François ! Bonjour, maman, je n'ai que le temps de te dire que j'ai terminé l'estive et que je viendrai vous voir un de ces jours.

– Comme je suis heureuse, mon cher François.

– Qui m'a répondu, maman ?

– Hortensiane, ne l'as-tu pas reconnue ?

– Non, maman, on dirait que sa voix...

– Ne quitte pas, elle sera contente de te parler enfin.

– Mais sait-elle que je...

– Ne t'inquiète pas, elle a beaucoup changé depuis ton départ. À bientôt, mon fils.

Ravie, Hortensiane reprit l'appareil :

– Bonjour François, je suis si heureuse de t'entendre, mais où es-tu ?

– Nous allons nous revoir bientôt, Hortensiane. Je suis obligé de te laisser, je t'embrasse très fort.

François raccrocha, troublé par la voix assurée de sa sœur.

À Saint-Martin-le-Bel, nul ne put empêcher Hortensiane de propager la nouvelle et, en tout premier lieu, chez les Chaspéral. Anne-Marie, surprise, ne sut qu'en dire.

– Mais il revient, insista Hortensiane. Je pensais que ça te ferait plaisir de revoir le père de…

– Un an sans donner la moindre nouvelle, voilà qui prouve son détachement total, et puis je m'en fiche après tout !

« Je ne pourrai jamais comprendre ces deux-là… », pensa Hortensiane. Si Firmin refusait toute discussion à propos de son fils, il en allait autrement entre les trois femmes. Grand-mère Jeanne remerciait le bon Dieu en cachette de lui avoir enfin ramené son petit-fils.

François dut tout d'abord se rendre à Aurillac, au magasin d'habillement Conchon-Quinette, près du square, pour s'acheter des vêtements présentables. Dans sa poche, il avait une grosse somme d'argent et le vendeur fut ravi de lui facturer deux pantalons, une veste, deux chemises, un pull-over et six mouchoirs, un luxe pour le jeune homme. Il ne lui manquait plus qu'une paire de chaussures qu'il repéra un peu plus loin. « Je n'ai jamais eu tant de choses, c'est certainement trop... J'aurais pu économiser mes sous... »

À son retour, la patronne le félicita pour son choix.

– Tu en avais bien besoin. Avec ça, les filles vont te courir après. Il est vrai que, dans les montagnes, il n'y avait pas grand monde à voir.

– Au buron, nous avons eu la visite d'un coiffeur ambulant et ça m'a évité d'y aller aujourd'hui, tant de moins à débourser !

– Tu es bien un Auvergnat.

Après quelques jours, François demanda à s'absenter comme convenu.

– Prends donc deux jours, je te dois bien ça, dit Bortier. Mais reviens, surtout !

Le travail des estives lui ayant été imposé, le patron craignait qu'il ne les quitte, bien qu'il sache que François n'avait qu'une parole.

Honorin avait aussi beaucoup d'estime pour son jeune compagnon d'estive, à tel point qu'il pria son ami Lopez de le conduire jusqu'à Saint-Martin-le-Bel. Honorin eut bien du mal à convaincre François. Pour Lopez, c'était un grand plaisir de sortir sa belle Simca Aronde et de la montrer. Ces modèles étaient encore assez rares dans le canton et celle-ci étincelait comme un brillant. En contrepartie, bien qu'il ne veuille rien recevoir, François lui céda l'excellent beurre des Bortier.

La magnifique automobile fut remarquée lorsqu'elle contourna la place de Saint-Martin. Sa couleur ne passait pas inaperçue. Lopez lui dit simplement :

– Je vous reprendrai ici demain vers les dix-sept heures, cela vous convient-il ?

– Parfaitement, et merci encore, je n'avais jamais vu une telle voiture de si près, elle est splendide !

Il n'en fallait pas plus pour que l'autre s'en enorgueillît davantage…

Encombré d'un énorme sac, François se dirigea vers sa maison ; à peine avait-il fait quelques pas qu'une silhouette apparut. Hortensiane accourait vers lui et lui tendait les bras.

– François ! François ! Comme tu es beau ! Enfin te voilà !

Elle le serra dans ses bras de toutes ses forces, l'embrassa et resta collée contre sa joue.

– Ma chère Hortensiane, tu vas m'étouffer !

– Tu m'as tellement manqué, tellement ! Viens, rentrons, nous t'attendions toutes les trois.

Sa mère sur le pas de la porte retenait ses larmes et, derrière elle, se tenait grand-mère Jeanne.

– Ton père est parti pour un important marché aux bestiaux et ne sera là que dans l'après-midi, lui annonça Angèle. Il me semble que tu as grandi, oui, je le vois, et tu es beau comme un astre, comme on dit ici.

François n'avait pas encore ouvert la bouche, elles parlaient pour lui.

– Comme c'est bon de rentrer à la maison, de vous regarder et de retrouver l'odeur de la pièce.

– Et moi, comment me trouves-tu ? dit Hortensiane en lui prenant les deux mains.

– Tu es encore plus belle qu'avant ; ton regard est différent peut-être. Tu as toujours ce visage de porcelaine…

– Hortensiane a bien changé, elle n'est plus celle que tu as laissée.

– J'ai retrouvé ma mémoire, des capacités intellectuelles, je suis redevenue comme tout le monde, enfin presque. M. Perguesol m'a donné des cours de rattrapage, je ne suis plus la demeurée de la famille. J'avais accumulé du retard, c'est vrai mais, aujourd'hui, je peux tout comprendre, même les choses les plus secrètes… Je lis beaucoup.

Grand-mère Jeanne la couvait de son doux regard.

– Hortensiane est une miraculée, on peut le dire, et le médecin n'a pu donner aucune explication à sa guérison.

– J'aurais tant voulu t'en informer, mais je ne savais comment te contacter. L'autorité du père… Mais à partir de maintenant…

– Rien ne sera plus comme avant, je te le promets. Je réglerai ça avec notre père. Moi aussi j'ai changé ! répliqua d'un ton ferme le jeune homme.

François s'était assis sur le banc et Jeanne avait posé ses deux mains sur ses épaules. Ce geste si tendre voulait tout dire et remplaçait les mots tus mais débordant de ses yeux.

– Je vous ai apporté du cantal fabriqué au buron du Puy-Violent…

– J'adore, dit Hortensiane emballée. On pourra faire une vraie soupe au fromage un de ces soirs. Viens, on va se promener un moment dehors, il fait encore si beau.

Elle voulait son frère pour elle seule et le tira par la main à l'extérieur.

– Tu vois comme il lui a manqué…, dit Jeanne à sa fille Angèle.

– Il repart demain… Je ne sais pas ce qui va se passer d'ici là, j'ai un mauvais pressentiment vis-à-vis de Firmin.

– Demain sera un autre jour et, après-demain, le soleil se lèvera, comme toujours. François n'est plus le même garçon ! La sanction était trop sévère pour un jeune, il va se rebiffer !

Toutes deux entrèrent dans la belle maison où un fumet de civet s'était répandu.

Le frère et la sœur chahutaient comme des gamins, des adolescents qu'ils n'étaient plus.

– Un tour sur la place, ça te dirait, mon cher frère ? Tu es si bien habillé qu'on ne va pas te reconnaître !

Pour toute réponse, il acquiesça.

– Tu es sans doute la plus jolie fille de Saint-Martin-le-Bel…

Il ne put s'empêcher de glisser sa main sous l'un des filets d'eau froide de la fontaine et d'en éclabousser Hortensiane, qui fit de même. François observait la place, le grand tilleul commençant à peine à roussir, les maisons plantées tout autour. Soudain, il aperçut l'homme à la soutane noire qui se dirigeait vers l'église.

Le curé Mathieu ! Lorsqu'il les vit et les reconnut, il courut vers eux.

– Dieu soit loué, François est revenu ! s'écria-t-il, débordant de joie. Un rayon de soleil pour ma journée, quelle agréable surprise !

– Bonjour, monsieur le curé, ce ne sera qu'une courte visite mais je suis heureux de vous saluer.

– Un jour, nous prendrons le temps, mais tu es sapé comme un ministre !

Puis le prêtre les laissa à leur discussion. Des mots brûlaient les lèvres d'Hortensiane, des mots qu'elle peinait à retenir. Trop tôt sans doute, elle attendrait. Le comportement d'Anne-Marie lui restait sur le cœur...

Alors qu'ils revenaient, des voix interpellèrent François.

– Mais c'est François, salut François, tu es donc de retour ?

– Salut les gars, je suis là jusqu'à demain, mais je reviendrai bientôt !

– T'as failli crever à Paris, on nous a dit ça... C'est pas bon pour toi et pour nous, on s'est ennuyés, tu peux me croire !

– On se reverra plus tard, à bientôt...

Il fallait rentrer, d'autres viendraient aux nouvelles et l'entraîneraient vers les cafés. Il n'y tenait aucunement.

– Nous voilà tous les quatre, dit Jeanne. Alors raconte-moi un peu... enfin, ce que tu voudras.

François n'était pas disert. Il se contenta de dire qu'il avait rencontré beaucoup de gens, et de toutes sortes.

Il évoqua, et c'était bien là le plus important, son désir de vivre au pays, ici, à Saint-Martin-le-Bel. Pourquoi courir le monde alors qu'ici…

Puis, lorsqu'ils se mirent à table, François s'exclama :

– Ce civet est le meilleur du monde. Maman, tu me donneras la recette ?

– Je la tiens de ta grand-mère Jeanne. Peut-être qu'un jour je la confierai à ta femme, c'est ainsi que se transmettent les secrets de cuisine, chez nous.

– En attendant, j'en reprendrai bien, la coupa-t-il gentiment.

Quand ils goûtèrent le fromage de François, Angèle questionna son fils :

– C'est de ta fabrication, ce superbe cantal ?

– Oui, je sais le faire parfaitement. Celui-ci vient du buron où je travaillais. J'ai aimé cette vie monacale, là-haut dans la montagne. Un jour, je vous en parlerai.

– Tu y retourneras, François ?

– Non, j'ai d'autres projets. La punition est terminée ! dit-il en tapant du poing sur la table.

Un lourd silence s'installa entre les quatre convives. La dernière phrase avait révélé un comportement nouveau, une réaction d'homme. François voulut taquiner sa sœur :

– N'as-tu pas un petit copain, Hortensiane ? Belle comme tu es…

– Non, mais je suis très prise par un garçon, je te dirai plus tard.

Angèle et Jeanne souriaient.

– Savez-vous quand rentre mon père ?

– Vers les cinq heures, jamais avant.

Et s'adressant à sa sœur :

– M'accompagneras-tu dans le village ? J'ai besoin de le revoir.

– Je suis déjà prête, mon cher petit frère !

Le bourg vivait à son rythme, très peu de véhicules le traversaient.

– Quelle tranquillité, comment peut-on vouloir quitter ce paradis ?

– Par obligation, à cause d'un mariage… Le nombre d'habitants est stable mais certains amis parlent de partir, à Paris surtout, où l'on gagne beaucoup d'argent.

François demeurait muet…

Ils se trouvèrent devant l'école et, à travers les vitres des fenêtres, tout en marchant, ils apercevaient les têtes des élèves à leur travail. Plus loin, la porte du quincaillier était comme toujours ouverte. Au salon de coiffure, il y avait quelques clientes. Un coup d'œil rapide de François… Hortensiane, qui n'en pouvait plus de se retenir, ouvrit soudainement les vannes du barrage sans se douter des dégâts que cela engendrerait.

– Mon cher François, je ne suis plus la petite fille d'avant ton départ, tu l'as remarqué. Je suis une adulte…

– Où veux-tu en venir ?

– À ton histoire avec Anne-Marie et à ses conséquences, c'est-à-dire à ton expulsion par notre père excessif et orgueilleux. Par un hasard extraordinaire, tout s'est modifié dans ma pauvre tête d'alors de manière incompréhensible. J'ai beaucoup souffert de ton départ et, petit à petit, j'ai compris en entendant les conversations des adultes qui pensaient ma raison perdue.

Tous deux s'immobilisèrent et François attendit, plongeant son regard dans ces yeux magnifiques qui le troublaient quelque peu. Qu'allait annoncer Hortensiane ?

– Tu as un beau petit garçon dont je m'occupe deux jours par semaine, une sorte de convention entre Anne-Marie et moi.

François prit sa tête dans ses mains.

– Il s'appelle Françou. On dit qu'il te ressemble déjà, tu devrais en être fier !

– Comment dis-tu ?

– Françou, c'est un joli surnom…

– Et tu t'occupes de lui ? Dans quoi t'es-tu fourrée, ma pauvre Hortensiane…

Elle haussa les épaules, mesurant sur-le-champ le grotesque de la situation. Son sourire indécis trahit alors une angoisse imprévue. S'approchant de lui à le toucher, elle murmura :

– Ça s'est fait simplement, sans calcul. Depuis toujours, Anne-Marie a été attentionnée pour moi. Je lui rends service. Enfin je sers à quelqu'un et elle me fait confiance.

– T'aurais pu trouver autre chose, te rends-tu compte ?

– Je ne savais pas si tu reviendrais un jour. Tout ce temps sans nouvelles… Alors je prenais soin de ton petit, ça me rapprochait de toi.

La voyant si émue, il l'entoura de ses bras et lui dit :

– Tu as bien fait, Hortensiane. Un jour, j'ai reçu une lettre dans laquelle Anne-Marie m'annonçait la naissance du petit et ajoutait qu'elle l'élèverait seule. Depuis, j'ai essayé de tout oublier ; il me semble que je n'en ai pas souffert. Il n'y avait pas eu grand-chose entre nous, à part un soir.

– Et tu appelles ça pas grand-chose ? Tu penses à ce que tu me dis ?

– Viens, allons plus loin, je ne veux pas rencontrer de gens, peut-être savent-ils ?

– Du maire jusqu'au curé, tout le monde sait ou s'en doute !

Ils passaient devant la mairie lorsqu'ils aperçurent un jeune couple se tenant par la main.

– Dis-moi que je ne rêve pas ? C'est…

– Oui, ce sont eux. Les choses ont changé depuis un an et c'est bien que tu les aies vus, je n'aurais pas osé te le dire…

Il accéléra le pas, dépité.

– Tu t'attendais à quoi, mon cher François ?

– Les Defontaine ont interdit que je revoie Eugénie. Ah ! je me souviens ! Le beau mariage en vue s'est enfui d'un seul coup, j'aurais dû m'en douter. Eugénie est une fille gâtée au possible, ce qu'elle veut… Aujourd'hui, je m'en fous royalement, je m'en tape ! Quelle journée nom de Dieu ! dit-il en expédiant d'un coup de pied magistral un seau en métal qui avait eu la mauvaise idée de se trouver devant lui.

– Ce n'est rien, François, il faut regarder l'avenir. Je t'aiderai de mon mieux.

Rentrés à la Châteaurie, chacun se réfugia dans sa chambre. François retrouva la sienne mieux rangée que d'habitude. Il se jeta sur le lit, le visage enfoncé dans le gros édredon. Les idées se bousculaient atrocement dans sa tête. Jean-Claude Chaspéral et Eugénie, main dans la main…

Ce fut Hortensiane qui, une fois de plus, le tira de ses pensées.

– Je crois que notre père est rentré…

L'accueil du père ne fut pas des plus chaleureux. Immédiatement, le jeune garçon pressentit le pire. Mais Firmin usa de paroles aimables pour commencer :

– Je ne t'ai jamais vu aussi bien habillé, François. Serait-ce donc un bon vent qui t'amène ?

– C'est celui du retour !

Firmin le regardait fixement. François ne baissa pas les yeux. L'affrontement débutait-il ?

– Du retour définitif à Saint-Martin-le-Bel, à quelques jours près. J'ai encore du temps à…

– Tu ne te plais donc pas à Saint-Santin-Cantalès ? Bortier m'avait pourtant assuré que tout allait bien, le coupa brutalement Picardier.

– Jusque-là, tu as raison, mais tout se termine dans moins d'un mois.

Percevant les signes avant-coureurs de l'orage, les femmes cherchaient à s'occuper. Firmin Picardier invita son fils à sortir puis à se rendre vers le grand hangar. L'impatience du père fit le reste.

– Quelles sont tes intentions, au juste ?

– Je vais rentrer chez moi ; je considère l'atroce punition que ton orgueil m'a imposée terminée !

– Comment me parles-tu ? Tu es encore sous ma responsabilité, que je sache…

Avec un sourire pour le moins provocateur, François rétorqua :

– Dans quelques jours, je reviens vivre ici, que tu le veuilles ou non ! J'ai payé, ne crois-tu pas ?

Firmin, menaçant, l'empoigna par les revers de son veston.

– Tu rentres si je le décide !

– C'est fini, papa, tout ça est terminé. Au diable tes gesticulations ridicules ! Depuis que tu m'as chassé, il n'y a pas d'autres mots, j'ai gagné ma vie durement. J'ai eu mal bien souvent mais j'ai tenu le coup. J'ai rencontré des cons, oui, mais aussi des gens formidables. Je te confirme que je rentre à la maison, je veux travailler ici, ma vie n'est pas ailleurs.

– C'est moi qui en serai seul juge, nom de Dieu !

– Si tu me chasses une fois de plus, je dépose une plainte. Ils vont être surpris les gendarmes, je vois d'ici leur tête… Un père chasse son fils sans raison, je te demande de bien y réfléchir. Tu n'as plus face à toi le gamin qui vivait de son argent de poche. Aujourd'hui, je veux des responsabilités, m'entends-tu ?

– Mais que t'arrive-t-il ? Où as-tu pris ces idées ?

– En travaillant, en me levant tous les jours à quatre heures et demie du matin, bravant le sommeil, la fatigue, le froid, la pluie et surtout la solitude ! N'as-tu jamais commis une action répréhensible dans ta jeunesse, au moins une fois ? Serais-tu le seul monsieur parfait sur cette terre ?

– Tu n'as pas le droit de me parler sur ce ton ! Tout le monde sait que tu as engrossé la petite Chaspéral, l'aurais-tu oublié, petit saligaud ?

– Les grossesses durent habituellement neuf mois, n'est-ce pas ? Vérifie donc la date de naissance d'Hortensiane et celle de ton mariage !

Firmin leva le bras en fermant le poing, prêt à frapper. François, pour la première fois de sa vie, tenait tête à son père. Leurs yeux étaient distants de quelques centimètres seulement.

Ils n'avaient pas vu grand-mère Jeanne approcher, toute tremblante. Elle avait entendu la dernière phrase. Elle fixa durement son gendre qui baissa enfin le bras. Ce regard fut terrible.

– Vous pourriez être plus silencieux tout de même. N'avez-vous pas honte, Firmin ? Le dîner vous attend, à moins que vous ne décidiez de vous entre-tuer ce soir.

Le repas se passait dans un silence inquiétant. Même Hortensiane n'osait ouvrir la bouche. Firmin ne regardait pas son fils contrairement à lui qui l'observait. La bataille du silence devenait pire que celle des menaces physiques ou des cris. Dans cette belle salle à manger, seule la pendule comptabilisait le temps.

Soudain, Firmin claqua son couteau, se leva et, face à son fils, il déclara :

– Tu as toute la nuit pour réfléchir… Demain, il faudra me dire ce que tu comptes faire, as-tu bien compris ?

François acquiesça d'un léger hochement de la tête. Firmin Picardier quitta la pièce sans un mot. Ce fut Angèle qui brisa le silence :

– Les orages ne durent jamais longtemps mais, parfois, leur violence est incontrôlable. Le plus grave, ce sont les dégâts occasionnés. Tu lui as tenu tête et il n'aime pas ça du tout. Dans un sens, tu as bien fait. Tu as changé, François, tu es un homme maintenant.

– Et moi, je suis toujours sa grande sœur qui l'aime, il m'a tant manqué…

– Bientôt, j'espère, nous nous verrons très souvent, ma chère Hortensiane. Viens dehors un moment, je crois qu'il y a un très beau coucher de soleil.

Mais il était trop tard pour admirer le tableau. Le soleil finissait de disparaître. Seule une tache de sang éclairait encore un minuscule bout de ciel.

– Au cours de cette nuit, vas-tu y penser ?

– Ne t'inquiète pas, tout est déjà en ordre dans mon esprit.

Ils demeurèrent là un long moment, face à l'extinction du ciel, avant que François ne mît un terme à leur tête-à-tête.

– On se gèle, je vais retrouver mon lit, il y a si longtemps…

16

Dès que les brouillards matinaux se craquelèrent et s'ouvrirent, le soleil put s'emparer de la campagne. François ouvrit les yeux tardivement et ne le regretta pas. Il savoura le confort des couvertures et même du gros édredon, ce qui le fit sourire. Mais en bas, son père l'attendait de pied ferme depuis la pointe du jour. Angèle et Jeanne mesuraient l'impatience de l'homme. On pensait voir descendre François lorsque Hortensiane apparut.

– Vous n'êtes pas des lève-tôt, ronchonna son père.

– François dort encore. Il doit apprécier son lit… Mon frère avait bien besoin de dormir un peu plus que de coutume…

– Tu lui diras que je suis au hangar, dit Firmin en quittant la cuisine où tous prenaient le petit déjeuner.

Les trois femmes se retrouvèrent seules. Inquiètes.

– Je me demande bien ce qui va se passer, ne put retenir Jeanne. Tout ça ne me dit rien de bon.

Puis François arriva, tout ébouriffé, souriant.

– Ton père est au hangar, ne le fais pas trop attendre. Il a la mine des mauvais jours.

– Je n'en ai pas pour longtemps. Garde-moi le café au chaud.

François sortit et fut aveuglé par la luminosité du ciel. Il cligna des yeux et respira profondément.

– Tu as bien dormi ? lui demanda Firmin en guise d'accueil.

– Tous les jours, je me lève à quatre heures et demie ; j'en ai profité aujourd'hui.

Le père tournait dans tous les sens, ne sachant trop comment aborder ce fils qui, selon lui, avait pris de l'assurance, peut-être trop.

– As-tu pris une décision pour ton avenir ? lâcha-t-il enfin.

La réponse fut immédiate :

– Oui, je rentre chez moi à la mi-novembre, le temps pour les Bortier de se retourner.

– Tu décides sans mon accord maintenant ?

– La punition ? C'est fini, je te l'ai déjà dit. Soit je travaille avec toi, soit chez un autre, mais ce sera à Saint-Martin-le-Bel. Le regard des autres, je m'en fous ! Ce n'est ou ce ne sera que l'affaire de quelques jours.

Face à son entêtement, Firmin devait réfléchir et surtout se ressaisir. Il se grattait la tête, se triturait le menton. Ça bouillait dans son cerveau.

– Voudrais-tu reprendre l'une de nos deux fermes ? La fin du bail approche et tu le sais bien !

– Je ne suis pas fait pour ce travail, je le regrette.

– Alors que veux-tu, que proposes-tu, nom de Dieu ?

– Je veux travailler avec toi ! Ce n'est pas si compliqué. Tu n'as qu'un fils et, si je m'en vais, je ne reviendrai pas. Ce n'est pas là du chantage.

Firmin s'assit alors sur une botte de paille comme si son cœur allait lâcher. Il fixait le sol, troublé par cette demande si éloignée de ce qu'il avait pu imaginer.

– Et ce n'est pas tout, mais le reste, mon grand projet commercial, je t'en parlerai plus tard. Un jour, tu seras fier de moi ! Quant au négoce des bestiaux, tu sais que j'aimais ça. Alors maintenant, c'est à toi de voir, papa, c'est le moment de vérité pour moi, pour nous, même si je te parais un peu jeune. Après ce que j'ai enduré, j'ai confiance en l'avenir !

Abasourdi, Firmin regardait son fils d'une façon différente. Plus un mot ne sortait de sa bouche ; son regard s'apaisait dans l'étonnement. Après le silence, vint enfin cette phrase :

– J'ai peut-être été un peu dur avec toi…

Puis il quitta son siège de paille et sortit le premier du hangar. François attendit quelques instants et partit retrouver son café.

– Ton père avait l'air bien pressé et nous a à peine regardées, l'aurais-tu vexé ? lui demanda Jeanne.

– Je crois que je l'ai surtout surpris…

– Nous avons tenu le café au chaud. Il serait bien temps que tu déjeunes, tout de même ! Et si tu nous en disais un peu plus ? Nous aimerions bien savoir ce que vous vous êtes raconté si ce n'est pas secret ?

Tandis qu'il humait voluptueusement le parfum du

café et se tartinait une bonne tranche de pain, Hortensiane y alla aussi de sa requête en souriant.

– À moi, tu peux bien me le dire, n'est-ce pas ?

Il allait répondre lorsque Firmin apparut et annonça qu'il devait s'absenter. Il ne rentrerait que très tard dans la soirée. Il se tourna vers son fils.

– Je vais réfléchir à ce dont tu m'as parlé. Je te dis à très bientôt.

Puis il disparut, vêtu de propre, comme on dit ici lorsque l'on doit rencontrer des gens…

Grand-mère Jeanne se campa devant son petit-fils. Son attitude ne dissimulait guère sa curiosité. Ses yeux disaient : « Alors ? Alors ? »

François fit attendre sa réponse :

– Voilà, mon souhait est de revenir à la maison !

Jeanne ne put se retenir de l'embrasser en lui prenant la tête dans ses mains.

– Mon Dieu ! Mon Dieu !

Folle de joie, Hortensiane étreignit sa mère et s'exclama :

– Quel bonheur pour nous tous, François !

– Le père n'a pas dit oui, mais il n'a pas dit non. Il a sans doute compris que j'avais grandi…

Les regards ne mentaient pas ; il y avait beaucoup d'amour en réserve pour lui dans cette maison.

Les pétarades d'une mobylette annoncèrent un visiteur que François n'eut aucune peine à identifier. Il sortit et vit l'un de ses bons amis d'autrefois.

– Dès que j'ai su, je suis venu, François. Te voilà enfin de retour ?

– Je repars vers dix-sept heures mais nous nous reverrons, je te le jure.

Gérard comptait sur lui pour faire une virée le soir même mais dut se plier aux exigences de la situation.

– La prochaine fois, promets-moi que nous sortirons tous ensemble et tu viendras avec Hortensiane, n'est-ce pas ?

Puis s'approchant tout près de lui, il chuchota :

– Ta sœur est devenue extraordinairement belle…

Promesse fut faite et Gérard rentra chez lui, laissant son ami à ses femmes…

– Veux-tu venir faire un tour sur la place ? Ça te ferait du bien ! dit Hortensiane.

– Il me reste si peu de temps avec toi. Nous irons nous balader tous les deux, il fait si beau, c'est l'été de la Saint-Martin !

– Et il ne dure que quelques jours !

Dans la tête d'Hortensiane, venait de naître une idée…

À la Châteaurie, un petit bonheur semblait revenu dans la famille Picardier. Autour de la table, en ce samedi 16 octobre, il n'en manquait qu'un : Firmin.

François avait retrouvé sa place dans cette demeure considérée comme l'une des plus belles de la commune.

Il racontait son périple depuis son départ. Tout autour de lui on ouvrait grand les oreilles, s'étonnant toujours de la brutalité de cette expédition forcée.

– Je t'emmènerai à Paris, ma chère Hortensiane. On dit que c'est la plus belle ville du monde. Je n'ai pas eu le temps d'apprécier…

– Parle-moi des montagnes, des estives, des burons, lui demanda Jeanne. Comment est-ce là-haut ? Tu me le décriras, un jour ?

– Oui, grand-mère, et tu sauras aussi comment se fabrique le cantal que tu apprécies.

Angèle, la mère, n'osait le questionner. Elle craignait que certains événements du passé ne resurgissent.

Le temps passait bien vite ; Hortensiane observait la pendule. Puis, n'y tenant plus, elle dit à son frère :

– Pars vers le bois des Souques, je te rejoindrai dans un petit moment. Ne m'avais-tu pas promis ?

– D'accord, mais ne tarde pas. J'espère que tu n'as pas un rendez-vous galant ? répondit-il, déclenchant l'hilarité générale.

Il n'avait aucune raison de contrarier sa sœur dont le rétablissement mystérieux le dépassait encore.

– Je sais fort bien que je me répète, mais ta sœur est une miraculée. Tu peux être heureux qu'elle soit ainsi, lui glissa sa mère à l'oreille.

Il prit la direction convenue. « Que peut-elle bien mijoter ? pensa-t-il. Je suis sûr qu'elle me prépare un mauvais coup. C'est peut-être Anne-Marie qui va arriver sur le chemin ? J'aurais dû m'en douter… Le bois des Souques… » Et il jura contre lui-même, contre sa stupidité. Alors il s'arrêta soudain, s'assit sur de grosses pierres. « Je me suis fait avoir… »

Tout à coup, il vit une silhouette poussant un landau. « Hortensiane ! C'est Hortensiane, marmonnait-il, et non Anne-Marie, c'est déjà ça… »

Elle avançait assez vite, en souriant.

– Voilà le garçon qui occupe une partie de ma vie et dont je t'avais parlé. Je prends grand soin de lui.

Elle s'arrêta. Le landau était assez proche de lui pour qu'il vît le bébé. François regardait Hortensiane, ne lâchait pas ses yeux afin de ne pas croiser ceux du petit. Puis, sans cesser de la fixer, il s'écria :

– Tu ne m'as pas fait ça, dis-moi, Hortensiane ? Tu ne m'as pas amené…

Elle fit « oui » de la tête ; elle ne souriait plus, redoutant la contrariété, voire l'hostilité de François. Elle avait abattu une carte et on ne reprend pas une carte jouée.

Il détacha son regard d'elle mais ne le posa pas là où Hortensiane l'aurait souhaité. Alors, elle poussa la voiture de l'enfant d'une seule main et glissa l'autre sous le bras de son frère et, tout doucement, ils marchèrent ainsi, en silence.

– On ne peut pas aller jusqu'à notre cabane avec le landau. Je vais le prendre et le porter dans mes bras, ce petit Françou !

Les yeux de François ne purent l'éviter. Là, tout près, à quelques centimètres, il découvrit son fils, tout petit, joufflu, ses quelques cheveux sur la tête, ses yeux ronds et bien ouverts qui, éblouis par la lumière, cillèrent. Hortensiane ne disait rien, elle savait attendre.

– Voilà donc mon fils, murmura François qui, maintenant, osait l'observer.

Alors oui, Hortensiane, ayant enfin entendu le principal, put parler.

– Il est beau, n'est-ce pas ? Je l'adore depuis que je l'ai vu, ce petit-neveu... Il est un peu à moi.

François ravalait sa salive, maladroit. Soudain, il voulut tendre la main vers l'enfant, le toucher peut-être. C'est alors que Françou bougea la sienne, effleura celle de son père dans un geste désordonné. Il saisit son index, comme le font souvent les bébés. François se sentit prisonnier et ne put retirer sa main. Il regarda sa sœur, paniqué.

– C'est un signe fort qu'il te donne, regarde-le comme il s'agite tout en te cramponnant, il te sourit.

Un instant magique, un état de grâce entre le père et son fils. François tomba dans le piège du sourire de Françou. Sa résistance s'évanouissait. La petite main le tenait toujours et François, vaincu, sourit à l'enfant. Hortensiane contemplait la scène. Avait-elle gagné ?

– Il ne me lâche pas, que dois-je faire, Hortensiane ?

– Prends-le dans tes bras...

Il jeta un œil aux alentours. Avait-il peur qu'on le surprenne ?

Hortensiane remit le bébé à son père.

– Je ne sais pas quoi lui dire, jamais de ma vie je n'ai vu un si petit être.

Il fallait que père et fils se « parlent ». Alors Hortensiane s'éloigna d'eux.

François dévorait l'enfant des yeux, il trouvait des gestes tendres et naturels. Hortensiane le vit s'écarter encore un peu d'elle et, feignant de ne plus s'en préoccuper, l'observait du coin de l'œil. « Mon frère est en train de craquer... »

Il revint vers elle, heureux de tenir dans ses bras, bien serré, le petit Françou.

– T'aurais pas dû, Hortensiane. Comment vais-je faire désormais ? Il est adorable et ne me quitte pas du regard.

– Tu trouveras bien une solution et puis il a aussi une maman qui l'aime…

– Anne-Marie sait-elle que tu me l'as amené ?

– Je n'ai pas eu le temps de lui en parler, mentit-elle. Mais je le lui dirai, si tu le souhaites.

– Peut-être n'appréciera-t-elle pas ? Mais je suis sûr d'une chose… Laisse-le-moi encore. Parfois, il veut me parler. Sa petite bouche fait des bulles.

Puis le silence reprit. Ils n'allèrent pas jusqu'à la cabane qu'ils avaient oubliée. Françou retrouva sa couchette et ne tarda pas à s'endormir.

Ils rentrèrent, lentement, dans la douceur de cette journée devenue exceptionnelle.

– Je ne sais que te dire, Hortensiane. Je suis tout retourné d'avoir vu ce petit bonhomme… Comment vais-je m'en sortir ? Il y a tant de choses à régler avec mon père…

– Avec ce que tu as enduré, l'avenir ne peut être que merveilleux si tu réfléchis bien…

– Ce ne sera pas facile. Et Anne-Marie ? Tu sais que je veux vivre ici, organiser ma vie différemment. Je n'ai pas envie de courir le monde ; le village m'a manqué. Tu ne peux pas comprendre. Les compagnons d'estive m'ont réconforté dans cette immense solitude. Il n'y avait que des pâturages, plus haut, les pics et le ciel de tous côtés. Tu n'as pas envie d'aller ailleurs de peur de te perdre, c'est le travail qui nous sauve.

– Et les orages ? On dit qu'ils sont parfois violents là-haut avec le vent…

– Oui, c'est un spectacle effrayant lorsque les nuages de plomb ouvrent leurs vannes et que le vent couche la pluie et nous avec. Les éclairs raccrochent la terre au ciel et les coups de tonnerre éclatent comme des bombes.

– Mon pauvre François…

– Mais tout ça est terminé, fini. Quand je vois ce petit, je me demande…

La phrase inachevée révélait le désarroi de son auteur.

Comme ils approchaient de la Châteaurie, François prit sa sœur dans ses bras et la serra très fort. Il lui parla à l'oreille, puis se pencha une dernière fois vers Françou très doucement jusqu'à ce qu'il sente la caresse de son souffle.

François rejoignit sa mère et sa grand-mère. Il ne lui restait guère de temps.

Il s'approcha alors de Jeanne, plus disposée à l'écouter, pensait-il :

– Hortensiane m'a présenté Françou, j'ai vu mon petit garçon. Il est si beau…

Ses yeux rougirent et il disparut dans l'escalier menant à sa chambre. Il songea tout à coup à Eugénie Defontaine, main dans la main avec Jean-Claude.

« Peut-être avais-je espéré tout au fond de moi… C'est certainement mieux ainsi après tout, et plus naturel. »

Assis sur le rebord du lit, il ferma les paupières et crut sentir que son petit Françou lui serrait les doigts. Était-ce un signe ? François l'avait trouvé trop beau pour qu'il ne fût pas le sien et sien il devait rester !

Malgré la promesse d'Anne-Marie qui lui avait affirmé, dans sa lettre, qu'elle l'élèverait seule, il redoutait de ne pas faire partie de la vie de son enfant. Elle était jeune et n'aurait aucun mal à trouver un mari. Mais Françou devait porter le nom de son père, Picardier.

Sa mère l'appela, il était l'heure de s'en retourner. Il embrassa Angèle et Jeanne. Elles eurent le temps de deviner que leur cher François n'était déjà plus là, mais dans ses pensées.

Lorsque Hortensiane revint, après avoir assuré la garde habituelle du samedi, François était parti. Lopez l'avait ramené à Saint-Santin-Cantalès.

– Il n'y a plus un seul homme ici ? demanda-t-elle. Ni François ni mon père ?

– Ton père avait prévenu qu'il rentrerait tard. Quant à ton frère, il est retourné chez les Bortier, comme prévu. Il avait de la peine dans l'âme, oui, de la peine. Tu lui as donc amené le petit, nous a-t-il dit.

– Oui, François est un homme et il doit faire face à la réalité. J'adore mon frère et je l'aiderai de toutes mes forces.

– Tu as bien fait. As-tu parlé à Anne-Marie ?

– Elle m'a répondu comme vous, même si elle m'a paru un tantinet agacée. Je suis heureuse d'avoir pris cette initiative ; mon frère a vu son pitiou. Au début, il était si maladroit… Ça me donnait envie de rire. Puis les bons gestes sont venus et, lorsque Françou lui a agrippé les doigts fermement, une grande émotion l'a submergé.

Un silence s'installa entre elles mais, dans les yeux des femmes, l'inquiétude avait laissé la place à l'apaisement.

Sur le visage de grand-mère Jeanne, on devinait sa pensée, à moins que ce ne fût une prière. « Merci mon Dieu, tout n'est donc peut-être pas perdu ! »

17

Dimanche matin, 17 octobre 1954,
au sortir de la messe

Jeanne avait accompagné Hortensiane à l'église, comme d'habitude. Mais celle-ci ne rentrait plus avec elle à la maison. Elle rejoignait les autres jeunes chez l'Angélinou pour papoter et en découdre au baby-foot. Tous savaient que François avait passé quelques jours à Saint-Martin-le-Bel et submergeaient de questions sa grande sœur. « Va-t-il revenir ? Où était-il ? Pourquoi n'est-il pas resté ? » Bref, mille interrogations pas toujours discrètes.

– Il est peut-être venu voir son fils…, avança l'un d'entre eux, moins timide que les autres.

Jean-Claude, ne se sentant pas très à l'aise, prit Hortensiane à part :

– Comment va ton frère ? J'aurais bien voulu le rencontrer. Peut-être m'en veut-il ? J'ai en quelque sorte pris sa place auprès d'Eugénie.

– Rassure-toi, il vous a aperçus tous les deux et il a souri. Il n'est plus un gamin.

– C'est tout ? Il n'a pas…

– Il a ajouté : « Je lui souhaite bien du courage ! » dit-elle en riant. Il a également demandé des nouvelles de ta sœur Anne-Marie.

– Quel salaud !

– Tu es un peu jeune pour tout comprendre. Ne le traite pas ainsi, tu pourrais le regretter. Souviens-toi du clan des quatre. Même si, en ce temps-là, j'étais dans les nuages, vous étiez tous de vrais amis, n'est-ce pas ? Et la cabane ? Ça ne te dit rien ?

– Tu m'agaces avec ces sottises…

Il retrouva les autres près du baby-foot et se calma. La jeunesse eut tôt fait d'oublier la visite de François.

Rassemblée tout autour de la grande table de chêne, la famille Chaspéral ne put s'empêcher d'évoquer le sujet. Ce fut le père qui commença :

– Alors, Anne-Marie, tu l'as revu ? On ne parle que de ça ici…

– Non !

– Tu peux bien nous le dire, après tout ? Ça pourrait se comprendre.

– Je te répète que je ne l'ai ni rencontré, ni même vu. Ce que je peux te dire, c'est qu'Hortensiane lui a montré Françou.

– Il n'y a pas de mal à ça, intervint Justine.

– Quelle affaire de fous ! reprit le père. T'as pas trouvé quelqu'un d'autre pour garder ton pitiou ? Dans quel pétrin sommes-nous ?

– Calme-toi, dit Marguerite, c'est l'affaire d'Anne-Marie. Elle a confiance en cette jeune fille. Il faut dire qu'elle a changé, une vraie métamorphose !

– Tu emploies de jolis mots, ma chère Marguerite, mais n'oublie pas que ça peut lui revenir…

Jean-Claude attendait sans doute son moment.

– Il se dit que François veut rentrer à Saint-Martin-le-Bel, glissa-t-il.

– C'est ce qu'Hortensiane m'a rapporté. Il souhaiterait de nouveau travailler avec son père mais c'est pas encore fait car, celui-là, la fierté et l'orgueil l'étouffent.

– Es-tu contente qu'il revienne, Anne-Marie ? s'enquit son père.

– Je suis très bien sans lui. Je me débrouille sans homme et nous sommes bien tous ensemble.

– À la Châteaurie, il y a un autre standing, osa souffler le père.

– Tiens, toi aussi tu uses de grands mots, mon mari ?

Il fallait bien se détendre un instant. Le père se mit en tête de taquiner son fils :

– Et toi, Jean-Claude, ça va toujours avec Eugénie ? Chez les Defontaine, c'est aussi un autre standing !

– Ne parlons pas d'Eugénie, ce sera pour plus tard. C'est du sérieux entre nous…

Chacun comprit que la discrétion était de mise sur le sujet, mais tous échangèrent des clins d'œil complices.

Le repas s'achevait lorsque Philippe demanda à sa fille :

– Donne-moi le Françou, que je le prenne un moment sur mes genoux. Il faut bien qu'un homme s'en occupe…

Philippe Chaspéral adorait son petit-fils mais se retenait de trop le montrer. Un homme…

Au même moment, à la Châteaurie, les quatre Picardier avaient au cœur des préoccupations communes.

Firmin, le visage fermé, posa tout à coup la question à Hortensiane :

– Saurais-tu si François a revu Anne-Marie ?

– Je ne suis pas au fait de tout ce qui se passe dans le village, répondit-elle.

– Voyons, Hortensiane, tu connais mes inquiétudes quant à François, j'aimerais savoir…

Sa fille se taisait ; elle avait bâti un mur de résistance face à ce père au comportement rude, aux décisions cruelles.

– Pourquoi t'acharnes-tu ainsi contre mon frère ?

Surpris, Firmin la dévisagea. Jamais à ce jour elle ne s'était adressée ainsi à lui.

Après quelques secondes de silence, il tenta de se défendre :

– Je suis responsable du comportement de mes enfants jusqu'à leur majorité, tu ne te rends pas compte, toi…

– Moi, comme tu dis, je sais maintenant que tu as été dur, trop dur avec mon frère, dit-elle en se levant. Qu'aurais-tu fait à la place de François si, à son âge, tu avais été puni de la sorte ? Nous ne sommes plus au

Moyen Âge, papa. Tu as de la chance qu'il t'ait obéi. Moi, je ne serais jamais revenue !

– Assieds-toi, lui dit sa mère. Reprends ta place et calme-toi.

Désarçonné, Firmin chercha un appui dans le regard des deux autres femmes mais celles-ci se détournèrent. Alors, il tapa du poing sur la table, s'apprêta à renouveler son geste, mais n'en eut pas le temps. Jeanne Virade, sa belle-mère, prit l'initiative :

– Mon cher gendre, pardonnez-moi de vous parler ainsi, mais il serait temps de devenir plus raisonnable. Punir c'est parfois nécessaire, mais pardonner et aider est beaucoup plus important dans la vie. Laissez-moi terminer. Je vous demande de bien réfléchir, sinon il ne restera dans cette maison que votre femme et une vieille, celle qui ose vous parler aujourd'hui !

Il voulut se lever mais Angèle le retint en lui posant la main sur l'épaule.

– Inutile de partir, Firmin, la fuite n'a jamais rien arrangé.

Firmin recevait là, et pour la première fois de sa vie, une belle leçon. Il ne pouvait que regarder la table et les couverts qui l'encombraient encore. Soudain, Hortensiane rompit le malaise ambiant :

– Veux-tu du café, papa ?

Il y avait là de quoi exploser mais il eut la force d'accepter la défaite ; la solidarité des femmes l'avait anéanti. Hortensiane eut encore le courage de lui annoncer :

– François a vu son petit garçon. Je le lui ai amené lors de notre promenade de l'après-midi…

Il leva les bras et les reposa sur la table, dépassé par les événements.

– Pourquoi a-t-il fallu que tu t'occupes de celui-là, par-dessus le marché ?

Il n'y eut pas de réponse.

La magnifique Simca Aronde avait ramené à Saint-Santin-Cantalès un François mélancolique ; personne ne le lui fit remarquer. Ils avaient compris.

Quelques jours plus tard, il se procura le nécessaire pour écrire une lettre. Depuis qu'il avait serré Françou dans ses bras, une crainte encombrait ses pensées tout le long des jours.

Dans un premier temps, il convainquit Honorin, l'homme qui refusait qu'on lui confie des histoires personnelles, d'entendre ses mésaventures. Ils se rendirent dans un bistro de Saint-Santin-Cantalès après le travail et là, non au comptoir mais dans un coin de la salle, François raconta pourquoi et comment il s'était retrouvé en sa compagnie jusqu'en estive.

Honorin l'écouta attentivement, passionnément, sans l'interrompre ne fût-ce que d'un regard, se contentant de tourner son verre entre ses doigts.

Lorsque ce fut terminé, le berger prit la parole :

– Tu as eu du courage et bien du mérite. Voilà comment on fabrique ou détruit un homme pour toujours. Je ne me fais aucun souci pour toi, François. Tu traceras ton chemin à ta guise. Merci de ta confiance, merci de m'avoir ouvert les portes de ton cœur.

– Vous ne me dites rien de plus ? Vous ne me donnez pas le moindre conseil ?

– Dans tout ce que tu m'as dit, il y a déjà toutes les réponses. Il se fait tard et, demain, les bêtes auront besoin de nous comme d'habitude de très bonne heure ! Ma mère doit s'inquiéter, ajouta-t-il en souriant.

Ils se séparèrent après une franche poignée de main. François se demanda qui était Honorin. Quel homme pouvait bien se cacher sous cette carapace simple ? Qui pouvait encore, à son âge, entreprendre ces retraites de plus de cinq mois par an dans les hauts pâturages du Cantal et dans des conditions de vie surprenantes ?

Honorin n'avait pas ôté sa « houppelande » protectrice de berger et avait gardé tout son mystère. François l'en apprécia davantage encore.

À peine trois jours plus tard, il s'installa dans sa modeste chambre, à sa table, devant la page blanche qu'il avait préparée. Pourtant, elle n'était pas si grande. Il dut s'arracher des cheveux tant il les triturait. Il fallait bien commencer :

Saint-Santin-Cantalès, le 19 octobre 1954

Ma chère Anne-Marie…

Ou plutôt « Chère Anne-Marie »… ou simplement « Anne-Marie »…

Il lui semblait que, dès les premiers mots couchés sur la page, les autres suivraient facilement…

Finalement il choisit « Anne-Marie », puis il attendit longtemps que lui vienne la suite. Il se décida à lui dire qu'il avait vu Françou, grâce à Hortensiane, et qu'il le trouvait magnifique. « Tu l'as si bien réussi », lui dit-il au moins deux fois. Françou lui avait agrippé la main, ce qui lui avait procuré un grand bonheur. Il le reconnaissait comme le sien. Puis il osa enfin évoquer le délicat sujet qui le préoccupait.

> *Cet enfant est le nôtre, il serait mal venu qu'il porte un autre nom que le tien ou le mien ! Je comprendrais que tu trouves à te marier, mais ce petit doit rester à nous. Je crois même que c'est lui qui me l'a dit dans son langage si particulier. Voilà pourquoi je pense à lui tous les jours.*

Il termina la lettre en exprimant le souhait qu'ils puissent se rencontrer et devenir amis. Il reviendrait à Saint-Martin-le-Bel dans une vingtaine de jours.

Il signa tout simplement : « François ».

Il glissa la lettre dans l'enveloppe, y inscrivit l'adresse de la destinataire. « C'est la première fois que je lui écris de toute ma vie… »

Le courrier demeura sur le coin de la table jusqu'au lendemain où elle rejoignit le bureau de poste. À la grâce de Dieu…

– J'ai écrit à Anne-Marie, confia-t-il à Honorin. Je ne supporte plus de penser à ce petit.

– C'est ton cœur qui parle et, quand il se sent trop à l'étroit, il est capable de briser les murs les plus solides.

Honorin le surprenait toujours. Malgré son physique plutôt rondouillard, son regard enfoui sous des sourcils broussailleux, c'était un homme sensible, observateur et lucide. On l'appréciait aussi pour son sérieux et son silence, cette sérénité qui agaçait parfois François.

Un jour, François ne put se retenir de l'interroger, craignant d'être la cause de ce comportement. Il lui demanda pourquoi il était si refermé sur lui-même, si lointain parfois, si secret.

– Tu ne m'offusques pas, jeune ami, je suis taciturne, c'est vrai.

Il regarda François longuement, hésitant à lui confier à son tour son histoire. Il ne se souvenait pas l'avoir racontée à quiconque depuis longtemps.

– Viens, lui dit-il, allons marcher, ce sera peut-être plus facile…

Ils marchèrent, certes, mais, au bout d'un moment, alors que rien ne sortait de la bouche d'Honorin, ils s'assirent sur un mur de pierre.

D'une branche récupérée plus tôt, Honorin détacha quelques rameaux et, se penchant sur la terre du chemin, les plaça d'une manière incompréhensible pour son compagnon, puis il prit enfin la parole :

– J'avais alors dix-sept ans et j'aidais ma famille à travailler notre petite terre. Mon père se trouvait devant les bœufs, ici, dit-il en désignant les bouts de bois par terre. Là, les bêtes, là, la herse et là c'est moi qui suivais tout à côté en attendant de prendre sa place, me comprends-tu ?

– Je vois très bien, monsieur Honorin.

– C'était juste après les moissons, on préparait le champ pour les semailles. Le temps chaud nous tombait dessus comme en plein été et la sueur ruisselait sur nos corps. Tout allait bien. Soudain, juste devant les bœufs, une vipère rouge se déroula dans l'air en sifflant pour aller mordre un animal. J'ai tout vu ! Un des bœufs renversa mon père qui tomba et ne put se relever. Les bêtes le piétinèrent, s'affolèrent et le pire arriva.

Il déplaça le bout de bois représentant son père sous les animaux, puis sous la herse.

– Je n'ai pas pu arrêter les bœufs et j'ai vu mon père se faire déchiqueter par les pieux d'acier de l'engin…

Honorin brisa alors la branchette et en dispersa les brindilles plus loin, derrière l'attelage et la herse.

– Ce fut horrible, mon pauvre François. Personne ne peut imaginer un corps d'homme écrasé, les entrailles éparpillées. Je n'avais que dix-sept ans et je me souviens d'avoir hurlé comme une bête sauvage.

Avec son pied, il effaça les traces de la tragédie et se prit la tête entre les mains.

François ne pouvait rompre ce silence ; la souffrance qu'avait endurée Honorin lors du malheur le paralysait.

– Ma pauvre mère s'est trouvée seule et je lui ai promis alors de ne jamais la quitter. J'ai tenu ma promesse, seules les périodes d'estive m'en libèrent. Ma mère est heureuse, même si je ne lui ai jamais fait de petits-enfants. Je n'ai pas cherché femme…

Ils revinrent, lentement, sans parler. Ils avaient partagé leur secret, ils étaient quittes.

Une semaine plus tard, les Bortier reçurent un coup de téléphone de Firmin. Picardier souhaitait s'entretenir avec son fils. Celui-ci, étant trop occupé à préparer la dernière brisure du caillé avant salage et mise en forme, ne put ou ne voulut répondre. Ainsi contraint, Firmin demanda à Mme Bortier de prévenir François qu'il lui rendrait visite ce dimanche et l'emmènerait déjeuner à l'extérieur. Elle transmit.

– Ton père viendra dimanche et t'invitera, c'est ce qu'il m'a demandé de te dire, François.

– Il avait l'air comment au téléphone ? Calme, énervé, agacé ?

– Je dirai plutôt calme mais je ne le connais pas trop. Lorsqu'il nous achète des bêtes, c'est à mon mari qu'il s'adresse…

– Merci, madame Bortier.

– Je comptais te préparer un canard aux châtaignes ce dimanche, mais je te le garderai pour le dimanche suivant.

Robertine Bortier avait une certaine tendresse pour ce jeune homme et ne pouvait la dissimuler.

« Le père se déplace…, pensa François, que se passe-t-il ? Que me réserve-t-il encore ? Plus que deux jours à attendre. »

La belle tomme salée fut mise dans le moule tapissé de la toile de chanvre, soigneusement tassée et recouverte des quatre pans de tissu. L'appareil fut verrouillé et, lorsqu'il se rouvrirait, la fourme de cantal rejoindrait la modeste cave d'affinage de la ferme.

– Tu as maintenant la main d'un professionnel, lui lança Honorin avec un grand sourire. Tu auras au moins appris à fabriquer du fromage d'excellente qualité. En principe, les jeunes n'y consacrent pas autant de temps.

François avait les idées ailleurs.

– Mon père vient me rendre visite dimanche, je me demande pourquoi…

Puis il ajouta :

– Ne vous inquiétez pas, je serai là pour les traites, même celle de quatre heures…

Honorin discerna de l'anxiété sur son visage et changea de sujet.

– Alors, cette moto, te décideras-tu ? La Peugeot 55 GL me semble une bonne affaire pour toi !

– J'attends que le vendeur devienne raisonnable. Avec l'assurance, ça me fait quand même cher…

– Tu pourrais aller où bon te semble, même à Saint-Martin-le-Bel, c'est de ton âge, bon Dieu !

– Faut voir… Je veux savoir tout d'abord ce que me veut mon paternel…

Onze heures avaient sonné lorsque la 402 noire entra dans la cour de la ferme. François s'en approcha tout endimanché. Firmin prit quelques minutes pour saluer les Bortier et la voiture s'éloigna avec les deux hommes à bord. La conversation se déroula sereinement. Les nouvelles de la famille ne prêtaient pas à controverse.

– Où allons-nous, papa ?

– Aurillac n'est pas si loin, je connais une auberge qui nous conviendra et, au moins, leur viande, je sais d'où elle provient.

– Tu approvisionnes les restaurants ?

– Par l'intermédiaire des grossistes, oui, mais nous en reparlerons plus tard.

C'est au grand restaurant du square que Firmin emmena son fils. François pressentait qu'il y aurait du nouveau vu le comportement de son père. Ils s'installèrent confortablement. C'était une première pour François. Firmin choisit le menu et tous deux commencèrent à déjeuner.

Firmin prenait trop son temps. Ils en étaient à la côte de bœuf. Impatient, François se manifesta :

– Tu n'aurais rien à me dire par hasard ? Ce n'est pas dans tes habitudes de…

– Bien sûr, j'ai à te parler…

– Alors parle ! Il faut que je sois de retour à trois heures et demie à Saint-Santin-Cantalès.

– J'ai réfléchi à ce que tu m'as dit et voilà mon offre, si tu veux toujours travailler avec moi.

– Je n'ai pas changé d'avis, répondit François fermement.

– Nous allons nous partager le secteur d'exploitation, les foires, les fermiers. Tu seras associé et salarié, ça te convient ?

Surpris, François fit « oui » de la tête, en attendant la suite, sur ses gardes, craignant des contreparties. Le père continua :

– Je te donnerai quelques astuces pour acheter les bêtes, je sais que tu aimes ça. Les paysans sont coriaces mais nous aussi… Je te présenterai les gens des abattoirs, les divers bouchers, etc. Qu'en penses-tu ?

– Je ne te décevrai pas !

– J'achèterai une deuxième voiture, tu seras disponible et présent sur les foirails. À nous deux, nous pourrions augmenter la zone de prospection… L'exportation des broutards se développe surtout vers l'Italie.

François n'osait croire à cette superbe proposition et ne trouvait rien à dire. Ce silence agaça son père.

– Faut que je te demande une chose. As-tu revu Anne-Marie lors de ta venue à Saint-Martin-le-Bel ?

– Ce n'est pas Anne-Marie que j'ai vue, mais son petit garçon, mon fils…

Firmin le savait, mais peut-être voulait-il l'entendre de la bouche de son fils. Il semblait hésitant et triturait ses couverts. Il finit par demander :

– Prendras-tu un café ?

– Oui, merci.

– Et qu'est-ce que ça t'a fait de voir ce petit ? Réponds-moi franchement.

François fit des gestes qui voulaient dire… tout en ne disant pas.

– Je te remercie pour cet excellent repas, c'est le premier que nous prenons tous les deux. L'avenir s'éclaire pour moi, merci papa.

Firmin ne reposa pas la question. Avait-il enfin compris que son fils avait grandi, mûri ? Y avait-il dans sa tête quelques regrets concernant la discipline qu'il lui avait imposée pendant un an ?

– Penses-tu te libérer bientôt ? s'enquit Firmin.

– Je rentrerai à la mi-novembre, c'est-à-dire dans un mois. Je ne peux pas laisser tomber les patrons du jour au lendemain. Mme Bortier m'estime beaucoup, je crois. C'est si important de se sentir apprécié quand on est loin des siens. Tu embrasseras Hortensiane, maman et grand-mère, et dis-leur que je suis impatient de les voir.

– Moi aussi, il me tarde que tu reviennes…

Ce fut la plus belle phrase que prononça Firmin. Elle fit autant de bruit dans le cœur du fils que les cloches de Rome pour Pâques.

Lorsque François revit Honorin, il lui confia qu'il n'envisageait plus d'acheter la Peugeot 55 GL.

– Ton père te l'interdit ?

– Ce soir, je vous raconterai. Attendez-vous à de grandes surprises…

18

Le jeudi 28 octobre, lorsqu'il arriva à la ferme du Portail, le facteur de Saint-Santin-Cantalès demanda où était François Chaspéral à Mme Bortier.

– Il doit se trouver à la fromagerie. Vous n'avez qu'à pousser la porte du fond, là-bas. Quelque chose de grave ?

– Non, une lettre tout simplement mais je dois la remettre en mains propres, c'est écrit dessus.

– Bon Diou ! s'exclama-t-elle, écarquillant les yeux.

Il fallut à François vérifier le cachet de la poste et la calligraphie de l'expéditeur pour se rappeler une autre lettre. Il avait presque oublié l'espoir d'une réponse et là, devant ses yeux et entre ses mains, elle était bien arrivée.

À la campagne, les facteurs, un peu plus curieux qu'ailleurs dit-on, attendaient parfois que le destinataire ouvrît son courrier inhabituel devant eux. Ils étaient aussi pourvoyeurs de nouvelles et souvent appréciés pour cette diligence. François remercia le préposé et posa le pli sur une étagère quelconque, montrant ainsi le peu d'importance qu'il y accordait. Il n'y avait donc rien à colporter !

Dès que le fonctionnaire eut tourné les talons, François s'empressa d'ouvrir l'enveloppe.

« Cher François », elle débutait bien cette missive.

> *J'ai reçu ta lettre avec un certain plaisir et, je dois te dire, avec soulagement également. Je te remercie de m'avoir écrit ces quelques lignes pour mon Françou...*

Elle avait bien écrit « mon Françou »... mais pas « notre Françou »...

> *C'est un joli poupon et je passe des heures à le regarder tellement... Ma vie sera pour lui, ce sera mon homme !*

Sur la paternité de François, elle ne disait pas un mot.

> *Comme tu vas revenir à Saint-Martin-le-Bel, nous essaierons de bien nous comporter car ici personne n'est dupe. Tu pourras voir le petit, je ne t'en empêcherai pas. Ta sœur Hortensiane continuera à le garder, elle est honnête et très intelligente, tu as pu t'en rendre compte.*

Qu'avait-il espéré ? Qu'elle lui tombât dans les bras ?

Il pensa alors à Françou, son petit, son fils. Il aurait tant voulu qu'elle le reconnût comme étant le père de son enfant et surtout qu'elle le lui écrivît. Mais

Anne-Marie n'était pas femme à se livrer ainsi et François se mit à douter de plus en plus. Comment faire pour oublier Françou ? En était-il capable ?

Le soir même, après le souper, il se rendit à Saint-Santin-Cantalès et entra dans le premier bistrot. On lui servit à boire, et on le resservit encore et encore. Il prononça des mots et des bouts de phrases incompréhensibles. Puis il tomba de sa chaise. L'un des habitués le reconnut.

– C'est le jeune qui travaille avec Honorin chez les Bortier, dit-il. Il n'habite pas très loin, je vais le prévenir. Sinon, où va-t-il dormir cet arsouille ?

– Je n'ai… pas trop bu…, arriva-t-il à articuler, non… je ne… suis… pas…

Honorin ne tarda pas et fut horrifié en découvrant son jeune ami ainsi, saoul comme une barrique, la lippe baveuse et le regard ailleurs.

– Je vais tenter de le ramener au Portail. Mais je me demande comment je vais y parvenir, il ne tient pas sur ses jambes.

– Mon tracteur avec sa remorque peut-il te rendre service, Honorin ?

– Je ne vois que ce moyen et merci pour lui. Ce jeune ne boit pas, à part un verre de vin aux repas et pas toujours. J'en ai pour une minute.

François fut conduit à la ferme et Honorin le déposa dans le foin de la grange en prévenant les propriétaires. Mme Bortier fut contrariée de ne pouvoir le coucher dans son lit, « le pauvre ».

– Arrangez-le comme vous pourrez tandis que je vais lui chercher une couverture. Mon Dieu, que s'est-il passé, lui qui ne…

– Ça ressemble à une grosse contrariété, si vous voulez mon avis. Demain, il sera debout. C'est solide à cet âge-là, assura le conducteur du tracteur.

– Je voudrais bien vous croire, dit-elle, et merci de l'avoir ramené.

Puis la nuit devint si noire que le hameau en perdit le nord…

Le lendemain matin, François ne se réveilla pas et personne ne le dérangea, sans doute sur les conseils de Robertine Bortier qui avait pour ce jeune homme une attention particulière, connaissant son parcours et son histoire et de ce fait ses déboires familiaux. Elle se souvint de la visite du facteur mais n'en dit mot. François émergea enfin vers les deux heures de l'après-midi, la bouche pâteuse, l'esprit embrouillé et les vêtements froissés. Il lui fallut bien un quart d'heure pour réaliser qu'il avait dormi dans ce foin et reconnaître les lieux. S'il se rappelait maintenant avoir pas mal siroté au bistrot, la suite s'était enfuie dans des limbes impénétrables…

« Je suis dans de sales draps », pensa-t-il.

Il rajusta comme il put ses vêtements, tenta même de les défroisser au mieux et rejoignit la maison de ses patrons.

– J'espère que tu as dormi ton compte, lui dit Robertine en le voyant entrer.

– Tu as cuvé ton vin ? lui lança Léon du coin de la cheminée où il lisait son journal.

– Assieds-toi, je te prépare un bouillon. Ça te remontera. Ce n'est pas ton habitude de te conduire ainsi, je souhaite que…

– Ça ne se reproduira plus, madame Bortier, je vous le jure. C'est la première fois de ma vie que ça m'arrive…

– Je ne te crois pas, reprit Léon. Tu as bien dû boire quelques fois ?

– Jamais, jamais je n'ai été aussi triste, mais maintenant j'ai compris. Je terminerai comme convenu à la mi-novembre sans prendre un jour de congé, ça compensera cette matinée.

– N'en parlons plus, c'est arrivé à d'autres qui n'avaient pas tes scrupules, tu as l'air sincère.

Quand Honorin les rejoignit, il se moqua gentiment de lui mais François le prit bien venant de sa part.

– Certains te charrieront à Saint-Santin-Cantalès, ne t'en offusque pas.

Et le travail reprit à la ferme du Portail. François ne parla plus de sa vie à qui que ce fût.

À Saint-Martin-le-Bel, un accident vasculaire cérébral frappa Mme Duparlan. Transportée à l'hôpital d'Aurillac, elle y resta deux bonnes semaines et son mari ne trouva d'autre alternative pour le salon de coiffure que de le confier à Anne-Marie.

Les médecins ne purent rien affirmer quant à la guérison de Mme Duparlan.

– Ma pauvre Anne-Marie, ma femme est dans un triste état. Elle a la bouche complètement déformée et a bien du mal à se faire comprendre, même s'il y a une légère amélioration. De plus, sa jambe droite ne répond presque plus ou si difficilement. Je suis obligé de rester auprès d'elle.

– Je ferai tout mon possible, vous pouvez compter sur moi.

– S'il y a trop de clients, comment feras-tu ? Surtout le vendredi et le samedi ?

– Nous pourrions demander à Nicole, que vous aviez formée et qui vous avait quitté pour se marier, de nous prêter main-forte, le temps d'un remplacement ?

– Excellente idée, tu penses à tout. Arrange-toi avec si elle peut. Quant à moi, je retourne à l'hôpital. Tu as les clefs et tout pouvoir de décision. Mon épouse sera ainsi rassurée. Tu sais où ranger la caisse en attendant, je te fais totalement confiance !

Anne-Marie, se trouvant responsable du salon du jour au lendemain, s'y consacra corps et âme. Elle convainquit Nicole de travailler deux jours par semaine jusqu'à ce que la patronne se rétablisse.

Après plus de quinze jours d'hospitalisation, Mme Duparlan revint à Saint-Martin-le-Bel. Des séquelles importantes persistant, elle ne se rendait pas au salon. Sa coquetterie bien féminine lui interdisait de se montrer encore. Seul Jules Duparlan y venait de temps en temps.

– Tu te débrouilles si bien Anne-Marie que je me demande ce que je viens faire ici…

– Il y a la caisse et les bons de commande des produits à signer. Monsieur Duparlan, c'est à vous de le faire et non à moi !

– Pour ça, je veux bien, dit-il en riant. Et toi, Nicole, tu n'as pas perdu la main à ce que je vois. Anne-Marie a bien fait de faire appel à toi. Mon épouse est tranquille.

Lorsque Anne-Marie rendit visite à sa patronne, elle comprit, même si sa bouche avait presque repris son apparence habituelle. Quant à sa manière de se déplacer, il restait beaucoup de progrès à faire.

– Heureusement que tu es là, rabâchait Mme Duparlan. Que serait devenu notre salon ?

– Il vous attend et vos clientes aussi. Pas plus tard qu'hier, Mme Levergne m'a confié son impatience de vous retrouver.

Mme Duparlan ne put retenir une larme.

Après avoir consulté les médecins, Jules Duparlan semblait anxieux mais n'en souffla mot à son épouse.

Hortensiane avait préparé la chambre de son frère avec une attention toute féminine, trop sans doute mais elle devinait François indulgent à son égard.

Il était arrivé, conduit par M. Lopez dans sa magnifique Aronde.

– Ça ne lui fait pas de mal de rouler, je ne la sors pas assez, de crainte qu'on me l'abîme. Elle n'a pas encore la moindre égratignure.

– Près de la maison, elle ne risque rien, monsieur Lopez. Vous déjeunez avec nous comme convenu.

– C'est Honorin qu'il aurait fallu inviter, il vous apprécie. Mais, à part le temps des estives, il reste auprès de sa mère qui ne se fait plus toute jeune, hélas !

– Il ne l'a jamais quittée depuis la mort de son père dans le champ, il m'a raconté…

Tous étaient maintenant autour de la grande table, dans la superbe salle à manger de la Châteaurie dont le décor intimidait le chauffeur occasionnel.

– Je n'ai jamais vu une aussi belle maison, dit enfin M. Lopez.

– Une maison de famille ! Nos anciens y sont pour beaucoup, croyez-moi, répondit Firmin Picardier. Il faut des générations pour acquérir de tels biens et nos successeurs travailleront pour les conserver, j'espère…

– Le rôti s'impatiente, vous allez manger froid, les menaça Angèle Picardier.

La présence de M. Lopez, à qui l'on devait bien un repas pour le dérangement, leur imposait une certaine retenue.

– Demain, je t'emmènerai à une foire importante. Tu feras tes premiers achats, annonça Firmin. Les producteurs tentent de faire bloc, les négociants aussi. Il faudrait au moins trente veaux de deux à trois mois, c'est toi qui traiteras !

François ne se démonta pas, bien au contraire.

– À quelle heure faut-il partir ?

– À quatre heures, pas plus tard. Tout se négocie très tôt là-bas, ne l'oublie pas.

M. Lopez put juger de l'autorité de Firmin Picardier sur les siens et n'osa plus ouvrir la bouche. Seule

Hortensiane chahutait sa grand-mère ou son frère avec qui elle échangeait des regards complices.

Soudain, Picardier s'adressa à Lopez :

– Et vous, cher monsieur, que faites-vous dans la vie ?

– Je vais vous surprendre car je ne travaille pas. Je suis pensionné suite à un accident. Ça s'est arrangé comme ça. Les assurances m'ont proposé de choisir entre un capital ou une rente à vie. J'ai bien hésité mais aujourd'hui, très modestement, je suis à l'abri du besoin. Je ne roule pas sur l'or, croyez-moi. Mes pauvres parents sont morts et j'ai hérité d'une minuscule maison, la plus petite de la commune de Saint-Santin-Cantalès. J'ai eu une femme qui m'a quitté et depuis je n'ai jamais cherché à la remplacer. Je suis comme Honorin, un vieux garçon en quelque sorte…

– Vous possédez une belle voiture…

– Mon seul plaisir, oui. C'est presque aussi exigeant qu'une femme et ça m'interdit d'aller au bistrot !

La tarte aux pommes de grand-mère Jeanne suscita des compliments. Puis le café mit fin au repas tandis que Firmin s'excusait et rejoignait son bureau à l'étage.

François raccompagna son invité vers sa voiture, le pria de saluer tous ceux de la ferme du Portail et surtout son ami Honorin.

– À ce propos, je voudrais vous révéler quelque chose à son sujet, annonça M. Lopez. Nous ne nous reverrons certainement jamais, rien ne m'oblige à vous parler et pourtant…

– Vous n'allez pas me dire du mal d'Honorin ?

– Certainement pas, bien au contraire… J'ai cru comprendre que vous connaissiez l'histoire du père d'Honorin, mort en tirant la herse dans son champ ?

– Oui, il me l'a raconté en effet, répondit François en proie à un mauvais pressentiment.

– La réalité n'est pas tout à fait la même. Son père n'est pas mort au champ et pourtant, avec le temps, c'est ce qu'il raconte à ceux qui n'ont jamais su. Ses parents habitaient une commune au nord du département et possédaient une petite ferme. Tout allait parfaitement bien dans cette famille de trois personnes. Un jour, des bohémiens ont installé leurs roulottes non loin du village. Ces gens passaient de maison en maison proposer le rempaillage des chaises, la réparation de chaudrons ou d'ustensiles de cuivre. Parmi eux se trouvait une magnifique femme, une diseuse de bonne aventure, la peau mate et les cheveux longs, noirs et brillants. Les hommes n'y résistaient pas, ouvraient facilement leur porte-monnaie. Lorsque le père d'Honorin la vit, il fut cloué sur place. Ce fut le choc de sa vie et ce fut réciproque. Quelques jours plus tard, une semaine environ, guère plus, les roulottes quittèrent la place et Honorin quitta sa femme et son fils pour la rejoindre. Personne à ce jour n'a reçu la moindre nouvelle. Honorin avait alors dix-sept ans et pour réconforter sa mère, il lui promit de ne jamais la laisser seule. Ce qu'il fit.

– Mais alors ?

– Pour tenter d'effacer la honte tombée sur sa famille, sa mère vendit le peu qu'elle avait hérité de ses parents et emménagea à Saint-Santin-Cantalès où de riches propriétaires recherchaient une lingère. Puis elle acheta la maison où elle habite encore avec son fils. Il n'y a que moi qui connais cette vérité et le sacrifice d'Honorin. Pour la protéger, il parle parfois de l'accident imaginaire de la herse.

François fut meurtri par ces révélations et apprécia davantage le mystérieux Honorin. Le reverrait-il un jour ?

L'Aronde démarra, laissant François pantois. Le jeune homme rentra vite et s'assit près de la cheminée, pensif.

– Hé ! François, à quoi penses-tu ? Reviens sur terre ! Je suis là désormais, lui dit Hortensiane avec un grand sourire.

Il était temps. François songeait à un tout petit garçon… Coïncidence ? Hortensiane lui annonça qu'elle s'occuperait davantage du petit Françou, sa mère devant consacrer plus de temps à son travail suite à l'absence de sa patronne pour raison de santé.

– Je m'arrangerai pour que tu le voies, François. Il a déjà grandi depuis ta dernière visite.

– Nous nous sommes écrit avec Anne-Marie. Nous devons rester des amis… qu'en penses-tu ?

– Que pouvez-vous faire d'autre si vous ne vous aimez pas ? répondit-elle. L'essentiel c'est que vous puissiez vous parler ; d'une part, ça fera jaser le monde et, d'autre part, tu pourras voir ton pitiou. Il n'y est pour rien, lui…

– Tu as sans doute raison, ma chère sœur. Je vais retrouver ma chambre que tu as certainement préparée. Avec la venue de mon chauffeur, je n'ai pu m'y rendre encore.

François grimpa à l'étage. Hortensiane avait travaillé. Stupéfait par tout ce rangement, il s'assit sur le lit et laissa son regard se promener et inventorier les objets un peu oubliés. Puis il pensa à Hortensiane qui était devenue une jolie fille, pour ne pas dire une autre femme.

On toqua à la porte. C'était Firmin Picardier.

– Nous n'avons guère eu le temps de parler. Devant un étranger, ce n'était pas correct. Si tu es d'accord, et jusqu'à la fin décembre, nous sortirons tous les deux afin que tu rencontres la plupart des paysans, ceux qui vendent sur les marchés et les autres que nous visiterons chez eux. Je te présenterai en temps qu'associé, ce que nous sommes désormais. Ils essaieront d'en profiter, aussi faut-il que tu sois à la hauteur. Lors des discussions, tu devras être habile. Tu dois toujours être plus malin que les autres, je parle des négociants bien sûr, des maquignons et des chevillards.

François ne perdait pas une miette de ces conseils. Firmin continua :

– Avant le marché, entre négociants, nous fixons un prix à ne pas dépasser, ou tout du moins nous essayons, mais lorsque l'affaire est bonne, il faut acheter, conclure et immédiatement marquer le poil des bêtes au ciseau, tu sais comment l'on procède. Ce n'est pas compliqué. J'allais oublier ; il faut tutoyer les vendeurs, leur parler de leurs animaux : « Combien t'en veux de tes carnes, de tes biques » et les tâter avec une moue désinvolte. Tu dois jauger les bêtes, les peser du regard, les estimer. Ne pas rechigner à de longs palabres.

– Ça marche toujours ?

– Presque toujours et, parfois, pour décider les récalcitrants, tu ouvres ton portefeuille. En voyant la liasse de billets, bon nombre craquent. N'oublie jamais que c'est toi qui revendras les bêtes aux bouchers à la sortie des abattoirs. Il y va de tes rentrées d'argent. Alors, point de pitié !

– Ça devrait marcher, vivement demain !

Firmin toucha l'épaule de son fils et, pour conclure cette formation pour le moins rapide, il ajouta :

– D'ici fin décembre, tu auras ta voiture ! En attendant, tu enfileras cette biaude comme moi.

Il lui tendit une blouse noire, sans boutons.

Il n'en fallut pas davantage pour stimuler le jeune François. Il serait prêt à quatre heures. Il n'y aurait pas un jour de perdu.

Deux semaines s'étaient déjà écoulées depuis que François s'était attelé à son nouveau travail. Rien ne semblait le rebuter, ni les horaires ni les échanges verbaux parfois rugueux des foires ou des marchés. Seule ombre au tableau : il n'avait aperçu son fils qu'une seule fois et Anne-Marie, à travers la petite vitrine de son salon. Il se décida enfin à pousser la porte du commerce des Duparlan, non sans avoir vérifié auparavant qu'elle fût seule.

– Tiens, te voilà enfin, dit-elle en s'approchant de lui.

– Bonjour Anne-Marie…

– On s'embrasse ?

François avait tout imaginé sauf d'être confronté à cette invite toute naturelle.

Ils s'embrassèrent comme des amis, tel que l'avait souhaité Anne-Marie dans sa lettre.

– J'aurais besoin d'une coupe…

– Assieds-toi, François. Tu es mon premier client ce matin.

Il obéit tel un pantin, davantage troublé qu'il voulait bien le montrer. Alors, il s'arma de courage :

– Comment va Françou ?

– Très bien, François, très bien. C'est un solide garçon.

François eut envie de lui faire part de ses sentiments pour ce fils, qui n'avait eu aucun mal à entrer dans sa vie dès lors qu'il l'avait tenu dans ses bras. Anne-Marie lui parlait, il n'entendait pas… Il sentait ses mains lui toucher la tête, le caresser. Douce impression. Elle laissa passer un moment.

– Es-tu satisfait de ton travail ? Hortensiane m'en a parlé quelque peu.

– Ça me plaît. Je suis surtout content d'être de nouveau ici et j'espère que ça continuera. Quant à toi, je vois que tu es responsable désormais. Je savais que tu souhaitais l'être un jour, pas dans ces conditions bien sûr, mais tôt ou tard…

– Il faut avoir des projets, ils nous permettent de vivre.

Elle n'en dit pas davantage et termina son travail.

– Ne me mets pas trop de brillantine, s'il te plaît.

– Tu crains de plaire aux filles ? dit-elle d'un ton si détaché que François reçut ces mots comme un coup de poignard, de quoi lui remettre les idées en place.

Que croyait-il, ce revenant ? Lui suffisait-il d'apparaître pour que l'on tombât sous son charme ?

François avait voulu la rencontrer, lui parler. Peut-être espérait-il autre chose qu'une relation amicale ? Si tel avait été le cas, la cause lui semblait maintenant perdue. Mais Françou se trouverait toujours entre eux.

Il tenta alors une autre méthode, une nouvelle ficelle…

– Tu joues toujours au baby-foot le dimanche matin ?

– J'ai autre chose à faire, ne crois-tu pas ? J'ai un enfant, au cas où tu l'aurais oublié !

– J'aimerais pourtant que l'on se retrouve comme avant, chez l'Angélinou. Arrange-toi pour y être dimanche. Préviens ton frère, je ne l'ai pas encore vu, à moins qu'il ne soit fâché…

Elle tourna vers lui de grands yeux étonnés.

Comme une cliente entrait, ils se dirent au revoir, tout simplement.

Une odeur particulière parfumait la maison des Picardier, un parfum de saison, de veillée autour de la cheminée. Grand-mère Jeanne préparait des « châtaignes au feu ».

Dans la poêle percée, les marrons qu'elle remuait sans cesse prenaient une teinte brun foncé et, par endroits, quelques taches presque noires apparaissaient. L'écorce, entaillée au couteau, empêchait les fruits d'éclater.

Dès la cuisson terminée, Jeanne recouvrit le tout de deux épaisseurs de torchon et déposa l'ensemble au milieu de la table, sur le dessous-de-plat en faïence bleue.

Chacun prit alors les châtaignes grillées et brûlantes.

– C'est toujours aussi bon mais toujours aussi chaud, lança François.

Chacun avait sa technique pour retirer les deux couches de pelure.

– Toi, tu n'as jamais craint le chaud, lui répondit sa mère, et depuis toujours.

– Quant à moi, je les trouve un peu sèches. Vous voyez ce que je veux dire ? dit Firmin en se levant. Je vais faire un tour à la cave…

L'ambiance était chaleureuse autour de ces merveilles des châtaigneraies cantaliennes.

– Ton père est de bonne humeur ce soir. La famille réunie, il n'y a rien de mieux !

Firmin revint avec une bouteille de vin blanc, un vin doux proche du monbazillac.

– Je crois que celui-là, tout le monde l'apprécie, dit-il. Hortensiane, apporte-nous des verres.

Avec les doigts noircis mais avec le sourire, ils trinquèrent à cette première dégustation de châtaignes.

– Voilà une éternité que je n'ai pas goutté d'aussi bons marrons, merci grand-mère.

– Tu auras l'occasion d'y revenir, ce n'est pas compliqué mais il faut aussi une bonne variété et celle-ci, la bouche-de-betizac, est parfaite.

Divers sujets envahirent la conversation. Soudain, Firmin devint soucieux.

– Cette insurrection des nationalistes dans les Aurès en Algérie, le 1er novembre, ne me dit rien de bon…

– D'autres anicroches ont déjà eu lieu dans ce pays, répondit Angèle. Ça bouge de temps à autre.

– Je crois que nous allons vers du sérieux, cette fois-ci. Pierre Mendès France a nommé un gouverneur général, un gaulliste libéral, Jacques Soustelle. Il se pourrait qu'une rébellion d'envergure se prépare et François est bientôt en âge de faire son service militaire.

– Ne sois pas pessimiste, Firmin. Il y a du temps devant nous. Ces choses ne vont pas si vite.

Sachant que son épouse ne connaissait rien à la politique, Firmin ne prolongea pas la conversation mais il avait remarqué de l'anxiété dans les yeux de son fils. Personne ne pouvait raisonnablement imaginer que plus de cinquante-huit mille soldats français allaient être engagés dans le conflit algérien.

Ce dimanche 9 décembre laisserait des souvenirs. Le rendez-vous chez l'Angélinou près du baby-foot avait été lancé comme un pari par François qui avait convaincu sa sœur Hortensiane de lui servir de partenaire. Depuis onze heures trente, ils disputaient une partie avec des copains. François faisait de nouveau partie des jeunes de Saint-Martin-le-Bel et, déjà, quelques filles lui tournaient autour.

Le bistrot, bien rempli, faisait une bonne recette par ces dimanches où le froid incitait à se mettre au chaud. Les jeunes Picardier attendaient et commençaient à s'impatienter.

– On dirait que vous guettez quelqu'un !

– Ça se pourrait bien. Tiens, les voilà !

Anne-Marie et son frère Jean-Claude franchissaient l'entrée. Des bonjours par-ci, des poignées de main par-là. Anne-Marie et François s'embrassèrent telles de vieilles connaissances, légèrement coincées tout de même. Quant à Jean-Claude, il n'adressa qu'un minuscule salut d'un geste de la main à François. Ils ne s'étaient pas encore revus depuis son retour.

Anne-Marie s'amusa de voir son amie Hortensiane ici et le lui fit aimablement remarquer.

– Ce sont les Picardier contre les Chaspéral, commenta Hortensiane, joueuse. Ça nous change de l'année dernière, n'est-ce pas, Jean-Claude ?

– Ne te mêle pas de ça, je me demande ce que je suis venu faire ici. J'ai l'impression de perdre mon temps !

– Tu pourras payer la tournée du perdant si ça se trouve…

Il y avait de l'orage dans l'air. Anne-Marie, ayant posé son manteau, apparut dans une robe qui la moulait avantageusement. On entendit quelques sifflets admiratifs retentir dans le café.

– Voilà qui va nous rappeler le bon temps, dit François. Je te remercie d'être venu, Jean-Claude. J'ai craint que tu…

– Que je me dégonfle ? C'est ce que tu pensais. Eh bien non, je ne fuis pas, moi…

Tous deux s'étaient compris et savaient qu'ils reviendraient sur ces paroles.

Le baby étant libre, la partie put commencer.

– Je prends les attaquants, annonça Hortensiane. Tu es d'accord, François ?

Il fit un signe de la tête et la petite balle de liège fut jetée pour le premier engagement entre les deux lignes d'avants aux mains des deux filles. On vit rapidement qu'Hortensiane manquait ses contrôles tandis qu'Anne-Marie montrait plus d'expérience. Le premier but fut marqué par Jean-Claude, applaudi par des admirateurs. Le second point également, le troisième aussi. Trois à zéro ! Enfin, le jeu s'inversa : trois partout, puis quatre, cinq et sept à trois pour les Picardier.

Les équipes changèrent de côté et les Chaspéral gagnèrent la deuxième partie. À la troisième, les défenseurs marquaient presque tous les points. Les balles frappaient si fort le fond des cages des gardiens que l'Angélinou vint voir de près qui pouvait cogner si violemment sur son matériel.

Survint alors un visiteur inattendu en la personne de Philippe Chaspéral. Surpris, il se plaça du côté des siens, le visage souriant. Pris par le jeu, il ne put s'empêcher de les encourager. Les scores étaient à égalité de part et d'autre. Cela devenait un spectacle et la salle s'emplissait. Il faut préciser que tous ici connaissaient « l'histoire… »

Un autre client tenta de s'approcher lui aussi. Les pères s'étaient-ils donné rendez-vous ? Firmin Picardier se rangea derrière ses enfants et se laissa aller lui aussi à leur donner quelques conseils.

Était-ce une pièce de théâtre qui se jouait ici ? Une tragédie ? Était-ce un film de Pagnol, de Giono ? À chaque but marqué, des cris, des applaudissements pour l'une ou l'autre des équipes retentissaient. Qu'importaient les vainqueurs, c'étaient tous des enfants de Saint-Martin-le-Bel. Les deux joueuses avaient les joues rouges et les garçons, s'énervant davantage, transpiraient. Du temps avait passé et les deux équipes n'avaient pu se départager. Picardier et Chaspéral finirent par se sourire enfin. Les deux filles s'embrassèrent, comme d'habitude, et les deux garçons, sous les regards incisifs, se serrèrent la main. Mais personne n'y vit le moindre enthousiasme, chez Jean-Claude surtout.

– Vous avez bien mérité de boire un coup, dit soudain l'Angélinou. Je vous offre la tournée. Asseyez-vous tous les quatre à cette table.

– Approche-toi du comptoir Picardier, c'est bien le moment de trinquer, c'est pas si souvent qu'on se voit…, proposa Chaspéral.

Les deux pères s'installèrent au zinc, composant une image inédite qui fit sourire les jeunes.

– Il y a bien longtemps qu'on n'a pas vu ces deux-là faire la causette, observa Hortensiane, et c'est bien dommage.

Anne-Marie l'approuva. Les deux garçons ne se parlaient guère. Ce fut Jean-Claude qui commença :

– As-tu retrouvé notre village comme tu le souhaitais ?

– Un an a passé, rien n'a vraiment changé. À part qu'aujourd'hui, il y a Françou !

Comme il fallait s'y attendre, cette phrase engendra le malaise.

– Pourquoi as-tu fui si rapidement ? Ton départ n'a rien solutionné…

– Je ne l'ai pas choisi. Par la suite, je me suis montré lâche sans doute. Je regrette ce comportement mais je l'assume. Aujourd'hui, mon seul souci est que j'ai un fils et cet enfant a une mère, une mère avec qui nous ne nous sommes jamais dit que nous nous aimions. Tu as compris ?

Un silence tomba sur les quatre jeunes. Tout avait été dit et nul ne put rajouter un seul mot.

19

Si les jeunes avaient quitté le bistrot rapidement, Philippe Chaspéral et Firmin Picardier bavardèrent assez longuement au comptoir.

– Ton fils est donc revenu ? Il n'aimait plus les montagnes ou je ne sais plus quelle partie du territoire ?

– Il est rentré parce que je l'ai souhaité. Le travail ne manque pas par ici et l'éloignement lui a mis du plomb dans la tête.

– Tu veux toujours avoir raison, tu es incorrigible. Pourquoi cette attitude de dominateur permanente ? Es-tu heureux quelquefois ?

Picardier se mit à rire, insensible aux derniers mots de son voisin. Philippe voulut le titiller :

– Tu n'as pas décidé d'être grand-père et pourtant tu l'es et tu ne peux rien y faire. Moi, je le suis aussi sans avoir choisi le père du petit. J'ai pas honte de dire que je l'aime ce pitiou, c'est le rayon de soleil de la maison, mais le plus rigolo c'est qu'Hortensiane s'en occupe. Ça ne te gêne pas ?

– S'il vous plaît, remettez-nous ça, répondit-il en s'adressant à l'Angélinou.

Il réfléchissait en tournicotant son verre. Chaspéral reprit :

– Si Anne-Marie trouve un mari, elle emmènera Françou avec elle et j'ai entendu dire que… enfin des bruits, quoi…

– Première nouvelle, et comment as-tu appris ça ? C'est pas dans ta tête par hasard ?

– Je te répète ce qu'on m'a dit… Si tu aimais ce petit, ce pitiou qui a du sang de Picardier, tu ne le laisserais pas partir nom de Dieu ! Mais pour le moment, il porte le nom de Chaspéral et je trouve que ça lui va bien !

– Des fois, j'ai envie de te tuer Chaspéral. J'aurais mieux fait de le faire la dernière fois, dans l'étable…

– Tu serais en prison et tu n'aurais jamais vu les yeux de ton petit-fils.

Ils se chamaillèrent encore un bon moment, chacun payant sa tournée, puis se séparèrent sans le moindre geste amical.

Loin d'être des vieillards, ils se comportaient comme de vieux ronchons.

La Châteaurie

À la fin du repas, Picardier prit Hortensiane à part.

– Je souhaiterais ton aide à propos de choses que j'ai entendues au café *Chez l'Angélinou*, ça concerne ton amie Anne-Marie. Ce ne sont que des rumeurs, mais…

– Qu'a-t-on pu te raconter ? Tu sais bien que Françou est le fils de François et donc ton petit-fils ! Tout le monde le sait, c'est un secret de polichinelle !

– Je le sais depuis longtemps, hélas ! Il y a plus...

Firmin hésitait à aller plus loin et pourtant, au fond de lui...

Il se décida :

– Est-ce qu'Anne-Marie aurait un ami, enfin une fréquentation ou un amoureux ?

– Cela ne me regarde pas. Elle fait ce qu'elle veut. Il y a beaucoup d'hommes qui vont au salon, c'est vrai, alors peut-être...

– Toi, tu sais quelque chose. Ça me tracasse, même si ça n'a pas d'importance après tout. C'est en pensant à l'enfant que l'idée de t'en parler m'est venue. Chaspéral m'a dit qu'il était fou de ce pitiou.

Hortensiane eut le sentiment que son père avait envie ou besoin de lui parler plus longuement. Elle ne fit aucun commentaire et prétexta un rendez-vous avec ses amies. Il la retint fermement, pour ne pas dire violemment, par le bras et lui chuchota à l'oreille :

– Et François, comment se comporte-t-il avec Anne-Marie et le petit ?

– Il aime son garçon, c'est sûr. Pour le reste...

Se libérant de son emprise, elle eut juste le temps de surprendre, dans son œil, une étincelle, un sentiment nouveau peut-être. Cela n'avait duré qu'une fraction de seconde, trop peu en réalité.

François, qui observait sa sœur à quelques pas de là, aperçut son clin d'œil complice l'invitant à la suivre.

Une fois quittée la Châteaurie, Hortensiane lui lança joyeusement :

– Nous nous sommes bien amusés au baby, qu'en penses-tu ? Quelle partie !

– Je ne sais pas si tout le monde s'est amusé, Jean-Claude entre autres. Nous ne redeviendrons jamais des amis comme autrefois.

– À cause d'Eugénie ?

– Ce fut une toute petite histoire pour moi, ça ne pouvait pas durer, et pourtant, j'y ai cru un moment.

– Anne-Marie a tout gâché, c'est bien ça ? Que ressens-tu pour elle aujourd'hui ? Elle est séduisante !

– Oui…

Hortensiane ne parla pas de la conversation qu'elle avait eue avec son père.

– Noël sera bientôt là. J'aurais besoin de toi pour choisir un cadeau pour Françou, je suis si maladroit…

Pour toute réponse, elle le prit par le bras et tous deux marchèrent dans le village.

– Il y a un bal au village voisin ce soir, annonça Hortensiane.

– Ça ne m'intéresse pas !

– Et si Anne-Marie venait ?

– Je préférerais voir mon Françou, il n'y a rien entre elle et moi.

Hortensiane aurait voulu connaître l'avis d'Anne-Marie même si elle avait sa petite idée, ou plutôt un espoir fou. François changea soudainement de sujet.

– Je voudrais te parler d'un projet, Hortensiane, une affaire commerciale que je souhaite créer avec toi.

– Avec moi ? Tu n'y penses pas ! Ne te moque pas de moi, tu connais les difficultés que j'ai rencontrées. Je ne sais rien du commerce.

– Aujourd'hui, tu es débordante d'intelligence et de bon sens.

– Je n'ai aucune référence…

François devinait la crainte soudaine de sa sœur qui n'avait pu suivre une scolarité normale.

– Ce soir, au lieu d'aller au bal, je te parlerai de mon projet… Nous n'avons pas prévu de sortir demain dans les foires, nous aurons tout le temps d'en discuter, toi et moi !

– S'il te reste un peu de temps, me raconteras-tu l'histoire des oiseaux de la cabane du bois des Souques ?

François éclata de rire et ne put s'empêcher de lui claquer une bise sonore sur la joue.

Dans la maison des Chaspéral, le petit Françou se faisait dorloter par sa grand-mère Justine, tout près de la cheminée. On attendait les hommes encore occupés à l'étable auprès des bêtes.

Curieuse, la mère d'Anne-Marie demanda à sa fille :

– Et François ? Comment s'est-il comporté au baby-foot, je veux dire avec toi ?

– Nos deux familles jouaient l'une contre l'autre, oui, deux clans se sont affrontés et le comble c'est que personne n'a gagné. Une égalité parfaite malgré l'acharnement des deux garçons.

– Oui mais François ?

– François, c'est François ! Que veux-tu que je te dise ?

C'est alors que Justine se mit à parler au petit, de manière à ce que tous entendent :

– Si ta mère aimait ton père, je suis sûre que tout rentrerait dans l'ordre. Je crains qu'elle ne soit trop fière… Mais, rassure-toi, nous sommes là !

Et comme si le petit pouvait comprendre, elle lui fit un clin d'œil.

– N'écoute pas ta grand-mère, Françou, elle pourrait bien te raconter des bêtises…

Justine fit mine de rien et, tout sourire, elle entonna une comptine en prenant Françou dans ses bras :

J'ai descendu dans mon jardin,
Pour y cueillir du romarin.
Gentil coquelicot, mesdames,
Gentil coquelicot nouveau.

J'n'en avais pas cueilli trois brins
Qu'un rossignol vint sur ma main
Gentil coquelicot, mesdames,
Gentil coquelicot nouveau.

Qu'un rossignol vint sur ma main
Il me dit trois mots en latin
Gentil coquelicot, mesdames,
Gentil coquelicot nouveau.

Il me dit trois mots en latin
Que les hommes ne valent rien

Gentil coquelicot, mesdames,
Gentil coquelicot nouveau.

Que les hommes ne valent rien
Et les garçons encore bien moins !
Gentil coquelicot, mesdames,
Gentil coquelicot nouveau.

Et les garçons encore bien moins !
Des dames, il ne me dit rien
Mais des d'moiselles beaucoup de bien !
Gentil coquelicot, mesdames,
Gentil coquelicot nouveau.

De sa main libre à l'index légèrement tendu, Justine tentait de lui inculquer les choses à retenir… Les yeux grands ouverts de l'enfant n'avaient pas quitté ceux de l'aïeule une seule seconde.

– Tu lui enseignes de drôles de choses, dit Anne-Marie en lui souriant.

– Quand tu avais son âge, je te l'ai chantée aussi, Anne-Marie, ainsi qu'à ta mère. Je n'en connais pas beaucoup, je les ai oubliées, mais celle-ci, va savoir pourquoi…

– Françou, ton arrière-grand-mère est une petite coquine, ajouta Anne-Marie.

Lorsque les hommes rentrèrent, ils trouvèrent les femmes de bien bonne humeur. Le père taquina sa fille :

– Tu as l'air bien heureuse, ma fille, c'est-y le bal tout proche qui te mettrait dans cet état ?

Jean-Claude t'accompagnera bien volontiers, n'est-ce pas mon fils ?

Tout ceci semblait cousu de fil blanc. Philippe insistant pour envoyer ses enfants au bal et surtout Anne-Marie ? Cela différait tellement de ses habitudes.

Justine crut bon de s'adresser à Françou, ô la belle manœuvre !

– Ta maman a bien le droit d'aller danser, pas vrai ? Je m'occuperai de toi.

– Tu vas danser, Jean-Claude ? finit par demander la jeune femme.

– Oui… J'ai promis à Eugénie. Ça ne me gêne pas de t'emmener, il serait temps de trouver un mari ! Ce ne sont pas les prétendants qui manquent, à ce que l'on dit…

– Un homme ? Mon homme est là et, celui-là, je sais qu'il m'aimera toujours, c'est mon petit Françou, dit-elle en le prenant et le serrant si fort que…

– Tu vas l'étouffer ! s'exclama Marguerite. Laisse-le donc respirer !

– Tout ça, c'est bien beau, mais pourrait-on souper ? s'enquit Philippe. S'il y en a qui veulent sortir…

Dès le repas terminé, Jean-Claude se prépara.

– Es-tu prête, Anne-Marie ?

– Je vous rejoindrai peut-être plus tard, un copain a promis de me conduire. Ne fais pas attendre Eugénie.

Étonnement des femmes, satisfaction du père.

Dans la chambre de François, Hortensiane s'était installée, curieuse du projet de son frère. Celui-ci, assis sur le bord du lit, rassura tout d'abord sa sœur.

– Dans un premier temps, je vais travailler avec le père, comme convenu. J'avais trop envie et besoin de revenir ici, le berceau de mon enfance, de ma jeunesse. Dans les monts du Cantal, j'ai fabriqué le fromage, le cantal. Je te raconterai plus tard en détail.

– Tu veux faire du fromage ?

– Non, mais j'ai appris à le connaître, à l'apprécier ainsi que ceux qui pendant cinq mois quittent leur famille pour l'estive. Ce n'est pas si facile de vivre là-haut.

– Je ne vois pas où tu veux en venir, mon cher frère.

– Mon souhait ? Devenir marchand de cantal en tant que grossiste et détaillant, voilà pourquoi j'ai besoin de toi. À nous deux, nous étudierions les possibilités. Tu t'occuperais de la partie gestion et vente sur place, tout ce qui est administratif et à demeure.

– Mais comment je vais…

– Tu apprendras et je sais que, si tu veux partager avec moi cette aventure, nous réussirons.

Hortensiane ouvrait de grands yeux tant la surprise était profonde.

– Quant à moi, je visiterais les fermes dont les troupeaux vont en estive, négocierais leur production que je revendrais aux détaillants et nous aurions notre propre fromagerie au pays !

– Et pourquoi veux-tu que ce soit avec moi ?

– Pendant longtemps, j'ai veillé sur toi, ma chère Hortensiane, durant ce temps terrible où tu ne grandissais pas dans ta tête, où tu ne pouvais t'éveiller à la vie. Depuis mon départ forcé, j'ai toujours pensé à toi, et voilà qu'aujourd'hui je te retrouve magnifique et pleine de vie.

– Tu es fou, François ! Comment vais-je m'y prendre ?

– Il y a des cours de gestion, de comptabilité, les livres de méthodes ne manquent pas. Décide-toi et au travail ! Il nous faudra un dépôt avec une cave fraîche, je compte aussi disposer de bleu d'Auvergne, de saint-nectaire, de beurre et de crème fraîche. Ce sont là des produits que nous consommons tous ici !

Débordée par ces propos enthousiastes, Hortensiane se tenait la tête, abasourdie.

– Si je m'attendais…, soupira-t-elle.

– Nous allons y réfléchir tous les deux, tranquillement. Nous en informerons la famille plus tard, ce sera plus prudent.

– François… François…

Des larmes s'échappèrent de ses yeux et, d'un mouvement fraternel, François l'entoura de ses bras, longuement. Enfin, très émue, elle put lui demander :

– Pourquoi fais-tu ça pour moi ?

– Parce que je n'ai confiance qu'en toi, Hortensiane.

Elle embrassa son frère et quitta la chambre presque comme une voleuse tant elle ne pensait pas mériter tout cet amour.

Quelques jours avant Noël, Firmin Picardier fit livrer, dans la cour de la Châteaurie, une voiture de même marque que la sienne, une 203 de couleur grise.

– C'est une bonne occasion, dit-il à son fils. Dès que tu auras ton permis, début janvier, elle sera à ta disposition. Je vais la ranger sous le hangar.

– Vivement l'année prochaine, s'écria François avant d'annoncer à Hortensiane qu'elle serait sa première passagère.

Noël approchait. Ce matin-là, juste avant l'ouverture du salon Duparlan, François attendait non loin de là, un paquet sous le bras. Il lui tardait qu'Anne-Marie se présentât. Deux femmes l'aperçurent et sourirent de sa naïveté.

Enfin Anne-Marie arriva, le pas leste et décidé. Elle fut heureuse de le voir.

– Voilà pour le Noël de Françou, dit-il en lui tendant le cadeau. Tu l'embrasseras très fort pour moi.

Il sortit de sa poche une enveloppe et la lui remit :

– Un petit souvenir, ce n'est pas grand-chose…

– Merci, François. Nous nous rendrons à la messe de minuit, Françou et moi.

Elle le planta gentiment là pour rejoindre le salon. Sans qu'il s'en aperçût, un sourire s'était dessiné sur les lèvres de François.

De retour chez lui, il ne put s'empêcher de demander à sa sœur ce que contenait le paquet.

– Juste un ensemble : des chaussons, une brassière, un bonnet et un manteau, le tout bleu ciel. Anne-Marie sera ravie, je connais ses goûts.

– Elle m'a dit qu'elle se rendrait à la messe de Noël…

– Nous aussi nous y serons, n'est-ce pas ? Tu nous as tant manqué, je m'en souviens, même avec ma petite tête d'alors.

Les Picardier avaient bien travaillé en cette veille de fêtes, les bouchers ayant accru leurs commandes. François se débrouillait parfaitement et Firmin, sans le manifester, fondait sur lui de grands espoirs.

Un seul point le chagrinait ; il ne fréquentait plus les jeunes filles de son âge. Un soir, son père le questionna :

– Il serait bon que tu sortes un peu, tu deviens casanier. Serais-tu devenu peureux avec les filles ? Il y a des bals par-ci, par-là…

– Serais-tu pressé de me marier ? J'ai déjà un petit, ne l'oublie pas !

– Tu es toujours accroché à cette histoire ? Tu peux trouver…

– J'ai bien compris, mais c'est moi seul qui décide. Je te l'ai déjà dit.

Firmin Picardier, soudain, laissa libre cours à sa colère :

– Je ne veux pas de cette Anne-Marie. C'est pas une femme pour toi, nom de Dieu !

– Tu es une vraie tête de pioche, je croyais que tu changerais avec le temps mais tu es toujours aussi entêté ! Encore un propos de la sorte et je quitte le pays pour toujours, as-tu compris, Firmin Picardier ? As-tu compris ? lui cria-t-il tête contre tête.

Un silence suivit ces hurlements, un silence que masquait jusque-là leur respiration subitement retenue.

– J'ai compris, lui dit enfin le père. J'ai compris.

Le 24 décembre finit par arriver dans le froid de saison. La messe de Noël rassemblait presque tous les paroissiens de Saint-Martin-le-Bel. Le curé Mathieu, conscient de cet état de fait, ne se priva pas de rappeler à ses ouailles leur manque d'assiduité au cours de l'année, mais avec la délicatesse appropriée.

Parfaitement identique à la précédente, la crèche attirait l'attention. Les personnages, sortis de leur boîte et dépoussiérés, retrouvaient leur rôle tout près du lit de paille de l'Enfant Jésus. Seul le lierre sentait le frais.

Les Picardier et les Chaspéral s'installèrent, endimanchés, chapeautés comme il se doit, chaque famille dans une allée différente. Anne-Marie tenait son Françou dans les bras qui ouvrait de grands yeux. François, de son côté, ne le quittait pas du regard. Séverin Mathieu fit un sermon exceptionnel. Les fidèles avaient les larmes aux yeux, si bien que beaucoup ne virent pas ce qui se produisit.

François quitta lentement son banc, traversa la nef et vint délicatement s'asseoir tout à côté d'Anne-Marie. Seuls ceux se trouvant derrière surprirent le manège.

Ébahie, elle regarda François ; ses yeux ne trompaient pas. Elle découvrit légèrement Françou afin qu'il le vît. Sans mot dire, il pencha sa tête vers le petit vêtu de ciel… Ils échangèrent alors un sourire. La messe se poursuivit tandis que les Picardier demeuraient figés, à l'exception d'Hortensiane, aux anges. Quant aux Chaspéral, ils semblaient dignes, fiers et en paix !

Ce qui se passa ensuite fut aussi extraordinaire. On entendait encore les chants de Noël et les fidèles sortaient lentement. Devant la porte, Philippe Chaspéral se plaça le premier et attendit. Les siens arrivant, il les pria de se rassembler d'un geste du bras. François n'avait pas quitté Anne-Marie. Lorsque Firmin se présenta devant eux, Chaspéral tendit la main à son adversaire de toujours.

– Viens par là une minute, Picardier. C'est Noël et comme tu as pu le voir, il s'est passé des choses qui nous dépassent. Je t'invite à venir prendre le verre de l'amitié chez moi, notre petit-fils en sera honoré et peut-être trouverons-nous la paix !

Il ne lâchait pas la main de Firmin, prisonnier de cette invitation osée mais sincère. Le regard de Firmin chercha l'approbation des siens et la trouva, surtout celle d'Hortensiane.

– Je suis bien obligé d'accepter mais nous ne nous attarderons pas, Chaspéral !

– Nous partagerons ce que nous avions prévu pour nous, dit alors Marguerite.

– Nous sommes gênés de ne pouvoir apporter quelque chose, ce n'est guère poli, dit Jeanne.

– Aujourd'hui est le plus beau des Noël, s'exclama Hortensiane. Viens, mon cher François, que je t'embrasse. Ton comportement est celui d'un homme !

Firmin, le souffle coupé, avançait vers la maison de Philippe. C'est alors que tous virent François prendre son pitiou dans ses bras et le couvrir de baisers. Il le montra à ses parents qui acquiescèrent d'un hochement de tête.

Son père lui dit enfin :

– Il est très beau mais je préférerais le voir à la lumière.

S'il n'avait pas dit ces mots avec une joie débordante, il les avait tout de même prononcés.

Les deux familles entrèrent dans la modeste maison qui n'avait pas, loin de là, le luxe de la Châteaurie. Jean-Claude ranima le feu et l'on se serra autour de la table. Hortensiane s'était occupée du petit, ce qui n'était pas nouveau pour elle. Mme Chaspéral, peu à son aise, faisait de son mieux pour préparer du café et des tisanes.

– Nous allons couper le gâteau, ce sera peut-être un peu juste…

– Tout sera parfait, madame Chaspéral. Merci de nous accueillir chez vous, nous apprécions beaucoup.

Philippe s'adressa alors à Firmin :

– Tu vois, ce n'est pas difficile et nous n'allons pas nous chamailler aujourd'hui. Ton fils François a pris une initiative lors de la messe qui force le respect. Nous avons un petit-fils à partager désormais. Ah ! ça ne va pas être si facile, je te comprends, mais pour l'instant, trinquons à Françou ! Il aura besoin de nous tous.

Dans la pièce principale des Chaspéral, ce surprenant rassemblement constituait une grande première.

Mais que pouvait-il bien se passer dans la tête de chacun ? François et Jean-Claude se parlaient, les deux pères également. Quant aux mères et grands-mères, elles semblaient ne jamais pouvoir épuiser les sujets de conversation. Hortensiane et Anne-Marie ne jouaient pas la comédie et le pitiou dormait.

Chaspéral sortit une bouteille, puis une autre ; il n'y avait plus de gâteau et le maître des lieux se retint de sortir le saucisson, bien que l'envie ne lui manquât pas !

Pour les Picardier, il fallut penser au retour. Les aiguilles de la pendule avaient fait du chemin et certaines idées aussi.

Chacun se drapa dans ses vêtements ; la température semblait avoir encore chuté.

– Ce ne sera pas encore cette nuit qu'il neigera, annonça François.

– Même si la neige arrivait, elle n'entacherait pas notre bonheur ! dit Hortensiane en se cramponnant à son frère, le grand héros de ce Noël.

Firmin émit un son plutôt enroué…

Lorsque tous furent rentrés, le temps se radoucit et, sans bruit, quelques flocons légers, « les fleurs de patience », saupoudrèrent le pays.

20

Cette invitation fortuite avait modifié les rapports entre les deux familles, notamment entre les grands-mères et les arrière-grands-mères.

Hortensiane s'occupait de plus en plus de Françou. François se rendait désormais de temps en temps chez Anne-Marie où il était bien reçu. Quant à Firmin Picardier, l'homme qui avait décidé de presque tout jusque-là, il ne se mêlait plus de cette histoire ou, tout du moins, il dissimulait ses pensées.

Cependant, personne ne parlait mariage. Le fait de s'être côtoyés le temps d'un dîner avait légitimé, pourrait-on dire, le petit Françou et c'était bien là le principal.

Rencontrant la jeune coiffeuse, Séverin Mathieu revint à la charge.

– Anne-Marie, ce petit n'a toujours pas été baptisé. Il serait grand temps !

– Prochainement, monsieur le curé. Ça peut attendre encore quelques jours ?

– Je vais prier pour vous tous et à très bientôt, j'espère.

Le prêtre avait raison. Le temps s'était écoulé bien vite. Elle songea alors à cette famille de la paroisse qui avait fait baptiser ses deux enfants le même jour alors que l'aîné avait plus de trois ans. À coup sûr, ce n'était pas un exemple à suivre.

En ce début de l'année 1955, rien de particulier ne se passait à Saint-Martin-le-Bel, si ce n'était l'installation du froid qui gênait, parfois, la tenue des foires et donc le commerce.

Les Picardier allaient chacun dans des endroits différents et François, après quelques ratages inévitables, se débrouillait parfaitement. Dans l'ensemble, son père était satisfait sur ce plan.

Hortensiane compulsait ses livres de gestion commerciale, se passionnant pour cette nouveauté. Firmin ne comprenait pas son engouement.

– Que cherches-tu dans ces livres ? Quelle est donc cette manie et à quoi tout ça te servira-t-il ?

– Si j'épouse un commerçant, je pourrai assurer une partie de sa comptabilité, de sa gestion ; un bon savoir n'est jamais de trop et j'ai perdu bien des années…

– N'en parlons plus, tu as raison de t'instruire maintenant que tu le peux. Ta mère et moi avons passé de tristes années et ta grand-mère aussi. Voilà qu'aujourd'hui tu es belle comme un soleil et tu plais aux garçons, je l'ai remarqué. Un jour, tu te marieras, et alors…

Il ne termina pas sa phrase, sa gorge s'était serrée. Il trouva un prétexte pour s'éloigner. Hortensiane ne lui avait pas touché mot du projet toujours tenu secret.

Firmin n'évoquait jamais Anne-Marie. Cependant, lorsque François lui donnait des nouvelles de son petit, il n'en paraissait pas forcément mécontent.

François et Anne-Marie ne sortaient pas ensemble, ne se rencontraient qu'au sujet de Françou qui grandissait de mois en mois. Son père, n'ayant d'yeux que pour lui, ne s'intéressait pas à Anne-Marie, à moins qu'il ne fît semblant.

Mme Duparlan se remettait mal de son accident et ne marchait qu'avec l'aide d'une canne. Son mari, Jules, consacrait presque tout son temps à son épouse et trop peu à leur salon de coiffure. Un matin de fin février, un homme se présenta pour une coupe alors que Jules était plongé dans sa paperasse, une chose bien ennuyeuse pour lui.

Anne-Marie s'occupait de son client et allait terminer lorsque celui-ci lui demanda :

– Vous êtes la responsable du salon, mademoiselle ?

– Oui, monsieur.

– Vous vous débrouillez fort bien. Je suis déjà venu ici vous observer, pardonnez-moi...

– Vous m'espionnez ?

– J'ai un salon à Aurillac et je vais en ouvrir un second. Pour tout vous dire, je cherche une jeune gérante et vous me conviendriez.

Anne-Marie ne dit rien, sachant son patron dans

l'arrière-boutique. Une fois coiffé, l'homme lui remit une carte de visite et lui dit :

– Vos conditions seront les miennes, réfléchissez et téléphonez-moi.

Dès qu'il fut sorti, elle vit la tête de Duparlan émerger du rideau séparant l'arrière-boutique. Il lui sourit.

– Tout va bien, Anne-Marie ? J'ai cru comprendre que…

– Oui, tout va bien, ce client me racontait qu'il était déjà venu ici.

– Bien, dit-il.

Puis il s'empressa de terminer ses comptes et, d'un pas décidé, rejoignit son épouse pour l'informer de cet incident.

– Que peut-on faire ? Il va nous la débaucher ! « Vos conditions seront les miennes », lui a-t-il dit. Te rends-tu compte ?

– C'est une excellente employée, je le reconnais, mais à l'impossible nul n'est tenu ! Responsable à Aurillac, c'est tout de même bien pour elle, surtout à son âge. Quant à moi, je crois que je ne pourrai jamais plus retravailler, cette jambe ne me permet pas de tenir debout…

Tous deux voyaient l'affaire mal engagée, une telle proposition… Soudain, Mme Duparlan eut une idée pouvant peut-être sauver la situation.

– Dis à Anne-Marie de venir me voir le plus tôt possible et ne lui parle pas de ce que tu as entendu.

L'urgence de la demande faite à Anne-Marie fit que celle-ci, inquiète, se rendit chez ses patrons le soir même.

– Que vous arrive-t-il, madame Duparlan ? Vous avez l'air bien fatiguée…

– Je ne vais pas bien en effet. Le docteur est passé ce matin et ne m'a donné aucune garantie de guérison quant à ma jambe.

Anne-Marie ne pouvait soupçonner une quelconque exagération ; Mme Duparlan paraissait si triste et malheureuse…

– Il faut bien se résigner et croire aux médecins, n'est-ce pas ? Et comment se porte le petit Françou ?

– Très bien, il commence à vouloir se lever en s'agrippant aux barreaux de son parc.

– Tu l'embrasseras pour moi.

Jules ne disait pas le moindre mot.

– La tenue du salon devenant impossible pour moi, nous pensons, Jules et moi, te faire une offre. Nous te donnons bien une prime de responsable mais ce n'est pas suffisant.

Anne-Marie, dont les yeux questionnaient ses employeurs, attendait la suite.

– Accepterais-tu de devenir directrice du salon avec des appointements supérieurs et un intéressement au chiffre d'affaires des produits annexes ?

Surprise, la jeune femme réfléchissait. Elle n'oubliait pas la proposition reçue le matin même. Mme Duparlan, craignant sa réaction, surenchérit :

– Nous rédigerons un nouveau contrat avec une promesse de gérance libre sous trois ans et un droit de priorité pour acheter le fonds le cas échéant. Nous ne pouvons pas faire mieux.

– Ça mérite réflexion, madame Duparlan. Je suis étonnée mais heureuse.

– Ce sera facile pour toi, tout le monde te connaît ici et tu auras toujours ton Françou près de toi ! C'est important.

Ces derniers mots firent mouche, si bien qu'Anne-Marie accepta sur-le-champ.

Tous les trois trinquèrent d'un verre de porto. Le cœur léger, Anne-Marie s'en retourna chez elle pour annoncer la nouvelle.

Pour les Duparlan, ce fut un soulagement :

– Je suis si contente qu'elle reste, elle seule peut maintenir notre affaire.

– Tu aurais pu lui donner un peu moins, observa Jules. Tu as été généreuse.

– Toi, tu ne sais pas gérer une affaire, tu as toujours été ainsi, et si elle était partie, notre Anne-Marie, hein ? Qu'aurais-tu fait ? Ce n'est pas la Nicole qui nous aurait tenu le salon, elle est gentille mais n'a pas de caractère !

– Avec une femme comme toi, je n'aurai décidément jamais eu raison une seule fois dans ma vie !

Puis, dans un éclat de rire bien tardif, il lui demanda :

– Un autre verre de porto ?

– Fais attention à ton cholestérol tout de même !

Pour les Chaspéral, une telle promotion méritait d'être fêtée. L'avenir professionnel d'Anne-Marie, la jolie coiffeuse, était désormais assuré.

– On pourrait inviter François un dimanche, suggéra Philippe, grisé par la bonne nouvelle. Qu'en penses-tu, Anne-Marie ?

– Certainement une idée généreuse, papa, mais je ne suis pas sûre qu'elle s'impose.

– Faudra bien que vous vous décidiez un jour ou l'autre et moi, je serais d'avis…

– Tu es gentil, papa, mais c'est notre affaire à tous les deux !

– Vous êtes trois, me semble-t-il, répliqua Justine.

– Une femme ne doit pas s'abaisser à récupérer un homme qui ne l'aime pas, cessons d'extrapoler sur le sujet, conclut Anne-Marie avec autorité.

Philippe et sa belle-mère se regardèrent, l'air de convenir que la jeune femme s'imposait désormais de façon claire et nette. Ne venait-elle pas d'être promue ?

Jean-Claude arriva juste pour le souper.

– Je suis en retard ce soir, j'ai dû me rendre…

– Prends place, Jean-Claude. Nous t'attendions.

Au cours du repas, Anne-Marie lui raconta sa promotion.

– Toi au moins, tu as de la chance. La mère Duparlan prend donc sa retraite ?

– Des problèmes de santé. La roue tourne pour tous.

– À ce propos, bredouilla-t-il en s'adressant à son père, je voudrais vous présenter quelqu'un. Vous la connaissez mais comme ça devient sérieux entre nous…

Il s'arrêta ; les mots n'arrivaient pas dans le bon ordre.

– Tu as peut-être une promise ? C'est comme ça qu'on disait de mon temps. Ta mère avait été ma promise, dit-il en lui jetant un regard tendre. Mais tu es bien jeune encore.

Anne-Marie savait de qui il s'agissait, aussi attendait-elle non la suite, plutôt la manière dont il allait le dire.

– Il s'agit d'Eugénie Defontaine des Grandes-Terres.

– Ne serait-elle pas plus âgée que toi ? s'enquit Marguerite.

– Si…

– Ce sont d'importants propriétaires, reprit le père. Elle est fille unique, n'est-ce pas ?

– Les affaires de cœur, ça ne se discute pas et tu as bon goût, s'interposa Justine, craignant une rebuffade de son gendre Philippe.

– Nom de Dieu que les enfants grandissent vite ! s'exclama le père en calant sa tête entre ses mains, les coudes sur la table. Toi aussi, voilà que…

Cette nouvelle lui tombait lourdement sur les épaules, une de plus.

– As-tu déjà rencontré ses parents ? lui demanda sa mère.

– Je n'ai jamais été chez eux. Je souhaite vous présenter Eugénie, j'ai besoin que vous la connaissiez…, insista-t-il.

Le père releva les yeux ; ces derniers mots l'avaient intrigué. Il se tourna vers sa femme.

– Puisqu'il nous le demande, nous pouvons bien la recevoir, si toi aussi tu es d'accord.

Justine voulut mettre son grain de sel mais Philippe l'arrêta d'un geste de la main. Il dit à son fils :

– Nous l'inviterons, mon fils.

– Merci, répondit Jean-Claude.

Jean-Claude regarda Anne-Marie avec inquiétude. Elle lui sourit et acquiesça. Se souvenant de la liaison d'Eugénie avec François, l'assentiment d'Anne-Marie lui apporta un profond soulagement.

Puis tous parlèrent en attendant le poêlon de châtaignes qui grillaient au feu, excitant déjà les papilles.

Philippe et François revinrent sur les travaux de l'année écoulée, une assez bonne année. L'herbe n'avait pas manqué grâce au travail du Semeur de prairies. Les récoltes avaient été suffisantes, la production de lait en légère augmentation. Malgré l'entame sur les réserves de noix, de châtaignes, de pommes de terre et autres, sans oublier le saloir et les conserves de cochonnaille, le ravitaillement ne connaîtrait pas de pénurie.

Cette préoccupation du passage des hivers dans les campagnes venait du plus loin des âges.

Les marrons furent délicieux, comme toujours. Ce soir-là, toute la famille s'endormit sereinement, dans une sorte de bien-être peut-être mal défini mais bien présent, en dépit de la venue prochaine de la fille Defontaine.

Le lendemain matin, près de dix centimètres de neige avaient recouvert le pays. Images éternellement magnifiques qu'un soleil caressait sans heurter. Les hommes fermaient légèrement les yeux, éblouis par l'éclat de cette pureté.

– On s'en serait bien passé de celle-là, pardi...

– C'est de l'engrais gratuit pour les terres, papa. Tu sais qu'il faut compter avec elle jusqu'à la mi-avril parfois.

– On doit tout de même sortir les bêtes, les conduire à l'abreuvoir. À cinq heures, ce matin, il n'y avait presque rien !

– Ça ne fait pas de bruit en tombant, répliqua Jean-Claude en riant.

Son père le regarda et l'on pressentit qu'il retardait une question. Elle finit par arriver.

– Tu n'aurais pas dans l'idée de quitter notre ferme ? Comme tu nous as parlé de l'Eugénie Defontaine, on y a pensé avec ta mère.

– Je ne quitterai jamais notre exploitation. Même si chez Eugénie, ils travaillent d'une façon plus moderne. Le beau matériel ne manque pas dans leurs champs.

– Ça pourrait t'attirer un jour, il y en a d'autres qui n'hésiteraient pas à...

– Je suis né ici, dans notre maison. Sois tranquille papa, nous avons une terre. Nous la ferons vivre et vivrons avec elle !

Philippe lui posa la main sur l'épaule et ne put trouver les mots pour dire à son fils combien ses paroles lui ébranlaient le cœur.

Mars et avril passèrent et tous espéraient l'arrivée des beaux jours.

Entre-temps, Eugénie avait été présentée aux Chaspéral qui l'avaient accueillie sous leur toit, modestement mais chaleureusement.

– Je n'ai jamais vu de près d'aussi beaux cheveux, n'avait pu s'empêcher de remarquer Justine.

– Merci, madame, avait répondu délicatement Eugénie.

– Tu oublies la couleur de ses yeux grand-mère, avait surenchéri Jean-Claude.

– Vous êtes magnifique, avait encore ajouté Justine, sincère.

Eugénie portait le feu dans ses cheveux roux et le soleil aimait en rajouter. Quant à ses yeux, d'un vert émeraude, ils pénétraient l'interlocuteur jusqu'à l'âme. Anne-Marie ne l'avait guère aimée par le passé, mais ce jour-là, le buvard du temps avait tout épongé, effacé.

21

Début mai

François Picardier avait rencontré divers producteurs de fromage de montagne, ceux pratiquant les estives cantaliennes. Bien qu'ils fussent étonnés par son jeune âge, certains se montraient partants pour l'aider à démarrer son entreprise, sachant fort bien que le nom de Picardier apportait une certaine garantie. Malgré la discrétion que souhaitait François, l'un des fermiers ne put s'empêcher de vendre la mèche au père Firmin. Celui-ci, n'ayant pas apprécié, s'en prit à son fils :

– Que manigances-tu avec les fermiers ? Tu veux devenir marchand de fromage, m'a-t-on rapporté.

– J'ai l'intention de monter une affaire, mon affaire, avec l'aide d'Hortensiane. Te voilà informé !

Firmin se souvint de la passion de sa fille pour ses livres de gestion commerciale.

– Vous êtes de fameux cachottiers tous les deux. Et d'où te vient cette idée ?

– Tu n'es pas sans savoir que j'ai passé près de six mois au Puy-Violent. J'y ai appris la fabrication de cet extraordinaire fromage qu'est le cantal ! Plus que passionné, j'ai ressenti le besoin d'approfondir cette initiation pour donner un sens à la punition que tu m'avais infligée. Acheter et vendre des bêtes comme nous le faisons n'est pas l'aboutissement d'une vie, je parle de la mienne bien entendu. Peut-être pourrions-nous faire les deux ? Hortensiane est heureuse de croire et de travailler à ce projet, ce serait formidable de réussir dans une entreprise complémentaire à notre négoce. Un prolongement naturel et parallèle, pourrait-on dire.

Firmin avait la certitude que son fils avait de l'ambition, une ambition respectable.

– Pour cette affaire-là, je veux bien t'aider, ton idée me séduit.

– Pourquoi dis-tu « cette affaire-là » ? Penserais-tu à autre chose ?

– Je ne suis pas aveugle, François. Tu vis une situation bien particulière avec ton pitiou, et nous aussi. Pour la fromagerie, je te soutiendrai mais ne compte pas sur moi pour consentir à un mariage avec Anne-Marie !

Clair, net et précis.

François demeura silencieux, surpris que son père ait une fois de plus marqué son territoire par ces menaces.

– Ce qu'il nous faudrait, c'est une cave de stockage voûtée maintenant une température la plus constante possible…

Son père avait tourné les talons sans prêter attention à ce que François lui expliquait.

Alors, la tête dans les nuages, le jeune homme repensa à l'accueil de Robertine et de Léon Bortier, fin avril, à Saint-Santin-Cantalès.

« Si tu viens pour la place, c'est un peu tard, lui avait dit Léon, tout sourire. Nous t'avons remplacé mais tu le sais déjà. Robertine va être surprise mais heureuse de ta visite ; tu nous as laissé un bon souvenir. »

Elle avait été émue de le revoir et l'avait sur-le-champ questionné sur sa vie sentimentale. Il lui avait raconté qu'il avait un pitiou, un beau petit, mais s'était montré discret sur ses relations avec la mère de l'enfant.

– Honorin est-il ici ? avait demandé François.

– Il reste quelques jours auprès de sa mère qui s'inquiète de le voir partir à l'estive, comme tous les ans.

– Transmettez-lui mes amitiés, n'oubliez pas !

Quand ils avaient parlé du projet de la fromagerie, les Bortier l'avaient encouragé.

Juste avant de les quitter, François leur avait dit :

– Je penserai bien à vous tous, lorsque vous serez au Puy-Violent avec M. Auguste qui nous faisait de si bonnes truffades…

Puis il était parti avec de la nostalgie au fond du cœur.

Dans ce cœur avaient maintenant pris place deux êtres qu'il chérissait plus qu'il ne le laissait paraître, même à sa sœur Hortensiane. Était-ce la douceur du printemps ? Le chant des oiseaux gazouillant dans tous les buissons qui le transportait ou le manque d'amour ? Quelque chose venait de germer en lui et ce quelque chose tentait de percer nuit et jour, plus fort que ce qui l'avait poussé à se placer près de son fils, le 24 décembre, à la messe de minuit.

Une tendre verdure s'emparait des bordures, des abords des sous-bois, des prairies. Quelques brins de muguet osaient exposer leurs clochettes laiteuses et les douces fleurs des primevères bougeaient sous des vents mous et printaniers.

Puis ce fut au tour des lilas d'éclore, de décorseter les premières fleurs, puis des grappes entières, lourdes et généreuses.

Une décision jaillit pour s'imposer soudain dans la tête de François. Il se munit d'un sécateur et coupa de grands rameaux en pleine efflorescence, des mauves et des blancs. Il riait de bonheur et, lorsqu'il jugea la brassée suffisante, il plongea son visage dans l'épaisseur de ce parfum enivrant. « C'est aujourd'hui ! » se dit-il.

Hortensiane eut juste le temps de le voir s'éloigner. On aurait pu croire qu'il se cachait derrière son bouquet tout en marchant d'un bon pas.

Il traversa la place et certaines personnes sourirent à la vue de l'immense bouquet. Le salon de coiffure n'était pas loin. Embarrassé, il poussa la porte et se trouva face à Anne-Marie qui ouvrit de grands yeux et, sans s'en rendre compte, la bouche aussi.

– Bonjour, Anne-Marie. Veux-tu devenir ma femme ? Je te le demande aujourd'hui.

Sa bouche se ferma, son sourire disparut. Elle avait du mal à voir François derrière ce bouquet surdimensionné.

– François… François…

– Oui, j'attends ta réponse. Je t'aime, Anne-Marie, c'est tout, et je ne sais pas quoi ajouter…

Elle se rapprocha de lui, ouvrit ses bras et tous deux s'embrassèrent au-dessus de la gerbe de lilas, et recommencèrent. Quelqu'un entrouvrit la porte, puis, doucement, la referma et repartit.

– Moi aussi je t'aime, François, et depuis si longtemps…

– Je te promets de t'épouser le plus tôt possible, je te le jure.

– Si tu posais ce bouquet, ce serait plus facile.

– Dommage, c'était notre seul témoin.

Un autre client poussa la porte mais celui-ci ne fit pas preuve de la même discrétion. François intervint :

– Je viendrai voir ton père ce soir même, après ton travail !

– Je vous demande une seconde, dit-elle à son client, juste le temps de mettre ces fleurs dans un vase.

– Je n'apprécie guère ce parfum, répliqua bêtement celui-ci.

– Vous ne saurez jamais combien je l'adore !

Le soir même, François se rendit chez les Chaspéral, « tout bien mis et tout propre ». La pendule marquait vingt heures lorsqu'il frappa à la porte.

– J'espère que je ne vous dérange pas, ce n'est pas une heure pour une visite…

– Nous venons de terminer de dîner et tu ne nous déranges jamais quand tu viens voir le pitiou. Regarde-le, on dirait qu'il t'attendait, dit Marguerite.

– Jean-Claude n'est pas là ?

– Avec son Eugénie, ça lui arrive de temps en temps de s'échapper un petit moment. Mais assieds-toi...

– Merci, mais je suis venu vous demander... enfin... Monsieur Chaspéral, je vous demande la main d'Anne-Marie, votre fille, la mère de mon fils Françou.

Le temps demeura suspendu quelques longues secondes. Philippe Chaspéral se leva, lui sourit.

– Si elle est d'accord, je te la donne, François.

Il tendit la main au jeune homme, son futur gendre. Ce fut une longue et chaleureuse poignée de main.

– Merci, monsieur Chaspéral, merci.

Anne-Marie serra dans ses bras son promis avant de prendre son petit qui commençait à marcher seul dans son parc. Elle le remit à son père.

– Il y a la mère et le fils, murmura-t-elle, les yeux humides, le visage illuminé par le bonheur.

Justine s'approcha de Marguerite, passa son bras sur son épaule. Mère et fille semblaient se soutenir dans ce moment unique et espéré en silence depuis longtemps. François pressait contre son cœur ce pitiou et lui dit devant tous :

– Nous avons commencé notre histoire avec ta maman par un coup de foudre, c'est vrai. J'étais bien jeune et je n'avais rien compris mais, aujourd'hui, c'est le plus beau des liens qui nous unit. J'en suis tellement heureux, mon petit Francis.

Instantanément, tous les regards se focalisèrent sur lui.

– Comment l'as-tu appelé ? J'ai dû mal entendre...

– Francis ! Je ne sais plus qui m'a dit… Je connais un couple qui a un petit Francis et qui l'appelle Françou. Tout naturellement… Tu ne m'as jamais parlé à ce sujet. Pardonne-moi, mais alors, l'aurais-tu appelé… François ?

– Depuis qu'il est né, je le surnomme Françou, c'est vrai. Personne n'a demandé…

– Dis-nous au moins quelque chose, s'écria sa mère qui n'y comprenait goutte.

– Un instant, je reviens…

La minute fut longue pour tous.

– Voilà, dit-elle en montrant son livret de mère. Regarde, François, tu aurais pu t'en douter…

– François ! s'exclama-t-il, c'est donc mon petit François, mais pourquoi faut-il que je sois si idiot !

Les larmes l'envahirent tant et si bien que plus un mot ne franchit ses lèvres. Anne-Marie dit alors :

– Aux yeux de tous, c'était Françou mais, pour moi et sans jamais en parler, c'était François. Je craignais alors que tu m'oublies. Seule une petite flamme au fond de moi attendait. Nous avions tous d'autres soucis et les surnoms sont souvent utilisés ici, à la campagne. Mais à partir d'aujourd'hui, il devient François comme son père !

– François II ou François le second ? plaisanta Philippe, le grand-père tout sourire. Pour lui, tout ça n'avait pas d'importance.

– Pour moi, il restera toujours Françou, affirma Justine.

Cette discussion avait presque fait oublier la raison de la visite de François.

– Je vais annoncer la nouvelle aux miens et, dès que ce sera fait, nous parlerons d'une date…

– Hortensiane sait-elle ? questionna Anne-Marie.

– Ce soir, elle saura.

– Allez, François le second, il est temps d'aller au lit !

Ça sonnait bien et tous semblaient apprécier, sauf Justine.

À la Châteaurie, dans le salon, ils étaient tous là, même grand-mère Jeanne qui papotait avec sa fille. Firmin lisait le journal et Hortensiane, toujours plongée dans ses bouquins, ne s'occupait pas des autres.

François entra.

– Tu es très chic, observa Jeanne. Tu joues le dandy ce soir ? Une réception sans doute ?

Il ne releva pas, étonné de cette attitude inhabituelle chez sa grand-mère. Il se campa au milieu des fauteuils et annonça à l'assemblée :

– Je viens de prendre une grande décision concernant Anne-Marie. Nous allons nous marier.

Bien qu'ils aient tous entendu, ils paraissaient attendre que François répète sa dernière phrase.

– C'est vrai ? cria Hortensiane. Tu l'as fait ?

– Oui !

Elle ferma son livre et prit une pause admirative. Ses yeux parlaient pour elle. Angèle et Jeanne se figèrent, inquiètes de la réaction du père. Celui-ci avait replié son journal. Il fixa son fils, longuement.

Firmin, craignant le pire, demanda aux femmes de les laisser entre hommes quelques minutes.

– Je viens de demander Anne-Marie en mariage à M. Chaspéral.

– Nous avions déjà évoqué ce sujet, tu connais ma position.

– Maintenant, tu connais la mienne et ma décision est irrévocable !

– Irrévocable ? Tu as bien dit « irrévocable » ? Comment oses-tu ?

Les deux hommes s'observaient. François restait debout. Le père ne se leva pas.

– Tu es encore mineur, je te le rappelle, François.

– Le mariage émancipe automatiquement, il me semble. Je ne reviendrai pas sur ma position. Veux-tu me dire pourquoi tu t'acharnes sur moi ? Je n'ai rien commis que tu n'aies commis toi-même !

– Tes ambitions et tes choix ne correspondent pas à ta jeunesse. J'ai une expérience de la vie que tu n'as pas, réfléchis un instant.

– Une petite année me sépare de la majorité. Qu'est-ce qu'une année ? Si je t'écoutais, j'attendrais et nous nous retrouverions avec les mêmes problèmes ; tu invoquerais toujours des prétextes, des obstacles. J'ai un fils et j'ai besoin de lui comme il a besoin de moi.

Firmin tentait de maintenir le gouvernail du navire mais la houle était grande.

– Qui financera ton projet de fromagerie, où trouveras-tu l'argent pour t'établir ? Et si ça ne marche pas, qui paiera les dettes ?

– Que vient faire Anne-Marie dans cette affaire ? C'en est trop, papa, arrêtons là.

Après un grand silence et comme personne ne voulait parler, ce fut Firmin qui s'y risqua :

– Tu ne te marieras pas sans un contrat et ce sera sous le régime matrimonial de la séparation de biens !

– Je me renseignerai…

– Sous ce régime, les époux conservent l'administration, la jouissance et la libre disposition de leurs biens personnels. À défaut de convention contraire, ils contribuent aux charges du ménage en fonction de leurs ressources.

– Comment sais-tu tout ça ?

– Je m'attendais un jour ou l'autre à ce que tu me parles de mariage et je voulais protéger mes biens et ton héritage.

– Dans quelque temps, Anne-Marie achètera le fonds des Duparlan. Ne sois pas pessimiste sur notre avenir et, d'autre part, le commerce de la fromagerie nous apportera des revenus. Va pour le contrat. J'aurais préféré un contrat d'affection pour nous trois, mais tu en es incapable. Pour le travail, je continuerai à te seconder parce que nous l'avons décidé. Pour le reste…

François sortit de la pièce et disparut vers sa chambre, sitôt rejoint par Hortensiane.

– Je suis heureuse pour la bonne nouvelle, pour toi et Anne-Marie et pour Françou.

– Il n'y a plus de Françou, il s'appelle François, comme son père ! En ce qui concerne notre affaire, nous la retarderons un peu, nous la peaufinerons et nous y arriverons ! Avec le père, ça se complique. Il n'est pas facile à vivre...

Voyant son frère soucieux, Hortensiane se retira rapidement, ajournant les mille questions qu'elle avait préparées.

Dès le départ de François, Angèle et Jeanne revinrent vers Firmin. Assis dans son fauteuil, il n'avait pas repris son journal, ruminant les propos de François.

– Installez-vous, leur dit-il. Il y a du nouveau.

Silencieuses, elles attendaient. Il réfléchissait toujours. Ce ne fut qu'au terme de quelques minutes qu'il leur parla enfin.

– François va se marier, c'est bien vrai. Nous voilà devant le fait accompli.

– Ça vous surprend, mon cher gendre ? Vous êtes bien le seul ! Après ce qu'il a vécu, voilà ce qui fait de lui un homme et j'en suis fière !

Jeanne se tourna vers Angèle.

– Je sais que tu penses comme moi, ma fille. J'ai un arrière-petit-fils et je ne le vois presque jamais. J'aiderai François s'il le faut !

– Calmez-vous, toutes les deux. Je souhaitais que ça se présente plus tard ou même qu'il change d'avis. La fille Chaspéral comme bru, je ne sais pas comment je vais supporter cette situation...

Les femmes ouvraient de grands yeux, cherchant la raison de ces paroles méprisantes.

– Il le faudra, répondit son épouse Angèle. J'ai besoin de connaître mon petit-fils, que tu le veuilles ou non ! Tu es trop sévère, Firmin, oui, trop sévère et ambitieux, et je te l'ai déjà dit maintes fois.

– Je suis ainsi et pas autrement, nom de Dieu ! hurla Firmin.

Le lendemain, les Chaspéral reçurent la visite de Firmin bien décidé à mettre les points sur les i.

– Faudrait qu'on discute un peu, Chaspéral. Mon fils m'a annoncé la nouvelle hier soir.

– Il a fait les choses convenablement. Nous n'avons guère été étonnés, nous autres.

Puis, s'adressant à Marguerite :

– Fais-nous réchauffer un café, s'il te plaît. Picardier a sans doute des questions à me poser. Tu l'as vu le petit, comme il voudrait s'échapper du parc ? observa-t-il à l'intention de Firmin. Il ne va pas tarder à marcher, nous en avons de la chance, n'est-il pas vrai ?

Chaspéral le titillait-il ?

– Hortensiane m'a dit qu'il ressemblait à mon fils… Mais je suis venu te parler du mariage.

Après leur avoir servi le café, Marguerite les laissa tous les deux et rejoignit sa mère au-dehors, vers la basse-cour.

– J'ai donné ma bénédiction. Le reste, c'est leur affaire, à moins que toi, Picardier, tu la leur refuses ?

– Je l'ai donnée à une condition : contrat de mariage avec séparation de biens !

Philippe le regarda et, fin joueur, lui dit tout net :

– J'ai pensé à la même chose que toi. Nous sommes d'accord sur un point. Je m'attendais à autre chose de ta part. Je ferai le nécessaire chez maître Comborde. Tu as peut-être le même notaire ?

Picardier manqua de repartie, frustré que Chaspéral renonce si facilement.

– Pour tout te dire, je n'avais pas souhaité cette union, dit-il en se levant. Merci pour le café.

– Nous ne pouvons pas décider de tout dans la vie. Ton mépris m'exaspère, Picardier. Il serait temps de t'améliorer, au moins pour le petit qui te regarde, là, et qui se demande qui tu es…

– Nous ne nous reverrons pas avant la cérémonie…, furent les derniers mots qu'il prononça en quittant la maison.

Marguerite le vit s'éloigner sur le chemin et son regard le suivit longtemps… Elle imaginait la tempête sous le crâne de cet homme.

22

Après qu'Anne-Marie eut annoncé ses fiançailles aux Duparlan, la nouvelle se répandit dans tout le village à une vitesse fulgurante. Il s'en raconta de belles sur les futurs époux ; une occasion pour certains de propager des propos empreints de jalousie car Anne-Marie épousait un fils de riche et, pour d'autres, de se moquer de François exilé de force par son père déçu de ne pouvoir agrandir sa fortune comme prévu.

Le pire pour François ne se situait pas dans ces colportages malsains. Le plus grand mal pour lui, celui qui lui arrachait le cœur, venait de son père. Celui-ci n'aimait pas Anne-Marie et cette bru ne « faisait pas son affaire ». Le comportement de sa fille, de sa femme et de sa belle-mère Jeanne l'avait contraint à accepter ce mariage mais à contrecœur. Il leur en confia l'organisation.

– Avec les femmes de Chaspéral, vous préparerez la cérémonie. J'ai, pour ma part, d'autres préoccupations.

– Me diras-tu un jour pourquoi tu as pris en grippe ces gens-là ?

– Ça ne regarde que moi, répondit il sèchement.

Aux derniers jours de mai, Angèle se rendit chez les Chaspéral. Il fallait parler de ce mariage prévu pour l'été.

– Firmin ne se sent pas à l'aise dans ce genre de situation, aussi m'a-t-il demandé de vous rencontrer.

Il n'y avait là que Marguerite et Justine ; les hommes s'octroyaient leur sieste habituelle. François les avait prévenus du comportement de son père. Angèle dit alors pour détendre l'atmosphère :

– Chez nous aussi, nos hommes nous laissent toute liberté dans ces moments-là. À nous quatre, nous ferons pour le mieux. Nous allons préparer un beau mariage pour nos enfants, n'est-ce pas ? Avez-vous une idée de l'endroit où nous pourrions organiser le repas ? Il serait bien de donner le banquet ailleurs que chez nous. Nous ne voudrions pas que Firmin se sente embarrassé.

– Ce serait bien mieux, en effet.

Les détails les plus importants furent abordés, en toute simplicité. Il ne manquait plus qu'une date que les futurs époux devraient choisir en accord avec le maire et le curé.

Avant qu'Angèle ne les quittât, Anne-Marie tint à lui montrer une photo trônant sur le rebord de la cheminée.

– Souvenir du battage chez nous, il y aura deux ans cet été. François me l'a donnée il y a quelque temps dans une enveloppe…

– Vous étiez bien beaux tous et personne n'a changé…, dit Angèle avec de l'émotion dans la voix.

Le soir même, Anne-Marie demanda à son frère d'être son témoin.

– Compte sur moi, ma très chère sœur, mais à mon tour de te demander une faveur : accepterais-tu qu'Eugénie soit ma cavalière ?

– À condition que François ne s'y oppose pas. Quant au témoin de François, ce sera Hortensiane.

– Ce sera un grand jour ! J'en ai voulu à François il y a maintenant bien longtemps, tout est oublié aujourd'hui. Vous serez heureux tous les trois.

Il l'entoura de ses bras et l'embrassa de toutes ses forces.

– Tu m'étouffes, Jean-Claude !

– C'est parce que je t'aime, mon adorée de sœur !

Les futurs mariés rencontrèrent le curé et fixèrent la date au 30 juillet. Séverin Mathieu manifesta sa joie et les félicita. Anne-Marie exprima une requête :

– Nous aimerions baptiser le petit le même jour, monsieur le curé, est-ce possible ?

Le curé leva les bras au ciel.

– Voilà une magnifique idée, enfin quelque chose d'original !

– De plus, il va perdre son surnom, Françou, et prendre le prénom de son père. Vous aurez bientôt un François Picardier au catéchisme, François le second…

– Dieu s'y retrouvera…

Monsieur le maire fut aussi heureux de marier enfin ces deux-là.

– Vous aurez un vrai livret de famille avec votre petit inscrit dessus. Je serai ravi de vous le remettre.

– Nous le baptisons en même temps !

– Quand vous vous y mettez, vous faites les choses en grand. Toutes mes félicitations !

Lorsqu'ils eurent accompli toutes ces démarches, François dit en riant à sa future épouse :

– Ce n'est donc pas compliqué de se marier...

Mais sur le chemin du retour, François devint subitement sérieux et sombre. Elle le regardait, inquiète.

– Que se passe-t-il, François ? Tu es tout bizarre.

– Il y a quelque chose qui me chagrine vraiment, je ne sais pas comment te le dire...

Anne-Marie retint ses questions.

– Voilà, Anne-Marie, je n'ai pas envie de vivre à la Châteaurie comme le voudrait la coutume. Je ne veux pas que nous habitions chez mon père...

Elle soupira, enfin libérée d'une grande angoisse. Elle lui sourit et lui serra le bras.

– Sois tranquille, je n'en avais pas l'intention mais je t'aurais suivi s'il l'avait fallu. Nous allons chercher un logement, un nid pour tous les trois. Cette indépendance nous ira à merveille !

La quiétude semblait revenue.

– Le temps des fenaisons et des moissons ne tardera pas, j'ai hâte. L'été dernier, je me sentais si loin sur ces montagnes, au milieu de nulle part. Je te promets qu'un jour, je vous emmènerai, toi et François, dans ces terres d'estive. Un jour, il n'y aura plus que le vent et les orages pour visiter ces burons car bientôt plus personne n'y travaillera, Auguste et Honorin me l'ont raconté. « Nous sommes parmi les derniers hommes noirs des montagnes… »

– En attendant, trouve un buron pour nous trois, dit Anne-Marie en riant, toute heureuse de cette intention fort louable.

Puis le temps se mit à passer bien vite et point de logement à l'horizon. Apercevant des ouvriers affairés dans une maisonnette à l'écart du village, le facteur, toujours amateur de nouvelles, les questionna sur les travaux en cours.

– Le propriétaire, un Parisien qui ne vient plus au pays depuis la disparition de ses grands-parents, a décidé de retaper cette petite maison pour la louer aux estivants. Ça lui fera toujours quelques sous, pardi.

Gasparou – le surnom du facteur – en informa aussitôt la jeune coiffeuse et, de fil en aiguille, l'affaire fut convenue.

La location ne pouvant débuter qu'en août par suite du retard des artisans, tout se présentait bien pour les futurs mariés. De plus, la maison serait meublée. Le jardin ne serait pas en état mais les jeunes s'en occuperaient plus tard.

François et Anne-Marie promirent à Gasparou de l'inviter pour le dessert, le jour de leur mariage, afin de le remercier.

– C'était pas trop la peine, ça m'a rien coûté de vous en parler. Mais je viendrai, c'est pas si souvent qu'on m'invite de cette manière. Non, ce n'est pas si souvent et je crois que c'est même la première fois, bon

Dieu ! dit-il en lissant ses moustaches et en réajustant son képi.

Il était grand temps de penser aux toilettes, principalement à celles des mariés. La couturière de Saint-Martin-le-Bel réaliserait celle d'Anne-Marie, un tailleur blanc avec un voile fixé dans les cheveux. « Je ne mérite pas une robe longue avec traîne, mais un ensemble clair fera très bien mon affaire. » Le futur marié demeurerait fidèle à Conchon-Quinette à Aurillac. Philippe accepta de porter un costume sur mesure et sa femme se fit confectionner une nouvelle robe. Le maître tailleur travaillerait dur mais assurerait la commande. Hortensiane jouait la cachottière. Les deux grands-mères n'en parlaient guère, mais n'en pensaient pas moins. Elles trouveraient dans leurs armoires de quoi surprendre, à moins que… elles aussi… Firmin revêtirait son dernier costume, sans chichi, disait-il.

La Grande Auberge accueillerait la noce, il y avait de la place pour danser. Tout était donc réglé.

À la mi-juillet, François aida les Chaspéral pour les moissons, retrouvant les bonnes habitudes du passé avec un nouvel avantage, celui de travailler pour son futur beau-père. Ses deux journées d'absence n'avaient pas contrarié Firmin.

– Dans un mois, le battage ! Que de souvenirs, dit François à sa chère et tendre.

– La vie est devant nous et François le second me le rappelle tous les jours !

Hortensiane s'occupait du petit et s'intéressait toujours à ses livres de gestion. Le projet n'avait pas été abandonné, bien au contraire, mais chaque chose en son temps

Vers le 20 juillet, à la surprise générale, Firmin Picardier et son épouse se présentèrent à la ferme des Chaspéral. Philippe ne put se retenir :

– Tu vas faire tourner le temps, Picardier, pourvu que nous n'ayons pas de neige ces jours-ci…

L'autre s'abstint de relever.

– Nous vous rendons une petite visite avant le mariage, c'est bien un peu tard, mais…

– Vous me faites plaisir, dit Philippe. Finissez d'entrer qu'on discute un moment.

Firmin promit son soutien financier pour la noce. Se serait-il enfin radouci ou subissait-il la pression de ses femmes ? Rien de moins sûr !

– Ta fille aura un bon mari, mais un infréquentable beau-père, remarqua soudain Firmin.

Chaspéral voulut intervenir mais Picardier lui en coupa l'envie d'un geste du bras.

– Je comprends que ces jeunes emménagent ailleurs que sous mon toit. Ils seront plus tranquilles et plus heureux. Faut vivre avec son temps, les jeunes avec les jeunes…

Un silence fort gênant s'installa ; ce fut Marguerite qui le rompit :

– Est-ce que les bêtes se négocient bien en ce moment, Firmin ?

– Il faut se battre de plus en plus mais depuis que François travaille avec moi, nous nous en tirons très bien. C'est un bon acheteur !

Jean-Claude arriva et, surpris, s'exclama en souriant :

– Quel plaisir de vous voir tous les deux chez nous !

– La moisson a été bonne cette année ? questionna le négociant

– Oui, tout va bien, comme dans vos fermes, je crois. Ce qui est pris n'est plus à prendre, n'est-ce pas ? Nous mesurerons les rendements au battage, le mois prochain.

– Vous avez un beau garçon, lâcha Angèle. Il est apprécié de tous ici…

– Comme notre fille, répliqua Philippe, avec un clin d'œil à Firmin qui ne s'attendait pas à ça.

– J'ai vu le notaire pour le contrat, annonça Firmin.

– De notre côté, tout est en règle aussi.

Un café, accompagné de la goutte pour les hommes, agrémenta la rencontre quelque peu tendue.

La chaleur de juillet écrasait la campagne à tel point que quelques pousses fragiles se courbaient entre dix heures et dix-sept heures. Le maître du ciel imposait sa loi ; les terres se craquelaient par endroits, sur les traces des flaques d'eau asséchées. La sieste devenait nécessaire lorsque le bétail se rassemblait sous les arbres ou le long des grandes haies de noisetiers, quand il y en avait.

Les moissons terminées, on ne craignait plus les orages qui d'ailleurs ne viendraient point.

Le grand jour arriva. Le samedi 30 juillet 1955, une partie des invités, principalement la famille, se présenta devant la mairie à quatorze heures trente. Les futurs mariés, les témoins, les parents et le petit François, dans les bras d'Hortensiane, entrèrent.

Le maire, ceint de son écharpe tricolore et accompagné du secrétaire de mairie, accueillit tout son monde ; il les connaissait tous.

– Tout d'abord, permettez-moi de vous dire ma joie de vous recevoir dans la maison du peuple. Jamais le maire que je suis n'aura été plus heureux qu'aujourd'hui. En effet, quatre générations sont ici réunies, et c'est extrêmement rare !

Puis vint le cérémonial habituel avec les « oui » que chacun devait entendre. Les jeunes époux signèrent le registre, les témoins aussi. Ils étaient mariés !

Le secrétaire remit le livret de famille à François et lui dit discrètement :

– Les démarches ayant été faites, vous y figurez tous les trois. François est légitimé par votre mariage. Toutes mes félicitations !

François glissa le livret dans la poche intérieure de sa veste ; sa femme l'attendait.

Au sortir de la mairie, Hortensiane se précipita vers les mariés.

– Je vous présente mon cavalier de dernière minute, Barthélémy Deusergues. C'était lui, mon secret…

– Barthélémy ! Je suis ravie que tu sois là, répondit Anne-Marie tout émue.

Elle se souvenait de leur histoire mais n'en souffla mot à personne. Secret ! Il la remercia de sa discrétion d'un merveilleux sourire voulant tout dire.

Tous les invités avaient rejoint la mairie non loin de l'église. Philippe Chaspéral prit la tête du cortège avec, à son bras, la magnifique Anne-Marie, jusqu'à ce que deux énergumènes viennent se placer devant, ouvrant ainsi la procession en musique. Un accordéoniste et un cabretaïre, la fête s'annonçait bien !

À la fin du cortège, accompagné de sa mère, François portait fièrement dans ses bras François le second tout de blanc vêtu. À quelques pas de là, Hortensiane guettait le moindre appel de son frère qui serait bien obligé de lui confier le petit à un moment ou à un autre.

Les cloches sonnaient, les gens s'agglutinaient, applaudissant l'entrée dans l'église.

Le curé Séverin Mathieu, tout aussi heureux que l'avait été le maire quelques instants plus tôt, accueillit ses ouailles avec solennité, entouré de quatre enfants de chœur.

Sur le visage des deux beaux-pères, se dessinait une expression indéfinie. Si Firmin semblait subir l'événement, Philippe se retenait de montrer son bonheur tant il aimait ses enfants et, aujourd'hui, sa fille en particulier. Les femmes essuyaient une larme, une larme de joie en regardant ce jeune couple, le leur.

Lorsque les alliances rejoignirent les doigts des mariés, François le second gazouilla si fort que le curé ne put s'empêcher d'intervenir :

– Le jeune François réclame son appartenance à l'Église et Dieu l'a entendu.

Puis, se tournant vers lui, il ajouta :

– Tu entreras dans la maison de Dieu par le sacrement du baptême dans un instant, jeune homme !

Il n'en fallut pas moins pour déclencher les sourires de l'assemblée. Même Firmin ne put y échapper.

Dès le mariage célébré, tous se groupèrent autour des fonts baptismaux.

– Il n'y aura jamais eu tant de fidèles pour un baptême ! observa Séverin Mathieu.

Les témoins du mariage devenaient également parrain et marraine. L'enfant trouva l'eau bénite trop fraîche et le fit savoir.

– Il a du caractère ! entendit-on.

– Ce petit a de qui tenir, reprit une autre en regardant Firmin.

Ce fut le plus fabuleux des baptêmes qu'on ait vu à Saint-Martin-le-Bel.

Les époux sortirent avec le petit François dans les bras. Les cloches se mirent alors à carillonner à toute volée. « Vive la mariée ! Vive la mariée ! » On jetait des pétales de fleurs, les témoins distribuaient des dragées aux enfants. Les deux beaux-pères marchèrent l'un vers l'autre, se serrèrent la main et finirent par s'embrasser, applaudis par l'assistance. Ce moment demeurerait unique et tous le savaient.

Hortensiane dû s'occuper du pitiou, libérant ainsi le nouveau couple. Tous voulaient les embrasser, leur présenter les vœux de bonheur habituels. Les mères et grands-mères commençaient à se fatiguer de tant de compliments. Eugénie semblait très à l'aise et embrassa les mariés comme les autres.

Mme Duparlan, malgré son handicap, n'aurait manqué pour rien au monde la cérémonie. Les quelques possesseurs d'appareil photographique s'en donnaient à cœur joie.

Le cortège se reforma tant bien que mal, musiciens en tête, pour rejoindre *La Grande Auberge*. Les mauvaises langues, face à ce joyeux événement que le soleil regardait sans voir, se turent. Il s'en faut de peu parfois pour que l'on change d'avis et c'est tant mieux.

Un télégramme fut remis à François Picardier. Lorsqu'il l'ouvrit, des larmes coulèrent subitement de ses yeux, si fort qu'il dut cacher son visage. Anne-Marie, inquiète, prit le message et le lut.

Toutes nos félicitations.
Signé : Ceux d'en haut, Bortier, Auguste, Honorin.

– Ils ne m'ont pas oublié ! articula difficilement François. Ils ne m'ont pas oublié…, répéta-t-il.

Une salle décorée de verdure et de fleurs attendait les invités, plus de cinquante personnes dont les jeunes ayant participé au feu de la Saint-Jean deux ans plus tôt, tous très heureux d'être présents. Un excellent menu accompagné de bons vins avait été préparé.

Soudain, un homme demanda la parole.

– J'ai une nouvelle pour François, le passionné de

vélo. La radio vient d'annoncer la victoire de Louison Bobet au Tour de France, ce 30 juillet 1955.

Il n'en fallut pas davantage pour trinquer à la santé du premier triple vainqueur du Tour de France. François trempa ses doigts dans sa coupe de champagne et effleura le front de son petit.

– Je souhaite que toi aussi tu aimes le cyclisme, comme ton père, et que tu deviennes un grand champion, comme Louison !

Les applaudissements furent fournis ; tous admiraient Louison.

De belles voix s'exprimèrent au cours du repas, de magnifiques autant que de surprenantes, et d'autres parfois grivoises… Les danseurs s'impatientant, on poussa quelques tables. Les musiciens prirent place. On dut attendre cependant que la mariée ouvre le bal par une valse bien tournée qu'elle exécuta avec Chaspéral, son cher père. Puis les plus pressés envahirent la piste.

La belle pièce montée trônant maintenant sur la grande table avait été offerte par les Duparlan, qui reçurent à ce titre une ovation méritée.

Accordéoniste et cabretaïre entamèrent les bourrées, ces danses traditionnelles auvergnates. Deux hommes s'invitèrent du regard. Firmin et Philippe étaient prêts. Les pieds marquaient la cadence sous les tables, on frappait aussi dans les mains et les deux gaillards menaient bien leur affaire.

Lorsqu'ils furent rejoints par leurs épouses, ce fut encore plus entraînant. Les hommes levaient leurs bras en cadence et poussaient les cris rituels de la bourrée.

Les femmes, plus légères et gracieuses, excitaient les hommes dans ce jeu de séduction… Picardier et Chaspéral partageaient le même enthousiasme pour cette danse qui ne laisse pas un seul Auvergnat indifférent et vous prend aux tripes. Magnifique !

Les mines avaient pris des couleurs. On voulait danser avec la mariée, chacun attendait son tour.

Quelques-uns revinrent à la table pour le dessert et pour souffler un moment, surtout les anciens. Certaines chaussures, ayant retrouvé du service, faisaient bien mal aux pieds. Il fallait supporter !

Philippe invita Angèle, Firmin en fit de même avec Marguerite pour une valse plus sage. Alors il y eut cet échange étrange entre Firmin et Marguerite, un échange à mi-voix.

– Tu danses toujours aussi bien, Firmin. Te souviens-tu ?

– Comment pourrais-je oublier ?

Ils semblaient se serrer davantage, sans s'en rendre compte.

– Es-tu heureux aujourd'hui ?

– Jamais je ne le serai, toi seule en connais la raison…

– Allons nous asseoir un instant, je suis fatiguée. Accompagne-moi à la table.

Ils s'assirent côte à côte. On leur porta une coupe.

– Ta fille aurait dû être la mienne, Marguerite. Tu me l'avais promis…

– Tu y penses encore ?

– J'y penserai jusqu'à ma mort et tu le sais, je suis ainsi fait.

– François aurait dû être mon fils ? C'est bien ça aussi ?

Un long silence s'ensuivit, puis Marguerite reprit :

– Je t'avais demandé d'attendre, Firmin. Je n'étais pas prête et voulais garder ma virginité pour mon futur mari, ce que j'ai fait. Impatient, tu es parti vers d'autres et vers Angèle. Tu voulais toujours avoir raison !

– Avec le temps, je croyais... je pensais pouvoir oublier, dit-il avec un grand soupir. J'avais presque oublié. Et voilà que François fait un enfant à ta fille !

– Tu as bien élevé tes enfants et ça n'a pas été facile avec Hortensiane. Tout ça, c'est du passé, mon pauvre Firmin. Il n'y a que nous deux qui savons.

Il saisit sa coupe et trinqua en essayant de sourire ; il venait du monde.

– J'espère que j'arriverai à aimer mes petits-enfants, mais je n'en suis pas sûr.

– Tu es un entêté !

Il l'était en effet, les portes de la réflexion verrouillées par son manque de discernement.

La fête continuait et personne ne surprit cette larme qui glissa le long de la joue d'Angèle.

Puis, on ne vit plus les mariés... Chacun pensait connaître l'endroit où ils s'étaient rendus et des jeunes gens partirent à leur recherche, comme le veut la tradition, en compagnie de Jean-Claude, d'Eugénie et de quelques autres. Hortensiane avait déjà rejoint la Châteaurie avec le petit.

La bande finit par repérer la 203 grise à la Châteaurie.

– Ils sont ici, j'en suis certain, dit Jean-Claude.

– La maison est grande. Interrogeons Hortensiane…

Elle ne savait rien et le jura.

Ils prirent alors la direction de la petite maison où ils devaient habiter. Rien, pas âme qui vive !

– Nous allons devoir boire ce que nous avions préparé !

À *La Grande Auberge*, on rangeait la salle et seuls quelques éternels assoiffés trinquaient encore. Le mystère de la disparition des mariés demeurait entier. Chacun rentra chez soi et la courte nuit de cette fin juillet ne livra pas son secret.

Dimanche 31 juillet

Anne-Marie et son homme commençaient déjà à aménager leur nouvelle maison. Philippe les pria de rester à la ferme pour déjeuner et dîner avec Hortensiane qui s'était si bien occupée du pitiou.

– Mais où donc étiez-vous cachés hier soir ? demanda Hortensiane. Personne n'a pu vous dénicher.

– Le mot est pourtant juste : « dénicher »… nid, oiseaux… la cabane du bois des Souques, tu ne t'en souviens plus, Hortensiane ?

– Vous étiez là-bas ?

– Nous avions tout prévu et personne n'y a pensé…

– Avant de manger, nous aimerions porter des affaires et les cadeaux d'hier chez nous.

– Allez-y. Ne perdez pas trop de temps, dit le père Chaspéral avec mansuétude.

La 203 démarra et, quelques minutes plus tard, ils arrivèrent chez eux.

– Elle est vraiment faite pour nous cette maison, avec ce jardinet, derrière, que je découvre seulement aujourd'hui.

– Ces arbustes, au fond, ne seraient-ce pas des lilas ?

François sourit.

– Dans le langage des fleurs, les lilas mauve signifient : « Mon cœur est à toi ».

– Et le blanc, François ?

– Premier rêve d'amour…

« Je me souviens encore de la promesse des lilas ! »

Elle n'avait pas prononcé ces mots mais les avait pensés en joignant ses mains et en fermant les yeux…

Épilogue

Dix années plus tard

Dans le village de Saint-Martin-le-Bel, la vie continuait comme coulait sempiternellement l'eau froide de la fontaine.

Croyez-vous que les rapports des deux familles aient changé ? Dix années ne suffisent pas pour modifier les caractères, tant s'en faut !

Anne-Marie et François vivaient toujours dans la maison aux lilas. François le second avait maintenant deux frères, Gérard et André, âgés respectueusement de sept et six ans.

Leur projet ? Bâtir leur maison avec un salon de coiffure au rez-de-chaussée, au cœur du village. François, associé à son père, avait fait sa place parmi les négociants en bestiaux qui lui laissait de larges responsabilités.

Au domaine de Firmin, toujours incapable d'accorder à sa belle-fille la gentillesse qu'elle méritait, les tensions, loin de s'apaiser, perduraient. Chaspéral, à bout d'espérance, avait fini par l'ignorer.

Les petits-enfants n'embarrassaient plus la Châteaurie de leur présence et les arrière-grands-mères en souffraient terriblement. On eût dit qu'ils ne pouvaient plus franchir le grand porche recouvert de lauses.

Jeanne et Justine, depuis lors très amies, se rencontraient souvent et leurs gestes, devenus plus lents, ne les empêchaient pas de sortir dans le village, de se promener sur les chemins bordant les jardins et même d'aller au café, en dépit des moqueries, lorsque le temps les y obligeait.

Presque au centre de la commune, une fromagerie-crémerie ouvrait chaque jour ses portes, pour le bonheur d'Hortensiane. Frère et sœur avaient un grand projet commun, celui d'agrandir leur boutique d'une grande épicerie moderne comme on en trouvait à Aurillac.

Hortensiane vivait avec Barthélémy, loin du mariage…

Jean-Claude et Eugénie, ayant convolé en justes noces, non sans problèmes eux aussi, vivaient sous le toit des Chaspéral avec leurs deux enfants, Victor et Anne. Eugénie adorait son homme et pour rien au monde n'aurait vécu ailleurs.

Les Defontaine n'avaient guère apprécié cette union mais, grâce à la patience de Jean-Claude et d'Eugénie, les petits, allant de plus en plus aux Grandes-Terres, les avaient naturellement conquis. Jean-Claude participait aux grands travaux et utilisait un matériel moderne pour sa propre exploitation.

Au Puy-Violent, le buron, sans locataires, avait fermé ses portes ainsi que tant d'autres. Plus personne ne voulait s'exiler près de six mois avec, pour seuls compagnons, les bêtes, le travail et le déchaînement des éléments.

Saint-Martin-le-Bel, silencieusement, gardait ses secrets de famille ; on eût même dit que le clocher de l'église concédait sa protection aux hommes et aux femmes de ce pays, quoi qu'il leur arrivât !

Sagesse ancestrale des hommes de ces terroirs, à travers leur existence exigeante et pourtant merveilleuse, oui, certainement une des grandes valeurs du beau pays de France.

Chut ! Il me semble que la fontaine vient de me faire une confidence…

Je vous la conterai un autre jour, à bientôt !

Antonin Malroux

Annexe

Barcarolle

À Laroquebrou comme à Venise,
À Laroquebrou, il y a des bateliers,
Et sur l'onde leur barque glisse,
À Laroquebrou comme à Venise,
Et sur l'onde leur barque glisse,
Dès qu'on a fermé les ateliers.

Chaque soir, quand il fait clair de lune,
La Cère brille comme un miroir,
Et les barques, une par une,
Chaque soir, quand il fait clair de lune,
Et les barques, une par une,
Font le va-et-vient d'amont, d'aval.

À Laroquebrou comme à Venise, etc.
Cordonniers et potiers en tête,
Demain matin vous travaillerez ;
Pour aujourd'hui, il faut finir la fête,
Cordonniers et potiers en tête ;
Pour aujourd'hui, il faut finir la fête :
Venez vite prendre le frais.

À Laroquebrou comme à Venise, etc.

BARCAIROLO !

À Laroco coumo a Veniso,
À Laroco, li a dels batelièrs,
E sus l'àigo lour bàrco liso,
À Loroco coumo à Veniso,
E sus l'àigo lour bàrco liso,
Ta léu qu'aun barràt les ateliers.

Càdo ser quad fa clàr de luno,
La Cero lusis coumo un miràlh,
E las bàrcos, uno per uno,
Càdo ser, quand fa clàr de luno,
Es las bàrcos, une per uno,
Faun lou vài-vèni d'amount, d'avàl.

À Loroco coumo a Veniso, etc.
Courdouniers, toupinièrs en tèsto,
Dema lou matin trabalharès ;
Per ahuèi, càau finir la festo,
Courdounièrs, toupinièrs en tèsto ;
Per ahuèi, càu finir la fèsto :
Venès vistoment prendre lou fresc.

À Loroco coumo à Veniso, etc.

La Promesse des lilas

Plus légers du cœur et de l'âme,
Comme gondoliers en carnaval,
Dans les nefs manœuvrez la rame,
Plus légers du cœur et de l'âme,
Et dans les nefs manœuvrez la rame :
Hardi ! Hardi ! L'heure est à la joie !

Plus leugiers del cur è de l'âmo,
Coumo goudoulièrs en carnavàl,
Dins la nàaus manejàs la ràmo,
Plus leugiers del cur è de l'âmo,
Dins la nàaus manejàs la ràmo,
Ardit ! ardit ! l'ouro es al rambàalh !

À Laroquebrou comme à Venise, etc.

À Laroco coumo à Veniso, etc.

Pendant que l'onde vous balance,
Montrez-nous que vous êtes adroits,
Et criez à pleine poitrine,
Pendant que l'onde vous balance,
Et criez à pleine poitrine :
« Vive l'eau et vivent les Roquais ! »

Pendent que l'àigo vous trantiolo,
Faès-nous veire que sès adrechs,
E cridàs à pleno cournholo,
Pendent que l'àigo vous trantiolo,
E cridàs à pleno cournholo :
« Vivo l'àigo è vivo les Rouquets ! »

À Laroquebrou comme à Venise,
A Laroquebrou, il y a des bateliers,
Et sur l'onde leur barque glisse,
À Laroquebrou comme à Venise,
Et sur l'onde leur barque glisse,
Dès qu'on a fermé les ateliers.

À laroco coumo a Veniso,
À Laroco, li a dels bateliers,
E sus l'àigo lour bàrco liso,
À Loroco coumo à Veniso,
E sus l'àigo lour bàrco liso,
Ta léu qu'aun barràt les ateliers.

Collection

« FRANCE DE TOUJOURS ET D'AUJOURD'HUI »

Jean Anglade, *Une vie en rouge et bleu*
Le Dernier de la paroisse
Sylvie Anne, *Le Gantier de Jourgnac*
Jean-François Bazin, *Les Raisins bleus*
Henriette Bernier, *Le Baron des champs*
Jean-Baptiste Bester, *L'Homme de la Clarée*
Françoise Bourdon, *Le Moulin des Sources*
Patrick Breuzé, *Les Remèdes de nos campagnes*
Michel Caffier, *Corne de brume*
Anne Courtillé, *La Tentation d'Isabeau*
Raphaël Delpard, *L'Enfant sans étoile*
Alain Dubos, *La Mémoire du vent*
Élise Fischer, *Les Noces de Marie-Victoire*
Gérard Georges, *Une terre pour demain*
Yves Jacob, *Sous l'ombre des pommiers*
Hélène Legrais, *L'Ermitage du soleil*
Les Héros perdus de Gabrielle
Philippe Lemaire, *Rue de la Côte-Chaude*
Éric Le Nabour, *Retour à Tinténiac*
Jean-Paul Malaval, *L'Or des Borderies*
Soleil d'octobre
Jean-Luc Mousset, *L'Enfant des labours*
Jean Siccardi, *La Source de saint Germain*
Jean-Michel Thibaux, *L'Olivier du Diable*

Collection

« ROMAN D'AILLEURS »

Jean Bertolino, *Pour qu'il ne meure jamais*
Marie-Bernadette Dupuy, *L'Orpheline des neiges*
Le Rossignol de Val-Jalbert
Michel Peyramaure, *Les Villes du silence*
Tempête sur le Mexique

DOCUMENT

Jérôme Deliry, *Sept Enfants autour du monde*

ROMANS HORS COLLECTION

Jean-Jacques Antier, *Blanche du Lac*
Jean-Baptiste Bester, *Le Cocher du Pont-Neuf*
Bernard Simonay, *Le Lys et les ombres*

Photocomposition PCA

Cet ouvrage a été imprimé en France
par CPI Bussière
à Saint-Amand-Montrond (Cher)
en août 2011

N° d'édition : 15142/01.
N° d'impression : 111969/4.
Dépôt légal : septembre 2011.